GILBERT BORDES

LA NUIT DES HULOTTES

ROBERT LAFFONT

ISBN 2-266-05333-7

1

– Nom de Dieu, j'ai oublié ma casquette !

Où va-t-il, Cyprien Mallorie, ce soir d'automne où la nuit s'installe pour l'éternité, une nuit épaissie d'un crachin froid qui traverse les habits, la peau, qui arrive jusqu'au cœur ?

Tulle se tait. Les lampadaires alignés le long de la rivière allument la rue Victor-Hugo. Tout est gris, le ciel a mangé les collines. Les rues mouillées sont désertes. Il fait bon être au chaud dans une pièce familière avec ses meubles et ses bruits de toujours. Cyprien pense à sa maison au temps d'Élise, à la bonne odeur de soupe de poireaux qui l'accueillait quand il rentrait de l'atelier. Ce soir, il fuit. Vers où ? Il n'en sait rien. Au fond de son esprit une image lui donne la force de marcher, celle de sa cheminée qui flambe ; il pense au contact moelleux du coussin sur le banc de bois. Élise l'avait cousu l'année dernière, ce coussin... Comme un lièvre qui sent approcher le renard, le vieil homme n'a qu'une idée en tête, rentrer au gîte, chez lui à la Neuville, dans la maison où il est né.

Au carrefour, une voiture de police clignote. Sont-ils déjà à ses trousses ? A l'hôpital, ils ont dû avertir les gendarmes. Il passe le pont de la Barrière, suit un moment la rivière. Cyprien n'aime pas Tulle : il y est toujours venu pour des tracas, des malades à voir, des papiers à apporter dans des administrations où il ne trouvait jamais le bon bureau... C'est une ville d'en bas, du fond de la vallée, une ville de l'ombre. Sur les collines voisines, de Naves ou d'Orliac-de-Bar, le soleil est toujours le plus fort, été comme hiver. C'est là-haut qu'il fait bon vivre!

– Ils sont pas près de me revoir!

Pour l'instant tout va bien. La terrible douleur de sa poitrine a disparu et il marche d'un bon pas.

– Je fumerais bien une cigarette!

Le bureau de tabac se trouve au bout de la rue. Cyprien tâte le fond de la poche de sa canadienne, y sent son couteau, son briquet. Le porte-monnaie a dû rester sur la table de nuit. L'envie de fumer lui pique les poumons. Pourtant, ce matin, le docteur Brun lui a dit : « Avec ce que vous avez eu, le tabac c'est bien fini! » Fini! Que veut dire ce mot ? Peut-on finir un jour ? Seul l'éternel a un sens dans la tête de Cyprien. Il doit fumer! Si le trottoir n'était pas mouillé, il ramasserait un mégot!

La lumière des lampadaires ruisselle sur le goudron noir. Les volets se ferment sur la nuit visqueuse de décembre. C'est l'heure de se retrouver, l'heure où la solitude amplifie le froid et l'humidité. Il pense à sa colline de la Neuville sous un ciel plus grand que ce ciel de vallée, tendu, sans horizon.

A l'hôpital, ça doit barder! Il imagine les infirmières courant dans les couloirs à la recherche de ce vieux fou qui est parti de sa chambre, ce malade qui, sans soins, peut tomber foudroyé d'un instant à l'autre... S'il avait une cigarette, tout serait plus simple.

– Tu crois pas que je suis bête d'avoir oublié mon porte-monnaie! Où j'avais la tête?

Cette habitude de parler, il l'a prise dans son atelier où il a travaillé seul pendant plus de quarante ans... Au bar-tabac du carrefour, une publicité pour le Loto colore la grande baie pleine de buée. Cyprien s'approche lentement de la porte, hésite : les gens ne vont-ils pas voir sa tête de malade et téléphoner à l'hôpital? Tant pis, l'envie de fumer est la plus forte, il entre.

C'est arrivé en quelques minutes il y a huit jours. Cyprien travaillait à un coffre à jouets pour Olivier quand une terrible douleur à la poitrine l'a poignardé d'un coup. Tout a disparu : la raboteuse qui tournait, l'établi... Il s'est réveillé à l'hôpital de Tulle avec un tuyau dans le nez et des aiguilles dans les bras. Un feu lancinant brûlait sa poitrine. Il avait surtout envie de pisser, mais comment faire avec les mains et les pieds attachés? Enfin, une fille a compris ses grimaces, a pris un bassin plat et l'a glissé sous ses fesses nues, comme si c'était la chose la plus naturelle du monde. Jamais il n'a été aussi humilié, le père Cyprien, jamais!

Trois jours plus tard, comme il allait mieux, on l'a transporté dans une chambre. Ce soir, l'envie de fuir a été la plus forte. Il a pris sa canadienne et s'en est allé en pantoufles, dans la nuit humide et froide, sans réfléchir. Voilà qu'il n'a même pas dix francs pour s'acheter des cigarettes.

– Et le gosse ? Il ferait une sacrée tête si je l'oubliais !

Dans le bar, l'air est bleu de fumée. Des gens accoudés au comptoir parlent en buvant l'apéritif. En retrait, un homme et une femme se regardent avec une étincelle d'amour dans les yeux. Alors, un vieux souvenir traverse l'esprit de Cyprien. Rainette... Voilà que ce nom qu'il avait oublié depuis des années revient à sa mémoire, propre, luisant comme un objet neuf.

– Monsieur ? lui demande la serveuse derrière le comptoir.

– Un paquet de gauloises et une sucette pour un gosse !

Il fouille le fond de ses poches comme s'il cherchait de l'argent. La serveuse est partie de l'autre côté du bar. Quand elle revient, Cyprien lui dit :

– C'est bête, j'ai oublié mon porte-monnaie à la maison. Je repasserai demain pour payer. Je peux vous laisser mon couteau. C'est un Laguiole et je l'ai depuis plus de quarante ans, alors vous pouvez être sûre que je reviendrai !

– Je vous fais confiance ! dit la femme. Vous n'avez pas la tête d'un voleur !

Sur le trottoir, il ouvre son paquet de gauloises, sent la bonne odeur du tabac. La fumée lui emplit la bouche, lui pique la gorge et les yeux. Il titube de plaisir.

– Si tu écoutais les médecins ! Ils te feraient croire n'importe quoi pour mieux te plumer !

La cigarette terminée, Cyprien en allume une autre au mégot. Il va passer voir son vieux copain, Martial Flippot, qui habite sur la route de Vimbelle. Ensemble, ils videront un litre de vin en parlant de leur jeunesse, puis Martial le remontera à la Neuville dans sa voiture. Cyprien se tracasse surtout pour son chien :

– Pourvu que l'Adèle lui ait donné à manger ! C'est qu'il est vieux et pas bien costaud !

Dire que le médecin lui a interdit de fumer ! A lui, Cyprien Mallorie ! Comme s'il était capable d'écouter quelqu'un ! Si Élise était là, elle se fâcherait. Élise a toujours obéi aux médecins et aux lois. Ça ne lui a pas servi à grand-chose ! Elle est morte le 22 septembre dernier, un jour de grand vent, seule, à l'hôpital. Le monde a basculé pour Cyprien. Après l'enterrement, Laurent lui a dit :

– Tu ne vas pas pouvoir te débrouiller ! Tu devrais aller dans une maison de retraite !

Et quoi plus ? Pourquoi pas dans le caveau ? Cyprien, qui n'est pas aussi grand que son fils, s'est dressé sur ses jambes et a regardé Laurent bien dans le blanc des yeux :

– Tu te mêles de tes affaires ! Moi, je suis assez grand pour ouvrir ou fermer ma porte quand j'en ai envie !

– C'est pour ton bien que je te disais ça ! Nous, on peut pas te prendre à Limoges ! Et puis...

– Et puis zut, fiche-moi la paix !

Laurent a haussé les épaules. Son père a toujours été têtu et cabochard...

Le voilà hors de la ville. La nuit gomme la route; Cyprien avance prudemment. Les voitures qui passent l'éclairent. La maison de Martial se trouve sur la hauteur, on y accède par un chemin qui monte très fort entre deux grandes haies. Cyprien s'y engage. Martial ne doit pas être là puisque tout est éteint. Cyprien frappe, rien. Maintenant il pleut franchement. Tant pis, il va rentrer à pied. Devant un grand feu, il videra seul le litre de vin en caressant la tête du vieux Tino qui se couchera sur les cendres chaudes.

Il reprend sa marche sur la route principale. Un camion de pompiers arrive, sirène et girophare en marche. Nom de Dieu, c'est pour lui! Les gens de l'hôpital sont à la recherche de leur malade! C'est leur chose, ils veulent encore lui planter des aiguilles dans les bras et dans les fesses, le sauver malgré lui, préserver un reste de vie au fond de son corps cloué au lit. Cyprien n'en veut pas! Il ne trouve du bonheur que chez lui! Respirer le bon air des collines, aller à la pêche ou à la chasse, boire un verre, regarder du bois, lustrer un meuble en noyer lui procurent des joies infinies. Comment Laurent pourrait-il comprendre cela, Laurent qui vit à la ville et n'a jamais eu le sens des choses simples que son père a pourtant tenté de lui apprendre? Laurent aussi est borné.

– C'est un mou! Il supporte son beau-père depuis vingt-cinq ans! Moi, je l'aurais étranglé!

Cyprien saute dans le fossé et se cache derrière un arbre. Le camion des pompiers s'éloigne; le bruit strident décroît. La pluie tombe de plus en plus fort. Les gouttes ruissellent sur le front du vieil homme, plaquent ses cheveux blancs, dégoulinent dans son cou maigre. Il est gelé, mais il avance d'un bon pas et son cœur tient le coup. Il pense de nouveau à Rainette, ça l'étonne :

– Je suis en train de devenir gaga! Voilà ce qui m'arrive à avoir froid!

Il fronce les sourcils. Ses pantoufles sont gorgées d'eau.

– C'est le gamin qui va être content de sa sucette!

Cette pensée lui donne du cœur au ventre.

– Et mon vieux Tino va être content, aussi!

Cyprien a un peu mal aux jambes. Son corps entier est glacé. La nuit est sombre malgré un peu de lumière qui flotte au ras de la route.

Il arrive enfin à la Neuville. Il n'a pas besoin de voir les maisons ni les grands châtaigniers qui encadrent le chemin pour le savoir, ses pieds reconnaissent le sol. Tino, qui l'a flairé, gratte à la porte de l'atelier. Adèle a dû lui apporter de la soupe et l'enfermer. Brave Tino! Cyprien ouvre et le chien tourne autour de lui en gémissant.

– Arrête, tu vas me faire tomber!

Jules et Adèle Combes ont oublié la lumière dehors. Cyprien traverse son verger, arrive chez lui. Et la clef? Il tourne la poignée. Une chance, Adèle a laissé la porte ouverte; sa main trouve le bouton de l'électricité. Rien n'a changé, la table au milieu de la pièce, les chaises, le feu mort et, à côté, le banc avec le coussin. La réserve de bois est suffisante pour faire une bonne flambée. Cyprien pose sa canadienne lourde de pluie, passe dans sa chambre, s'essuie les cheveux. Il tremble tout entier en enfilant un pantalon resté sur la chaise, une chemise propre et un gilet. Enfin, il s'occupe du feu, casse du petit bois sous les bûches et frotte la molette de son briquet. Les flammes lèchent la plaque de fonte noire. Cyprien va manger un peu de pain et de fromage, boire un verre de vin ; après, il ira se coucher.

Le silence de la maison est lourd, un silence de chose, d'où la vie est absente. La maison aussi sait se passer de lui. Le banc craque, un bruit aigre de bois solitaire que les flammes dérangent. La sucette que Cyprien a posée sur la table fait une tache rouge, un pétale luisant oublié là. L'homme mastique lentement son fromage, puis avale d'un trait un verre de vin. Tout à l'heure, il fumera une autre cigarette et peut-être deux.

– Si le grillon chantait, je serais rudement content !

Il veut parler de ce grillon qui chantait tous les soirs derrière la plaque de fonte de la cheminée avant la mort d'Élise. Ça le tracasse :

– Peut-être que je sais pas faire le feu !

Élise c'était l'âme de cette maison, Cyprien était tellement heureux avec elle. Des années et des années sans histoires, réglées par les saisons. Chaque midi et chaque soir, quand il rentrait de son atelier, la bonne odeur de la cuisine, le sourire d'Élise, ses attentions délicates lui faisaient oublier toute sa fatigue. Il soupire en pensant à tout cela. On ne se rend compte du bonheur que quand il est passé !

– Faudra que j'emmène le gamin à la pêche ! dit-il à haute voix comme pour chasser les regrets. Depuis qu'il me le réclame...

Il allume sa cigarette quand, tout à coup, la douleur de sa poitrine se réveille, terrible : un étau de feu lui écrase le cœur. Il veut porter la main à ses yeux ; la cigarette roule sur le plancher. Une nuit profonde l'entoure ; la maison s'est volatilisée. Du plomb fondu coule dans sa tête, l'emporte sur une pente de velours noir, dans un trou sans fond. Il tombe sur le carrelage à côté du feu qui pète. Un peu de bave coule au coin de ses lèvres retroussées. Tino lui lèche les mains, puis se met à hurler à la mort.

2

– Mais qu'est-ce qui lui a pris ?

– Vous savez, il a toujours été têtu et sauvage... Et puis, il n'a peut-être plus toute sa tête !

Laurent a l'air d'un clown avec sa blouse blanche et sa calotte d'infirmier, obligatoires pour entrer dans la salle de soins intensifs. Près de lui, le docteur Brun, beaucoup plus grand, porte cet accoutrement avec le naturel de l'habitude. Une infirmière se tient de l'autre côté du lit où Cyprien Mallorie est allongé, nu sous un simple drap. Une sonde dans le nez, des aiguilles de goutte-à-goutte dans chaque bras, il semble dormir.

– C'était moins une ! dit le docteur d'une voix grave. Heureusement qu'il est solide !

Laurent n'est pas très grand. Brun, les traits fins, il a les petits yeux de son père. C'est un bel homme qui doit plaire aux femmes.

Cyprien a bougé une jambe. Le docteur regarde la raie de lumière verte qui court sur un écran et marque chaque battement de cœur.

– Tout est normal, mais j'ai préféré vous avertir. Sincèrement j'ai pensé au pire!

Cyprien a repris conscience. Son esprit s'est dégagé de l'étoupe qui le maintenait prisonnier d'un magma froid. Il entrouvre les yeux et voit son fils qui semble en peine de ses mains. Laurent a la parole facile et une voix chaude, assez basse, posée :

– Vous savez comment c'était dans les campagnes ? Mon père n'a pas beaucoup évolué. Il n'a quitté la Neuville que pour la guerre! Il est passé du Moyen Age aux Temps modernes et n'a jamais vu de médecin de sa vie...

– S'il ne fait pas d'autres bêtises, il va se rétablir très vite. Seulement, ça peut le reprendre. Alors, s'il est seul...

– C'est le problème! reprend Laurent. Il ne voudra jamais quitter sa maison et j'habite Limoges... Je lui ai proposé d'aller à la maison de retraite de Noyac qui se trouve à quelques kilomètres de la Neuville...

– Vous avez bien une sœur, me semble-t-il.

– Oui, elle habite à Brive. Mais mon père ne s'entend pas avec son mari, alors...

Laurent se déplace. Cyprien ne voit que ses mains qui pendent le long de sa blouse, ses mains fines qui ne sont pas celles d'un artisan.

– Mon père a toujours eu un caractère particulier. Et mon beau-frère est... Comment dire ? Obtus dans ses idées. Assez intransigeant. Non, mon père ne voudra jamais aller chez lui!

Les bras et les jambes attachés, un tuyau qui lui rentre dans la gorge et l'empêche de parler, Cyprien ne bouge pas, mais entend tout. Il serre les dents. Laurent et le médecin doivent penser la même chose : pourquoi cette nouvelle attaque ne l'a-t-elle pas emporté dans la tombe ? Tout le monde serait tranquille ! Laurent n'aurait pas de soucis ni de remords mais il est solide, Mallorie, il en a vu d'autres et son cœur continue de battre ! Dommage pour le gamin qui n'a pas eu sa sucette, à moins qu'Adèle ait une nouvelle fois oublié de fermer à clef ; là, Cyprien fait confiance au petit pour la trouver !

– Je ne vais pas pouvoir m'attarder ! dit Laurent. Juste un aller et retour. J'ai dû annuler des rendez-vous...

– Vous n'avez pas à vous inquiéter ! dit le docteur. Je vous appellerai si nécessaire. Il faudra pourtant que vous régliez rapidement la question de sa sortie. Si tout va bien, je ne peux pas le garder plus d'une semaine.

Laurent serre la main du médecin et fait un pas vers la porte.

– Ça ne sera pas facile !

Il se souvient de ce qu'avait dit sa fille, Caroline, pour justifier son caractère indépendant : « Je suis issue de la génération de la rupture ! » La vérité de cette boutade lui apparaît avec son père seul et malade. C'est lui, Laurent, qui a brisé la chaîne des générations. Avant, tout était réglé de la naissance à la mort : le fils aîné reprenait le métier du père qui vieillissait et mourait au milieu des siens. Tout cela est bien fini ; les jeunes ont fui vers les villes et les vieux restent dans des hameaux déserts. Alors, on a construit de vastes maisons au fond des campagnes où on les rassemble au soir de leur vie...

Laurent s'éloigne. Le docteur dit quelques mots à l'infirmière et sort à son tour. Les heures passent, lentes. Cyprien ne sent plus aucune douleur; il n'a plus de corps. Tout son être s'est réfugié dans sa tête. En dessous de cet os épais, une petite étincelle va d'un souvenir à l'autre, d'un passé à un autre. Il pense de nouveau à Rainette... Un jour, elle lui avait dit : « Je te suivrai partout. Tu peux bien t'en aller au bout du monde, je serai encore avec toi. Parce que, toi et moi, on est la même personne! » Cette phrase lui revient avec une grande netteté. C'est vrai qu'elle l'a suivi partout, même si cela fait des années qu'il n'y a pas pensé...

Il l'a connue pendant trois ans. Cyprien n'était pas un coureur de jupons, mais parfois, il se laissait prendre le cœur. Cela n'enlevait rien à Élise, son Élise, rien à personne. Il a toujours été bon mari et bon père, seulement son côté frondeur ne voulait pas d'une situation définitive et refusait de s'installer dans des habitudes rassurantes. C'est grâce à ces femmes vite oubliées qu'il a continué d'aimer Élise. Mais Rainette n'était pas comme les autres, puisqu'il y pense encore, même si elle n'a jamais été sienne.

L'infirmière vient et lui dit que, si tout va bien, il sera débranché ce soir... Débranché, comme un fer à repasser!

– Et puis faudra pas faire l'enfant, cette fois-ci! ajoute-t-elle en haussant la voix. Sinon, on vous attache! En laisse, monsieur Mallorie.

Pourquoi pas ? N'est-il pas un animal puisqu'on lui a même enlevé la parole ? Les yeux de l'infirmière se promènent sur son corps nu sous le drap, et cela le brûle partout. Il n'a jamais aimé se montrer ainsi, dans sa vérité, surtout aux femmes. A l'armée, la douche commune lui déplaisait au point qu'il se débrouillait pour y échapper. Il a beau se dire que tous les hommes sont faits de la même manière, il se sent laid, ridicule.

La salle de soins intensifs n'a pas de fenêtre. Cyprien ne voit qu'une large lampe au plafond, un néon qui répand une lumière froide sans vie. Quelle heure est-il ? Fait-il jour ? Et sa casquette ? L'a-t-on retrouvée sur la table de nuit ? Il a terriblement peur de ne pas revoir le soleil, le gros soleil rouge qui sort en juin des collines sombres. L'air encore épais de nuit rafraîchit les poumons ; les étoiles s'évanouissent dans la lumière souveraine. C'est l'heure où il aimait descendre au ruisseau avec sa canne à pêche. Qu'elle était bonne alors, cette cigarette qu'il fumait en marchant ! Les odeurs de la terre humide, des plantes nouvelles se mêlaient dans sa bouche à celle du tabac... Il reconnaît ainsi d'infimes plaisirs qui ont tant compté dans sa vie et il y pense, comme pour se donner du courage, sous cette lampe aveuglante, dans cette cage où toute une machinerie d'aiguilles, de cadrans lumineux enregistrent les moindres pulsions de son corps... Il veut vivre. Tant de joies l'attendent encore : ces superbes matins d'automne, miroitants de gelée blanche, le temps de la chasse avec Tino qui sait si bien débusquer les lièvres et, en avril, la première laitue de son potager pleine de la sève du printemps tout neuf. Il y a aussi et surtout le bois. C'est sa vie. Depuis l'âge de quatorze ans, il a passé toutes ses journées dans son atelier, d'abord avec son père. puis seul, à toucher les planches, à les regarder longuement pour en comprendre le grain et les tailler dans le meilleur sens, celui des plus beaux dessins. Cyprien a toujours acheté ses arbres sur pied. Son père lui avait appris à reconnaître les meilleurs. Les vieux noyers, surtout, le fascinaient. Et quand la bille arrivait chez lui, toute craquelée de cette écorce sèche qui cachait un trésor de planches, c'était un jour de fête.

Maintenant, il pense à son chien. Adèle est capable de le laisser une semaine prisonnier dans l'atelier et Tino n'aime pas rester enfermé. C'est un vieux chien aux pattes raides de rhumatismes, jaune avec une grosse tache blanche sur le poitrail. « Plus intelligent que tous les hommes réunis! pense Cyprien. Quand il te regarde, il a pas besoin de parler pour que tu comprennes! »

Voilà que sur l'écran clair du néon se profile le visage de Caroline, sa petite-fille. Elle a ses petits yeux noirs à lui, des joues rondes, les cheveux courts qui lui donnent un air de garçon. Elle ne l'appelle pas pépé, ni papy, mais Cyprien. Ça les rapproche. Si c'était un garçon, Cyprien en aurait fait un bon ébéniste, mais Laurent n'aurait pas voulu : il aurait eu d'autres ambitions pour ce fils unique. Un jour, Caro a dit à son père : « Tu es plus vieux que Cyprien! » Cyprien a fait semblant de ne pas avoir entendu, mais cette phrase, il l'a mise bien au chaud au fond de son cœur et elle lui fait encore du bien. C'est Caro qui aurait dû venir le voir ici. Devant elle, il n'aurait pas eu honte de son vieux corps.

Combien d'heures sont passées ? Cyprien Mallorie n'en sait rien. Le temps n'a pas de mesure dans cette salle sans ouverture. Le va-et-vient est continuel. Personne ne s'occupe de lui. De temps à autre, une infirmière consulte les écrans à la tête de son lit. Cyprien est ailleurs, il chasse avec Olivier à travers la lande humide. Tino court devant, la truffe au sol. Tout à coup, l'animal se met à l'arrêt, frémissant, tous ses muscles tendus, une patte levée, le nez pointé vers la bécasse. Un signe bref de Cyprien et le chien attaque. L'oiseau s'envole ; l'homme pointe son fusil et tire...

Marthe arrive, ses cheveux châtains prisonniers de la calotte blanche, elle aussi en peine de ses bras dans cette blouse obligatoire, trop grande. L'infirmière lui explique que tout va bien. Cyprien sourit à sa fille qui n'ose pas l'embrasser. Le docteur Brun, un bel homme à la peau couleur de tabac blond, répète, très à l'aise, que M. Mallorie ne peut plus vivre seul sinon une nouvelle crise l'emportera. Marthe sait tout cela, mais comment faire ?

– Le prendre avec nous, docteur ? Mais vous ne connaissez pas mon père ! Il ne voudra jamais !

Elle s'éloigne du lit et dit en baissant la voix :

– Et puis, il ne s'entend pas avec mon mari ; le mieux pour tous, c'est la maison de retraite !

Cyprien serre les dents. Sans ce tuyau qui lui

bloque la gorge, il en dirait des choses! Pour Laurent comme pour Marthe, ce père malade est un paquet inutile qu'ils sont prêts à confier à des gens payés pour ça. Payés pour assister les vieillards de trop. Et ils le font en fonctionnaires, en pensant à leurs soucis à eux. Ils leur tiennent la main pour les aider à mourir, la tête ailleurs; alors, cette main, c'est une chose vide de sens, mieux vaut tenir le drap et le serrer très fort en pensant qu'il est vivant, qu'il vous aime. Marthe peut être tranquille, Cyprien n'ira pas chez elle. Il restera dans son atelier, avec son bois et ses machines. Tant pis si une nouvelle crise l'emporte! C'est là qu'il veut mourir, puisque c'est là qu'il a vécu.

On le ramène dans sa chambre le soir même. « Débranché », il peut bouger, se lever, parler, se mettre en colère. Son premier regard va au morceau de ciel de la fenêtre. Le temps s'est éclairci; une traînée jaune suit la ligne des collines à l'occident... Sa casquette n'est pas sur la chaise où il se souvient l'avoir laissée avant son escapade. Cela le tracasse tellement qu'il appelle la fille de service.

– Qu'est-ce que vous voulez encore? dit-elle renfrognée. Vous n'êtes pas arrivé que vous faites déjà des manières!

– Je voudrais savoir où est ma casquette.

– Votre casquette? Mais qu'est-ce que ça peut vous faire de savoir où elle est!

– Parce que j'ai froid aux cheveux. Il me faut ma casquette!

– Ah, vous n'allez pas encore une fois essayer de vous en aller, sinon, on va vous attacher.

– Donnez-moi ma casquette !

L'autre fouille dans la petite armoire qui se trouve à côté de la porte.

– La voilà, votre casquette ! Qu'est-ce que vous croyiez ? Qu'on allait vous la voler ?

– Et puis mon porte-monnaie. Je voudrais regarder la télévision.

– Il est dans votre table de nuit, votre porte-monnaie. Heureusement qu'ils ne sont pas tous comme vous, les malades !

D'autorité, la femme prend une pièce, allume la petite télévision et sort sans rien ajouter. Cyprien regarde, sans les voir, défiler les images de lumière. Il est très loin de cette chambre, au bout du monde, à la Neuville. De son atelier, il voit le clocher d'Orliac-de-Bar qui domine la profonde vallée de la Vimbelle. Quand le soleil se lève, au printemps, tu croirais assister au premier jour du monde.

– Faudrait pas que le gamin ait l'idée d'aller à la pêche tout seul. Il serait bien capable de glisser et de se noyer, ce petit chenapan ! dit Cyprien à haute voix, comme pour se prouver qu'il peut parler de nouveau.

3

Les jours passent, infinis, sans couleur. Cyprien attend, patient dans cette chambre blanche dont la fenêtre donne sur les jardins en terrasses taillées au flanc de la colline. Il s'assoit derrière le rideau et regarde les passants, les voitures, tout ce monde qui bouge, qui va à ses occupations, qui vit. Quand la femme de service vient lui apporter son repas, il lui demande de la monnaie pour la télévision. Ce n'est pas pour la regarder, ces films ne trouvent aucun écho dans sa vie, c'est pour parler à cette femme qui pose le plateau, le regard absent, la tête ailleurs. Il voudrait dormir jusqu'à la fin, ne plus se réveiller pour glisser dans la mort sans heurt, sans peine ni douleur, en lâche.

Au bout de trois jours, le vent a lentement tourné au nord. Cyprien s'en rend compte au ciel qui apparaît entre les nuages, un ciel très haut, très pur, fin comme un tissu de soie et d'une couleur si légère que les yeux ne se fatiguent jamais à la regarder. Les matinées sont froides ; à l'aube, le gel étincelle sur les terrasses.

– Ça, dit-il à haute voix, c'est pas tellement du bon temps pour le brochet! Va pourtant falloir que j'emmène le gamin à l'étang; il me ferait une de ces comédies...

Le docteur Brun vient le voir et le félicite pour sa bonne conduite. Cyprien le laisse parler sans l'entendre. Il pense à son enfance. Son père travaillait à l'ancienne, sans machines, à la varlope pour redresser une planche, et là, pas question de se tromper dans le sens du fil. Une raboteuse taille et polit la surface n'importe comment, pas la varlope! Mais la planche terminée avait un superbe aspect, vivant, chaud, que la pointe des doigts reconnaissait comme étant du bon travail d'un bon ouvrier.

Ce matin, l'aumônier de l'hôpital visite les malades. Cyprien voit entrer un homme rondouillard, la figure large, les joues blêmes et flasques. La croix sur le col de sa veste grise est le seul insigne de son état. Mallorie assis près de la fenêtre suit des yeux les nuages que le vent entasse sur l'horizon.

L'aumônier lui tend la main.

– Je suis l'abbé André, dit-il. Je visite les malades le mercredi.

Tiens, on est mercredi! Cyprien serra la main du prêtre, une main chaude à la peau douce, lisse, une main de curé. Tout de suite, il s'en veut de cette constatation : n'a-t-il pas aussi des mains de curé, lui qui, depuis quinze jours, n'a pas touché une seule planche? C'est l'écorce du bois qui lui manque, cette rugosité vivante, faite d'écailles et de poussière, et ces odeurs de terre chaude, de roche qui s'effrite et d'eau mélangées.

– Et moi, je suis Mallorie Cyprien, menuisier à la Neuville.

Il n'a pas pu s'empêcher d'être un peu arrogant. Sa casquette couvre son visage d'ombre d'où l'autre ne voit que l'étincelle des petits yeux, le nez sec, les joues creuses et le menton qui avance. Il ajoute, agacé :

– Moi, vous savez, votre cuisine à l'eau bénite...

Le curé a l'habitude de ces paysans mal élevés et toujours sur la défensive. Son visage gras aux joues molles reste impassible.

– On peut peut-être parler un peu.

– On peut !

L'homme s'assoit en face du malade.

– Je vais vous dire, attaque Cyprien, agressif, que l'enfer, c'est pas chez le diable. Le diable, ça serait un pas trop mauvais bougre. Il promet rien, lui ! L'enfer, c'est ici, sur la terre de votre bon Dieu, quand on est un vieux et seul comme moi ! Vous croyez qu'il y a pire que ces bras qui sont raides, ces mains qui tremblent et cette peau qui pend partout, trop grande pour ce qui reste d'os ?

L'abbé est un peu surpris. Il n'a pas l'habitude qu'on lui parle de la sorte.

– Il faut avoir la foi ! dit-il conscient que c'est une banalité. Sans la foi, il n'y a pas d'issue possible !

– Ça y change quoi, votre foi ? La vie, c'est avoir chaud ou froid, c'est de sentir la faim, la fatigue ; la vie, c'est respirer. Et vous allez pas me faire croire que les vieux redeviendront jeunes! Votre paradis, même s'il existait, j'en voudrais pas! Je m'y ennuierais à rigoler tout le temps.

L'aumônier regarde fixement ce vieillard anguleux. L'infirmière lui avait dit qu'il était gâteux : ce n'est pas vrai!

– La foi, ce n'est pas forcément suivre à la lettre l'enseignement de l'Église. C'est avoir la certitude que tout ce qui nous entoure, et même notre déchéance à la fin de la vie ne sont pas inutiles... Ce n'est rien d'autre. C'est être bon et loyal, cela suffit pour se dire enfant de Dieu!

– Moi, je sais que la mort est normale, sinon la vie n'intéresserait plus personne, mais c'est quand même une belle couillonnade!

Cyprien se sent soulagé d'avoir parlé ainsi. Il gardait au fond de lui cette rancœur et avait besoin de l'exprimer. Le curé se lève et lui tend de nouveau la main.

– J'ai été très heureux de bavarder un moment avec vous.

Cyprien regarde dehors. Le ciel se couvre de nouveau et il voit entre des nuages épais, lourds de pluie ou de neige, une trouée d'un bleu si pur, si léger qu'il se demande quels doigts de géant sont venus délicatement écarter les nuages.

Un rayon de soleil qui tombe de la fenêtre répand un carré de lumière d'or sur la couverture. Il y plonge sa main; la chaleur est douce comme une caresse. La porte de la chambre voisine claque, le docteur fait ses visites. Cyprien entend sa voix tranquille dans le couloir. Il s'accoude sur son lit, redresse l'oreiller derrière sa tête. Le docteur entre.

– Alors, monsieur Mallorie, on a bien dormi ?

Il sourit, la tête baissée, un peu honteux. Le regard protecteur de cet homme en blouse blanche le gêne. Il a honte de lui, honte de ses mains immobiles, honte d'être couché.

– Ça va bien, marmonne-t-il.

– On va vous faire sortir ! Puisque vous avez été sage...

Cyprien serre les dents. Sage, lui ? Ce mot suppose une soumission qui le révolte. Il a toujours fait ce que sa tête lui commandait sans se soucier des autres, le bien ou le mal.

– Mais vous ne pouvez pas rester chez vous ! Si ça vous reprenait...

Le docteur Brun n'en dit pas plus. La porte blanche se ferme. Le carré de soleil est toujours là, sur la couverture, et la main gauche de Cyprien s'y chauffe. Il pense à son atelier. Dans le hangar se trouvent des planches qui viennent du plus beau merisier qu'il ait vu tout au long de sa vie. Six mètres de long, un tronc parfait avec du bois doré, couleur de ce soleil, aussi chaud. Les planches sèchent depuis six ans. Que va devenir ce trésor qu'il destinait à la salle à manger de Caro ? Après tout, le docteur ne connaît pas mieux l'avenir que les autres. La douleur va peut-être s'estomper complètement et Cyprien pourra recommencer à travailler.

Dehors, le temps a dû se réchauffer. Le vent a

tourné à l'ouest. Le gamin est certainement descendu à l'étang quand il a vu l'horizon se charger de nuages. Pourvu qu'il n'ait pas piqué le brochet du saule! Il en serait bien capable, ce petit voyou... Et après, hein, une fois qu'il serait attaché au gros poisson qui le tirerait vers le milieu de l'eau, que se passerait-il? Olivier n'est pas de ceux qui lâchent la canne et il n'a pas la force du brochet!

La porte s'ouvre de nouveau. On entre ici sans frapper, comme dans une pièce vide. Arrivent Laurent et Marthe, ses deux enfants. Il s'en étonne : cela fait si longtemps qu'il ne les a pas vus ensemble! Laurent est impeccable en complet bleu marine. Son regard sombre, sa bouche aux lèvres pincées marquent sa détermination. Marthe est aussi grande que lui. Elle porte un imperméable clair; un foulard blanc et bleu couvre ses cheveux châtains qui tombent en boucles libres autour de sa figure ovale. Cyprien se dit : « Si elle n'avait pas un couillon pour mari, on pourrait s'entendre. » Laurent fait un pas vers le lit et commence :

– Tu te demandes pas pourquoi on est là, tous les deux? Eh bien, on se fait de la bile pour toi. Le docteur a dit que tu allais sortir. Tu peux pas reprendre ta vie à la maison comme avant.

– Alors, qu'est-ce que tu vas faire? demande Marthe.

Cyprien se sent devenir Culotte. C'était le surnom qu'on lui avait donné à l'armée un jour qu'il s'était mis en colère et avait sorti de la chambre un caporal par le fond du pantalon. Ça lui avait valu quinze jours de prison, mais il ne l'avait pas regretté un seul instant... Ce matin, devant ses enfants, il se contient. Le carré de soleil s'est déplacé sur la couverture ; sa main est de nouveau à l'ombre. Il pense à son chien, qui doit gratter à la porte de l'atelier en l'attendant, et au gamin qui veut aller à la pêche.

– Tu veux pas venir chez moi, à Limoges, ni chez Marthe à Brive... Alors ?

Marthe ressemble à sa mère. Un visage assez long avec des lèvres épaisses, des joues creuses. Elle est probablement belle femme, mais Cyprien ne voit en elle que les manières de Georges Bussière. Son gendre est grand et maigre. Une tête ronde et des yeux qui sortent de leur orbite, des cheveux courts, frisés. Que lui a-t-elle trouvé, pour ne vouloir que lui ?

– Alors, continue Laurent de sa voix sûre, on t'a réservé une chambre à la maison de retraite de Noyac. Tu auras tout sous la main, des médecins, des infirmières, des gens pour préparer tes repas. Tu seras chez toi, comme à la maison.

Mallorie baisse les yeux. Une grosse boule brûlante monte en lui. La tache de soleil prend une couleur de sang.

– Fous-moi la paix ! dit-il à son fils.

Laurent fait comme s'il n'avait pas entendu et marche de la fenêtre à la porte. Marthe s'est assise sur la chaise de bois blanc et croise les jambes.

– Alors, poursuit-elle, Laurent se démène, fait jouer ses relations ; moi, depuis trois jours, je vais d'un côté et de l'autre, préfecture, Sécurité sociale ; et c'est tout ce que tu trouves à dire ?

– Foutez-moi la paix! dit de nouveau Mallorie sans lever les yeux.

Il a envie de crier plus fort, mais dans ce lit il est vulnérable. Un homme ne se défend que debout. S'il était habillé, il les chasserait à coups de pied au cul! Laurent se tourne, met une main dans sa poche. De l'autre, il touche son nœud de cravate. Cyprien le regarde et pense : « T'en fais pas, Laurent, tu te promènes de la fenêtre au lit, comme un roi, pourtant elle t'attend aussi, la dame en noir. Ton tour arrive et tu seras à ma place. Tu parleras moins fort, je te l'assure! »

– Écoute, fais un effort! Le docteur a dit que tu ne pouvais pas rester seul. Tu dois penser que... Sois raisonnable...

Laurent se tait, à bout d'arguments. Il bute contre le mur de son impuissance et peut-être, au fond de lui, est-il de l'avis de ce vieillard obstiné. Marthe insiste :

– S'il faut employer les grands moyens... L'ambulance va t'emmener à la maison de retraite et on t'enfermera à clef dans ta chambre.

Cyprien se tait. Le combat est inégal.

– Et puis, continue Laurent, si Caro était là, elle dirait la même chose!

Il vient de marquer un point. Marthe lui adresse un regard froid. Son père n'a d'attention que pour Caro. Il ne se cache pas pour clamer que les jumelles sont mal élevées et ressemblent à Georges. Alors, un jour que toute la famille était réunie à la Neuville, Marthe a dit que Caro faisait des belles manières au vieux pour lui soutirer de l'argent. Caro s'est mise à rire : comme Cyprien, elle n'a pas l'esprit de famille et laisse aller son cœur vers ceux qui l'attirent.

– Je ferai comme je voudrai ! dit Cyprien entre ses dents. Et vous allez sortir d'ici, je veux m'habiller.

– Tu veux que je t'aide ? demande Marthe.

– Je suis assez grand pour m'habiller seul et j'aime pas montrer mon cul.

Ils sortent et ferment la porte. Cyprien les entend se concerter dans le couloir. Il enfile prestement son pantalon, sa chemise, son gilet, coiffe sa casquette et le voilà prêt pour le combat. Laurent passe la tête par la porte :

– Tu veux qu'on te demande quelque chose ? Tu as soif ?

– J'ai besoin de rien, fait Culotte debout au milieu de la pièce. Personne ne peut m'obliger à aller à votre maison de retraite. Si je veux crever chez moi, c'est mon affaire !

– Mais papa...

– Il y a pas de « mais » ! Je suis assez grand pour savoir comment je veux mourir !

Laurent fait un signe à Marthe et ils s'éloignent dans le couloir. Cyprien claque la porte. L'envie de fumer lui picote les poumons. Il tâte les poches de sa veste, mais on a dû lui prendre son paquet de cigarettes. Le bureau de tabac se trouve au bas de la descente, dans la rue qui prolonge la route de Naves. Son porte-monnaie pèse dans la poche droite de sa veste. La révolte gronde en lui, une colère d'orgueil, contre le monde entier, d'autant plus forte qu'elle ne résoudra rien. Il sort dans le couloir, se dirige vers l'escalier. Laurent et Marthe sont là qui parlent au médecin à voix basse. Le docteur Brun a un bon visage de père tranquille, un peu long, des yeux épanouis, une bouche qui semble sourire tout le temps sous une fine moustache.

– Alors, père Mallorie, voilà que vous faites encore parler de vous.

Il est debout, Culotte, et debout, personne ne l'a jamais fait changer d'avis.

– Je me tracasse pour mon chien qui est vieux, lui aussi !

– Mais vous le verrez, votre chien. Et puis, après, vous irez à la maison de retraite. Ce sera mieux pour vous...

– On va voir...

Laurent et Marthe sourient. Le vieux vient d'abdiquer devant le médecin puisqu'il baisse la tête et fait demi-tour.

– Alors, c'est entendu, dit Brun. Le taxi viendra vous chercher demain matin pour vous emmener voir votre chien. Votre fille a dit qu'elle le prendrait chez elle. Elle vous l'amènera tous les dimanches.

– Je te le promets, papa ! intervient Marthe.

Mais Tino, qui lui a demandé son avis ? Cyprien ne le voit pas chez Georges après qui il aboie. Pauvre vieux chien qu'on veut aussi faire crever loin de chez lui !

– Et puis, insiste le docteur Brun, vous vous installerez demain dans votre chambre à la maison de retraite. J'ai moi-même téléphoné pour qu'on vous donne une des plus belles et que vous soyez aussi libre que chez vous.

– Et mon bois ? Tout mon bois, qu'est-ce qu'il va devenir ?

– Vous pourrez le vendre. Le taxi vous emmènera chez vous aussi souvent que vous voudrez !

– Mais ça coûte cher, le taxi !

– Ne vous tracassez pas pour ça !

Il est onze heures et demie. Le docteur est appelé pour une urgence. Marthe regarde sa montre et s'excuse, embrasse son frère et son père, puis s'en va. Une fille pousse le chariot des repas.

– Bon, je vais te laisser manger ! dit Laurent. Je reviendrai te voir la semaine prochaine à Noyac. Et si quelque chose ne va pas, n'hésite pas à me téléphoner !

Cyprien s'essuie le front huilé de sueur.

– C'est ça, à la semaine prochaine !

Il retourne à sa chambre. Le soleil a fini par chasser les nuages et ruisselle sur les pentes de Tulle, un soleil épais comme du lait. L'automne est souverain, c'est la saison des beaux arbres.

Vers une heure, quand la fille est venue chercher le plateau du repas, Mallorie baisse sa casquette sur ses yeux et sort. Dans le couloir, les gens vont et viennent. Il marche vite comme quelqu'un qui a le sentiment de désobéir. Dans le hall d'entrée, des gens attendent l'ascenseur. Cyprien passe sans regarder l'hôtesse, traverse le parking. Il marche d'un bon pas. Un énorme nuage sombre cache le soleil ; le vent a tourné à l'est et va probablement apporter des gelées dans les jours qui viennent.

– C'est normal ! constate Cyprien. On se trouve au début du mois de décembre.

Au bout de la rue, il tourne à gauche vers le centre-ville. Un vol de ramiers s'éloigne sur la colline voisine.

– Vois ça ! Si j'avais le fusil !

En haut du pont de la Barrière, il s'arrête devant la vitrine d'un magasin d'articles de pêche où sont exposés des cannes et des moulinets. Il pense au gros brochet qu'il a repéré près du saule déplumé de Camille.

– C'est vrai que pour attraper un poisson aussi gros, il faut être équipé ! Et j'ai pas de canne bien solide !

Il entre. Le vendeur est un vieil homme chauve vêtu d'une blouse grise aussi longue qu'une soutane.

– Je voudrais une canne à pêche et un moulinet... C'est pour attraper un gros brochet qui fait largement plus d'un mètre !

L'homme déballe toutes sortes de moulinets. Cyprien en achète un assez gros orné de chromes et de grosses lettres rouges. Il choisit aussi une canne courte, mais très raide.

– Avec ça, le brochet a intérêt à bien se tenir ! Ça fait combien ?

L'homme à la blouse grise dit un prix. Cyprien baisse ses épais sourcils :

– Eh bien, c'est pas donné ! Faut que je vous fasse un chèque !

Avant la mort d'Élise, jamais le vieil homme n'aurait autant dépensé pour la pêche, mais aujourd'hui il lui semble que, sans cette canne et ce moulinet, il ne pourrait pas profiter pleinement de sa liberté retrouvée.

4

Cyprien passe ensuite au bureau de tabac acheter des cigarettes. Il en allume une sur le trottoir, comme un enfant de douze ans qui veut narguer les passants. Sous son bras droit, dans son bel étui au tissu doux comme du velours, la canne à pêche l'encombre.

Quatre heures sonnent au clocher de la cathédrale. Le vieil homme se dit que le car de Vimbelle n'est pas encore parti. En lui donnant la pièce, le chauffeur acceptera de faire un détour et de le conduire jusqu'à la Neuville... Le temps est en train de changer ; le petit bout de ciel de ce matin a grandi malgré les gros nuages noirs qui voguent vers l'ouest. Bas sur l'horizon, le soleil frappe par moments les collines, triste et superbe. Un vrai soleil de décembre.

En marchant sur ce trottoir qui longe la rivière, Cyprien se sent fort, capable de se fâcher ; ni ses enfants ni le médecin ne lui dicteront sa conduite !

– C'est le gamin qui va être jaloux ! se dit-il en regardant la boîte carrée du moulinet que le marchand lui a mis dans un sac en plastique.

Il arrive juste à temps pour monter dans le car qui s'en va sur la route tortueuse qui suit les méandres de la rivière. Quelques femmes du pont de Angles qui reviennent du marché bavardent à l'arrière avec leurs paniers sur les genoux. Un jeune homme s'est assis en travers d'une banquette et somnole. A son sac kaki, Cyprien reconnaît, vêtu en civil, un militaire en permission. Il hausse les épaules : de son temps, on était fier de servir la France et on n'avait pas honte de sa tenue On la prenait même pour aller au bal puisque les filles aimaient ça. Aujourd'hui, les jeunes ne respectent rien. Seule Caro a conservé sa tête à elle, Caro, qui a les yeux de Cyprien, son caractère et qui aime le bois.

L'autocar arrive à Vimbelle. Finalement, Cyprien n'ose pas demander au chauffeur de le conduire à la Neuville. Le soleil a passé derrière la colline de Saint-Salvadour. L'ombre monte de la rivière qui fume. Des nuages très légers défilent sur le vert d'un ciel qui annonce le gel pour la nuit. Cyprien va monter à pied à la Neuville. Il passe le pont, prend la oute au flanc de la colline. La nuit tombe; les arbres s'engluent dans la grisaille : seuls quelques sapins, sur les hauteurs d'Orliac-de-Bar sont encore auréolés d'une lumière d'or. Cyprien respire à pleins poumons l'air vif du soir. Un petit vent frisquet qui descend des Monédières lui avive les joues.

Combien de fois a-t-il suivi cette route seul ou avec Élise ? Elle serpente dans l'ombre des bois jusqu'à la lumière des sommets. Cyprien a hâte d'arriver. Jamais il n'ira à la maison de retraite de Noyac; en marchant dans cette nuit froide, il en a la volonté et ne changera pas d'avis.

Maintenant, la nuit est profonde. Le vieux allume une autre cigarette; la pointe incandescente lui tient compagnie.

Rainette lui avait dit : « C'est toi qui reviendras toujours vers moi, mais je t'attendrai chaque matin et chaque soir. Je t'attendrai tous les instants de ma vie. » Sa voix avait la chaleur du foin trop sec, sa peau attirait les lèvres, une peau de soleil, précieuse et douce.

Il arrive à la maison de Camille perchée au bord de la pente, comme prête à rouler au fond de la vallée. Dans quelques minutes, il sera chez lui. Pourquoi a-t-il encore pensé à Rainette ? Quel âge avait-il lors de leur rencontre ? Quarante ans ? Moins ? Tout se brouille dans ses souvenirs. A mesure qu'il avance vers son atelier, il ne pense qu'à son chien, le meilleur compagnon de chasse qu'il ait jamais eu!

Quand Cyrien arrive à la porte de la menuiserie, Tino, qui l'a flairé, se met à japper et gratte le bois sonore. La nuit s'est épaissie. La brume monte de la terre humide; un hibou hulule dans le bois voisin.

– Sale bête! dit Cyprien. Qu'est-ce que tu racontes encore ?

Le chien tourne autour de l'homme en remuant la queue, lui lèche les mains et gémit de bonheur. A la maison, tout est en ordre; la nappe luit sous la lampe. Adèle a rangé la vaisselle et balayé sous la table. Il fait froid. Laurent voulait que son père fasse installer le chauffage central, mais Cyprien a refusé :

il a toujours vécu ainsi à la Neuville et il ne comprend pas la nécessité de changer. Pour faire plaisir à Élise, il a acheté, voilà trois ans, cette grande cuisinière dont l'eau chaude circule dans un circuit de radiateurs. Le seul inconvénient, c'est qu'il faut l'allumer et la garnir de bois. Ce soir, Cyprien n'en a pas le courage. Cette marche dans la nuit tombante l'a épuisé. Il va se contenter d'une flambée dans la cheminée. Au temps d'Élise, tout ceci était naturel. Après tant de vie commune, Élise et Cyprien n'étaient plus qu'une seule personne. Ce n'était plus l'amour du début, mais ils s'étaient rejoints dans le fond d'eux-mêmes, avec les mêmes pensées, les mêmes goûts ; ils se ressemblaient. Élise venait d'un village voisin, de Croussac, situé à un kilomètre de là. Cyprien se rappelle encore cette petite fille, pas toujours propre, avec des sabots trop grands qu'elle bourrait de paille. Élise n'aimait pas les garçons, comme toutes les fillettes de son âge, et leur tirait la langue. Cyprien l'attendait au coin de l'église pour lui lancer des cailloux ; c'est pourtant elle qu'il a conduite, le 25 avril 1945, à l'église d'Orliac-de-Bar.

Quarante-quatre ans sont passés. Tellement vite ! Élise est morte il y a deux mois, à l'hôpital de Tulle d'où Cyprien vient de s'évader, sans revoir sa maison. Morte toute seule, entre des étrangers. Il s'en veut de ne pas avoir su forcer le barrage des infirmières et des médecins pour aller lui tenir la main.

Les flammes grandissent sur les brindilles, s'accrochent aux bûches de hêtre. Cyprien tend ses mains. La chaleur répand en lui un bien-être infini.

Le feu lui rappelle toujours sa captivité en Allemagne. Il avait été placé dans une menuiserie. Le jour de son arrivée, il avait allumé un vieux poêle qui s'était mis à fumer si fort que les gens, croyant à un incendie, étaient venus avec des seaux. Le feu l'a toujours bien servi : deux ans plus tard, il s'était évadé pendant l'incendie d'une grange. Il n'était pourtant pas malheureux, mais le mal du pays lui nouait le ventre. Son patron, un homme d'une cinquantaine d'années, Frank Müller, tout en épaules et en gueule, appréciait les bons ouvriers. Comme il ne parlait pas le français et que Cyprien ne connaissait rien de l'allemand, en quelques mois ils avaient inventé une langue à eux, ni allemande ni française, un charabia qu'ils étaient les seuls à comprendre... La fille de la maison s'appelait Gertrud, une blonde aux lèvres épaisses. Elle venait voir Cyprien dans l'atelier. Un soir, elle s'était approchée de lui, très près, et avait posé ses lèvres sur les siennes. Cyprien en avait ressenti un grand bonheur qu'il n'a pas oublié.

Une bûche s'effondre et roule à ses pieds. Il a envie d'une omelette, une bonne omelette, légère, comme Élise savait si bien les faire. Il met la poêle sur le feu, bat les œufs dans un bol. Quand l'omelette est prête, croustillante, aussi belle que de l'or, il la fait glisser sur son assiette froide où elle se rétrécit. Le pain de huit jours craque sous la lame de son Laguiole, se brise en miettes. Ce n'est pas le bon pain d'autrefois qui se conservait trois semaines. Les boulangers d'aujourd'hui ont perdu la fierté du beau travail. Tout comme les ébénistes! Leurs meubles en panneaux d'aggloméré ressemblent à des boîtes. On ne peut pas être boulanger si l'on n'a pas l'amour du pain ni ébéniste si on ne respecte pas le bois. Quand il va chercher les champignons, Cyprien ne marche jamais sur les jeunes arbres. Il regarde avec émotion les petits chênes de l'année, encore accrochés au gland. Cette tige, pas plus grosse qu'une aiguille à tricoter, surmontée de trois feuilles qui semblent démesurées, ce sera peut-être, dans trois cents ans, cet arbre superbe dont un bon ouvrier fera des meubles d'une beauté infinie. Une planche se contemple et se touche comme un corps de femme se caresse. Chaque veine, chaque mouvement dans cette matière odorante, parlent des années passées, du printemps froid qui a retardé les feuilles, de l'été trop sec qui a resserré les stries foncées. Au toucher, le bois a la douceur d'une peau faite pour donner du plaisir.

Cyprien boit un verre de vin. Les flammes lui chauffent le dos et il se sent bien. Il sort le moulinet de sa boîte, le pose devant lui. La manivelle tourne à la moindre pression ; l'anse brille autour de la bobine. Tout à l'heure, il le garnira de fil.

– C'est le gamin qui va en faire une tête quand il va voir ce moulinet ! Sûr qu'avec ça on va l'attraper, le gros brochet du saule à Camille !

Il allume une cigarette, puis sort la canne à pêche de son fourreau. Il y fixe le moulinet.

– Du beau matériel ! dit-il, satisfait. Bon, je garnirai ça demain matin. Je vais me chauffer un peu et aller me coucher !

•

Il coupe une large tranche de pain qu'il lance au chien et ajoute une bûche dans le feu qui pète. Un silence de plomb lui bourdonne aux oreilles.

– Et le grillon ? Qu'est-ce qui lui prend à cette charogne de pas chanter ?

Quand il s'est bien rôti la figure, Cyprien passe dans sa chambre. Son fusil est appuyé sur la table de nuit, à portée de la main. Il pose sa casquette, son pantalon bleu, puis se souvient qu'il a oublié d'éteindre le feu. Le plancher est gelé sous ses pieds nus. Sa poitrine lui fait mal, mais il se force à ne pas y penser.

Tino s'est couché au pied du lit sur la couverture que l'homme a étalée par terre. Au temps d'Élise, le chien n'avait pas le droit de rentrer dans la maison ; en voilà un au moins que la solitude de Cyprien arrange !

– Brave Tino ! dit-il en s'allongeant dans les draps glacés. Toi aussi, tu n'es pas de la première jeunesse et pourtant quand les chiennes te réchauffent le sang, tu vas courir ! Tu vas leur faire la cour à ces femelles de chiennes. Et gare si un autre gaillard s'approche ! Mais après, collé à ta copine que tu ne regardes même plus, tu m'as l'air d'un beau couillon !

Une douce chaleur envahit ses membres. Cyprien se laisse aller au fil de ses pensées désordonnées. Rainette lui avait dit : « L'amour entre un homme et une femme, c'est si rare qu'il ne faut pas le gaspiller. Ça vient quand tu ne l'attends pas parce que tu le portes en toi, une petite graine d'amour qui va, tout d'un coup, germer et grandir. Mais ça meurt aussi... »

A cette heure, ces paroles auxquelles il n'avait pas pensé depuis près de trente ans lui chauffent le cœur tandis qu'il glisse dans un sommeil sans fond.

5

Le chien se dresse et gronde, le poil hérissé. Cyprien sursaute, sa main touche le canon du fusil. Une lumière laiteuse baigne la chambre. Adèle entre sans manières ; c'est une forte femme aux cheveux blancs qui tombent en mèches frisées sur ses oreilles. Son large visage rouge marque la surprise :

– Ils vous ont lâché ? Je vous ai pas entendu venir, hier au soir !

– Bonjour, Adèle ! dit Cyprien qui s'est assis sur son lit. Vous vous êtes encore une fois occupé du chien ! Je vous remercie.

– Il est aussi têtu que vous ! Il voulait pas manger de ma soupe ! Comme si j'avais voulu l'empoisonner, votre sale bête !

La grosse femme va et vient dans la chambre, range les vêtements, puis passe un coup de balai sous l'armoire. Elle évite le regard de Cyprien qui n'ose pas s'habiller devant elle. A cette heure, tous deux pensent à la même chose. C'était avant le retour des prisonniers. Jules et Adèle s'étaient mariés deux ans plus tôt. Elle n'avait pas passé deux mois avec son mari rappelé, emmené prisonnier en Allemagne d'où il ne reviendrait que cinq ans plus tard. Cyprien qui s'était évadé venait juste d'arriver à la Neuville. Un matin du mois de juin, il avait trouvé Adèle sur la route de Vimbelle qui remontait ses chèvres du pré. Ils avaient marché un moment dans le chemin qui sentait l'herbe verte et la terre chaude, une odeur qui desséchait la gorge, ce matin d'été. L'homme pensait qu'il aurait pu la renverser sur cette herbe et, quand la femme l'a regardé, il a compris qu'elle pensait la même chose. Il l'a prise très vite, avec la conscience que c'était mal pour Jules. Ils ont recommencé quelques fois jusqu'à ce que Jules soit libéré, sans jamais abandonner le vouvoiement de rigueur entre voisins. Depuis, Adèle a pour Cyprien une grande tendresse et il sait qu'elle veille sur lui.

– Et le gamin, comment qu'il va ?

Adèle hausse les épaules.

– Comme d'habitude : une bêtise n'attend pas l'autre ! Il est à l'école, c'est jeudi !

– Samedi après-midi, je l'emmène à la pêche !

– On verra, Cyprien. Vous n'êtes pas encore bien dru ! Pour l'instant, il faut vous lever ! Paraît que vous allez partir à la maison de retraite ?

– Qui a dit ça ? s'écrie Cyprien.

Adèle a un sourire tendre :

– Vous serez toujours aussi têtu !

– Le Jules est toujours costaud ?

– Sa jambe lui fait mal ! C'est le changement de temps qui lui agace les rhumatismes.

– D'autres nouvelles ?

– Toujours pareil. Des Parisiens sont arrivés l'autre semaine dans la maison du notaire. Couturier, qu'ils s'appellent ! L'homme est venu à l'épicier ; je l'ai vu de près ; il est rudement bien ! Paraît qu'il écrit un livre ! Vous vous rendez compte !

– Bah, les Parisiens, il faut toujours qu'ils se fassent remarquer. C'est tout ?

– La Marie Montet, de la Gane, est repartie à Paris chez ses enfants...

– Et l'Élodie ?

Adèle fait une grimace. Sa bouche se durcit :

– Celle-là, toujours la même. Si elle trouvait quelque galant dans le chemin, elle se laisserait bien lever les jupes. Vous en savez quelque chose, Cyprien.

– C'est une vieille, maintenant...

– Ça passe jamais, le vice !

Ils pensent tous les deux à la même chose, à l'amour qu'ils faisaient dans le petit chemin qui conduit aux pâturages de Vimbelle... A cette époque, Élodie était la plus belle femme de la commune ; les hommes tournaient autour d'elle, et pourtant elle est restée vieille fille à s'occuper de son père. Elle a le don de soigner les bêtes et on vient encore la chercher pour qu'elle pose les mains puisqu'on la paie moins cher que le vétérinaire.

– Bon, vous allez vous lever. Je vais faire votre lit et, l'après-midi, je mettrai un peu d'ordre dans cette maison qui ressemble à un repaire de brigands.

Elle revient dans la cuisine, pousse les cendres où la braise s'est conservée toute la nuit. Cyprien en profite pour enfiler rapidement son pantalon, prendre sa veste et sa casquette.

– Vous croyez pas que vous seriez mieux à la maison de retraite ?

– Arrêtez de dire des conneries ! Je suis encore aussi fort qu'à trente ans.

Ce qu'il ne dit pas, c'est que la douleur lui ronge de nouveau la poitrine, un bête sournoise qui se nourrit de sa chaleur, de sa force pour mieux l'étouffer. Elle grandit dans son ventre, dans ses poumons et contre son cœur qu'elle oppresse, qu'elle fatigue.

– Je vous ai fait du café ! dit Adèle.

– Quel temps il fait ?

– Comme ça ! dit-elle en ouvrant la porte. Gris avec un peu de vent froid. On dirait qu'il va neiger ! Bon, il faut que je m'en aille, maintenant !

Le café le met de bonne humeur. Quand il a fini de boire, il allume une cigarette.

Cyprien passe dans la remise, fouille plusieurs tiroirs et ne trouve pas les bobines de fil qu'il croyait avoir mises avec son matériel de pêche :

– Mais qu'est-ce que j'ai bien pu en faire ? Et si je les avais rangées dans la salle à manger ?

La salle à manger est une vaste pièce continuellement fermée. Il y règne une odeur de moisi et de vieux bois. Au mur sont accrochées dans un cadre les décorations militaires de Léon Mallorie. Élise y avait fait installer la télévision qu'elle regardait quelquefois, le soir. On n'y mangeait que pour les très grandes occasions, quand on avait des invités.

– Mais qu'est-ce que j'ai bien pu faire de ce crin ?

Il trouve enfin une bobine dans une boîte sur l'étagère de la cuisine. Tino est dans ses jambes et le regarde de ses grands yeux pleins de la lumière du jour.

– Et toi, tu n'en perds pas une, ma vieille rosse ?

Cyprien se débarbouille rapidement dans un coin de l'évier, allume une deuxième cigarette et sort. Le temps est bas. La gelée a été évitée de justesse. Des nuages lourds roulent du nord-ouest. L'air qui pique attend la neige. Cyprien sait que l'hiver sera précoce : les oies sont descendues plus tôt que les autres années. Les sangliers ont passé par hordes dès octobre, s'éloignant des pentes pelées des Monédières.

L'air frais lui fouette le visage. Il marche d'un pas allègre jusqu'à son atelier. Devant la maison du notaire, il aperçoit un homme aux cheveux gris ; son allure tranquille lui rappelle le docteur Brun. Ce doit être le Parisien dont Adèle lui a parlé. Jules a ouvert les portes de son étable.

Une voiture arrive par la route de Vimbelle et tourne dans le raidillon de l'atelier. Cyprien la reconnaît tout de suite, cette grosse Renault rouge ; elle ressemble à son propriétaire, Georges Bussière, son gendre. Georges est grand et maigre. Il pince constamment ses lèvres fines sous ses yeux globuleux. Directeur du service des prêts à la B.N.P. à Brive, il parle peu, d'une voix incisive. Les dimanches matin, quand il est à la maison, les jumelles jouent en silence dans leur chambre et oublient de se disputer. Cyprien ne l'aime pas : Georges n'apprécie pas la rigolade, ne boit que de l'eau et, pire que tout, n'entre jamais dans le jeu de son beau-père.

La voiture s'arrête devant sa maison; la portière s'ouvre, Georges se déplie et se penche vers Cyprien pour l'embrasser d'une manière mécanique. Tino qui n'aime pas Georges grogne un moment, puis va arroser les quatre roues de sa voiture. A son tour, Marthe embrasse son père. Ses cheveux noirs sont emprisonnés dans un foulard rouge et blanc. Elle n'est pas fardée; ses grands yeux gris-vert se voient à peine; ses joues sont de plâtre. Même ses lèvres naturellement bien dessinées ne se remarquent pas. Elle attaque :

– Tu es pire qu'un enfant! A toi tout seul, tu mets dans l'embarras plus de gens que tous les malades réunis! Qu'est-ce qui t'a encore pris?

Cyprien baisse sa casquette sur ses yeux. La colère monte en lui, un brasier qui grandit, qui lui brûle les joues.

– Tu vas nous suivre à Noyac, continue Marthe, sinon Mme Lebel, la directrice, va donner ta chambre à quelqu'un d'autre. Après ce qu'on a fait pour l'avoir, cette chambre, on aura l'air de quoi?

– C'est vrai, insiste Georges, conciliant. Il vous faut être raisonnable! Vous serez bien, là-bas!

Voilà qu'il s'en mêle, lui! Il ferait mieux de se taire! Cyprien, qui l'ignore, regarde sa fille dans les yeux :

– Laisse-moi tranquille, la Marthe! Je sais ce que je dois faire!

Marthe explose. Un peu de rouge lui colore les joues et ça lui va bien :

– Mais, espèce de tête de mule, tu ne comprends pas que c'est pour ton bien? Qu'ici tu ne peux plus rien faire ? Le travail, pour toi, c'est fini ! Tu es malade, tu entends ! Le docteur a dit que c'était très grave ! Tu veux mourir ?

– Je m'en fous de mourir !

Cyprien voit du rouge se répandre autour de lui, des flots de rouge comme chaque fois qu'il se met en colère et ne se contrôle plus.

– Je fais ce que je veux, tu entends ! Pars et tout de suite !

– Je vous en prie ! insiste Georges qui s'approche. Soyez raisonnable !

– Partez ou je vais chercher le fusil !

Marthe crie en montant dans la voiture :

– Je vais avertir Laurent. On viendra te chercher avec les gendarmes !

– C'est à coups de fusil que je les recevrai, tes gendarmes !

La voiture démarre, manœuvre et s'éloigne dans la descente. Quelques gouttes de pluie piquent la peau. Cyprien reste un long moment devant la porte en pensant à Marthe qu'il vient de chasser. Petite fille, elle était très belle. Une brune aux yeux changeants comme un ciel de printemps. Elle riait tout le temps et mettait tant de grâce dans chacun de ses gestes qu'il disait à Élise de lui acheter les plus belles robes. Elle séduisait tout le monde par son sourire espiègle qui montrait des dents de souris parfaitement rangées. Tout le monde l'aimait et Cyprien se laissait aussi conquérir par ses manières de petite femme. Laurent, son aîné de huit ans, en était jaloux. Marthe mettait du soleil partout où elle se trouvait...

Puis elle a grandi, d'un coup, à seize ans. Elle est devenue cette femme terne au visage long et blême qui ne sourit plus... Cyprien a cru étouffer de rage quand elle a annoncé son intention d'épouser Georges. Il a fait la tête pendant tout un mois et, le jour venu, a refusé de se rendre à la cérémonie. Élise a dû inventer une histoire invraisemblable pour justifier son absence. Personne ne l'a crue et on a parlé du mauvais caractère de Cyprien.

Il rentre chez lui et, comme il se sent la gorge sèche, boit un verre de vin d'un trait. La douleur serpente entre ses poumons.

– C'est pas tout, mais il faut que je le finisse, ce coffre à jouets du gamin!

Il sort de nouveau. Une petite bruine tombe de ce ciel si bas qu'on le sent peser sur les épaules. Une lumière blafarde éclaire les collines. Cyprien entre dans son atelier. Contre le mur, au-dessus de l'établi, sont accrochés des outils sur un panneau en bois : scies de différentes formes, ciseaux, gouges, rabots, clefs diverses. Au-dessus de la porte est suspendu un calendrier jauni de 1963. Il l'a gardé à cause de la photo qui représente un pêcheur en train de sortir une truite d'un torrent. Sa vie entière est enfermée là, entre cet établi et ces machines. Ses bonheurs et ses sentiments ont toujours eu une odeur de poussière de bois.

– Bon, ce coffre... Reste à faire le devant des tiroirs, c'est pas sorcier! Il pourra pas dire que je me moque de lui, le gamin, c'est du merisier massif, ça!

Il passe dans le hangar voisin où sont entreposés

des madriers. Il prend l'un d'eux et veut le soulever. Un coup de poignard en plein cœur le fait lâcher prise. Il tombe sur les genoux. Son cœur s'emballe.

– Nom de Dieu...

Il s'assoit sur une pierre plate.

– Qu'est-ce qui se passe, là-dedans ?

Un quart d'heure passe. Cyprien voit défiler devant lui des visages, des paysages qui ont dû compter dans sa vie, mais qu'il ne sait plus replacer. Il allume une cigarette. Le vent pousse les nuages à coups de poing, écrase leur face sombre pleine de pluie froide. Cette grisaille humide fait rêver d'un grand feu de bois, d'un chaudron ventru où chante de l'eau.

La cigarette terminée, Cyprien se dresse et grimace. Tino s'est assis devant lui et le regarde de ses yeux de vieille bête qui comprend tout. En serrant les dents, l'homme soulève de nouveau le madrier et le traîne dans l'atelier. Il le pose sur le banc de la raboteuse pour limer la partie râpeuse. La machine se lance avec un sifflement aigu. Cyprien se force à ne pas penser. Le mal gagne son ventre, engourdit ses jambes. Des flocons de suie se déplacent devant ses yeux, grandissent et, d'un coup, noient sa tête. Dans un dernier éclair de lucidité, il voit la salle de soins intensifs, puis un ciel avec des gros nuages ronds et clairs. Il roule sur le sol, la tête dans la sciure. Tino lui lèche les mains en gémissant. Le bruit strident de la raboteuse qui tourne à vide remplit tout l'atelier.

Quand il se réveille, Cyprien ne se souvient de rien. La planche a basculé et lui est tombée sur les jambes. De la porte restée ouverte, une langue d'eau coule jusqu'à l'établi. En le voyant bouger, Tino jappe et remue la queue. Cyprien a l'impression d'avoir glissé le long d'une pente savonnée, pendant très longtemps. Rien n'a retenu sa dégringolade, pas même un souvenir, un nom qui serait sorti de sa mémoire. Élise est au paradis, pas en enfer.

– Qu'est-ce qui m'est arrivé ?

Il s'accoude, la tête lourde d'un plomb froid qui l'empêche de penser, se frotte le menton piquant d'une barbe de deux jours, puis en s'aidant des mains, tente de se mettre debout. La douleur serpente toujours entre ses poumons. La pensée qu'il va mourir le harcèle. Bientôt, il ne restera de lui qu'un nom sur la tombe familiale, en dessous de celui de son père. Il appréhende cet état qui n'en est pas un, redoute le néant. Si Élise avait su le convaincre de croire en son Dieu de bonté, il n'en serait pas là. Mais comment est-ce possible ? La plus grande des supercheries n'est-elle pas de vouloir persuader les hommes qu'il y a dans l'univers un Dieu uniquement pour eux ?

– Toutes ces simagrées me cassent les pieds ! dit-il en regardant Tino. Qu'est-ce que t'en penses, toi, qui es plus malin que beaucoup d'hommes ?

Cyprien avance de quelques pas dans le chemin. Ses galoches raclent le sol. Une mobylette arrive au sommet de la côte d'Orliac. C'est Auguste qui habite la Gane, un vieux aux larges épaules, bedonnant, le visage rouge et jovial. Ses yeux globuleux semblent rire tout le temps ; il se tient très droit sur sa mobylette.

Cyprien oublie un moment la terrible menace de son corps. Avec Auguste, c'est un bon côté de sa vie qui défile, des beuveries, des femmes. Ils sont partis ensemble à l'armée, encore ensemble à la guerre... Élise n'aimait pas Auguste.

– Alors, le Cyprien, dit-il en mettant pied à terre, paraît que tu as eu une attaque ? Mais t'en fais une tête !

Cyprien a encore mal. Pourquoi Auguste, qui a le même âge que lui, est-il toujours aussi fort qu'à quarante ans ?

– Allez, viens donc payer ton canon !

Ils entrent dans la maison. Cyprien prend deux verres dans l'évier, les passe sous le robinet et va chercher la bouteille.

– La vieillesse est la pire des maladies ! finit-il par dire.

L'autre éclate de rire.

– Faut pas dire ça ! Pourquoi que tu prends pas du bon temps ?

– Le bon temps pour moi, c'est d'être dans mon atelier et de travailler. Si je fais rien, je m'ennuie !

– Moi, je m'ennuie jamais ! Regarde, je vais me promener ou chercher les champignons. Je vais à la pêche, voir les copains...

Le visage d'Auguste est resté lisse, ses joues pleines sans rides montrent sa bonne santé. Cette injustice assombrit Cyprien qui en veut au mauvais sort de s'acharner sur lui en épargnant les autres. Auguste a tout et sa femme, la douce Marinette, tient la maison, prépare les repas... C'est vrai, pour lui, la retraite est le meilleur moment de sa vie.

– Et puis, je suis seul. Et les corvées manquent pas...

Le ciel s'est un peu éclairci. Les nuages, plus hauts, se déchirent par endroits. Le vent a tourné au nord. L'air plante ses aiguilles de neige dans le sensible des joues.

– Tu devrais demander à l'assistante sociale une aide à domicile qui viendrait te faire ton ménage et te préparerait un peu de soupe.

– Et quoi plus ? sursaute Cyprien.

– Arrête de dire des conneries ! Ils font ça pour les personnes âgées.

– Moi, j'ai besoin de personne !

Il ne se sent pas bien. L'aigreur du vin lui soulève l'estomac. Auguste raconte les nouvelles du pays que Cyprien écoute d'une oreille distraite. Toute une foule de choses bougent en lui, s'agitent, magma fangeux de souvenirs où joies et peines se mêlent. Il va acheter un grand cahier et il écrira à chaque page une histoire qui lui est arrivée. Après, il mettra tout ça dans l'ordre, comme des cartes à jouer... Élise n'a rien laissé dans l'ombre ; il peut raconter leur vie au jour le jour depuis leur enfance. Rainette, cette femme de la nuit, n'a semé en lui que doutes et incertitudes.

Auguste finit son verre et se lève :

– Bon, je te laisse. C'est que la patronne va se fâcher !

Il s'éloigne dans le chemin, les mains au fond de ses grandes poches. Le ciel a encore changé ; l'éclaircie a fui vers le sud. Au nord, les nuages se sont agglutinés en un tapis couleur ardoise qui pèse sur les Monédières. Le vent s'est levé.

Cyprien est toujours assis à table devant son verre. Le silence de la maison bourdonne à ses oreilles. C'est le silence des pierres qu'il a entendu dans les Ardennes, pendant la guerre, alors qu'il se trouvait seul sur le flanc d'une colline. Un silence au gros dos, hérissé d'écailles qui semblent cliqueter dès que le moindre souffle d'air les agite. Il est presque midi, mais il fait sombre. Cyprien appuie sur le bouton de l'électricité. Une bonne soupe lui ferait du bien. Il décide d'aller arracher un poireau, un navet et deux carottes dans son potager. La grisaille suinte des nuages. L'air pique, un air de neige. Chaque geste qu'accomplit le vieil homme lui demande un grand effort. Il se dit pourtant que tout ceci va certainement s'arranger avec le temps. Quelques épines se plantent à l'intérieur de son cœur.

Des pas sonnent sur le perron, la porte s'ouvre, Adèle arrive avec une casserole à la main.

– Voilà un peu de soupe et un restant de ragoût! Ça va vous éviter de cuisiner!

Cyprien ne saurait dire pourquoi, mais, chaque fois qu'Adèle vient lui apporter quelque chose, il se sent humilié. Il baisse sa casquette sur son front :

– C'était pas la peine! Regardez, je suis en train d'en faire!

– Je vais pas la remporter! dit-elle. Ça sera pour votre chien!

Elle sort. La fumée de l'eau qui bout rend le

silence supportable. Cyprien pense que le gamin va bientôt rentrer de l'école. Il pose la canne à pêche contre la table, juste en face de la porte d'entrée, puis va chercher du bois. L'air épais a estompé les arbres et les maisons. La jeune femme de M. Couturier revient de la promenade avec son chien, un curieux animal comme Cyprien n'en a jamais vu. Il a la peau plissée sur le dos, trop grande pour son corps. Tino n'aime pas ce chien d'appartement et tourne autour en grognant. Des pigeons se tassent sur le faîtage de la grange, les plumes hérissées, signe de neige. Cyprien prend une petite brassée de bois dans le hangar et rentre chez lui. Le silence est de nouveau immense. Lourd comme les murs qui menacent de s'écrouler. Le feu est mort ; Cyprien le rallume avec des gestes méthodiques. La lumière électrique fait briller une étoile sur chaque anneau métallique de la canne à pêche.

Tino regarde la porte fermée en remuant la queue. Cyprien, qui a compris, baisse la tête sur la page du journal qu'il a pris dans la caisse à bois. Un enfant de sept ou huit ans entre en chantonnant. Son cartable dépasse ses épaules. Très brun, il est assez grêle. Sa figure ressemble à une pomme avec ses joues rouges. Ses yeux, très noirs, s'arrêtent sur la canne à pêche qu'il n'ose pas toucher. Cyprien le regarde sous ses épais sourcils et se délecte de son étonnement.

– C'est à toi, ça, Cyprien ?

Le vieux sourit légèrement :

– A qui veux-tu que ce soit ?

– Tu l'as achetée à l'hôpital ?

– Couillon ! Il n'y a pas de cannes à pêche à l'hôpital ! C'est pour attraper le gros brochet du pré à Camille. On y va samedi après-midi !

Olivier se tourne vers le vieil homme en ouvrant de grands yeux :

– Samedi après-midi ? Il faudra que je demande la permission à ma grand-mère. Tu sais que ma maman va me prendre chez elle à Noël ? Ouais ! Elle m'a écrit pendant que tu étais à l'hôpital. Une longue lettre. Tiens, regarde !

Il tend à Cyprien une enveloppe cornée qu'il a sortie de sa poche.

– J'ai pas mes lunettes !

– Tu veux pas me croire, hein ? Eh bien, mon grand-père va m'emmener à la gare de Brive et je prendrai le train tout seul !

Le gosse fait jouer les anneaux de la canne à la lumière de la lampe, tourne la manivelle du moulinet :

– C'est chouette ! dit-il, admiratif.

Il se dirige vers la porte :

– Faut que j'y aille, sinon je vais me faire engueuler ! Alors, on y va samedi après-midi l'attraper, ce gros brochet ?

– C'est bien sûr.

Il s'en va. Cyprien est un peu déçu. Olivier n'a pas été autant surpris qu'il l'aurait voulu par la canne et le moulinet. Il le sera bien quand il va voir comment on peut lancer loin...

Ce soir, la nuit est épaisse d'humidité. Le monde s'est réduit à la cuisine de Cyprien. Après la soupe, le vieux s'installe un moment devant le feu. Les flammes crépitent. Tino dort, les pattes avant dans les cendres.

– Et ce grillon... Tu crois pas qu'il pourrait chanter un peu pour me tenir compagnie ?

Depuis la mort d'Élise, il redoute ce moment : sa solitude grandit d'un coup, immense, l'enveloppe, l'étouffe. Le silence se hérisse de menaces. Alors, il boit du vin pour s'étourdir. Les souvenirs défilent comme au cinéma, la télévision du passé ne chôme pas.

Dans ce bar à côté de la poste à Tulle, il était en train de boire une bière. Rainette était entrée quelques instants plus tard et il avait vu sa silhouette se découper dans la lumière de la porte et ses yeux n'avaient pas pu se détacher de cette lumière. Elle avait demandé au barman si l'autocar de la gare de Corrèze avait passé. Elle devait se rendre à Châteauroux pour rejoindre son patron qui y avait une résidence secondaire. Le barman, sans arrêter d'essuyer ses verres d'un geste rapide et méthodique, lui dit que l'autocar ne passait que le mercredi et qu'on était jeudi. Elle prit un air affligé. Cyprien, qui avait fini sa bière, lui proposa de l'emmener dans sa camionnette.

Durant le voyage, ils avaient bavardé de tout et de rien. Cyprien avait beaucoup parlé d'Élise comme pour se défendre de ce qui le poussait vers Rainette... Le train était parti ; il la reconduisit chez elle, une ferme au toit à quatre pans avec un escalier en pierre au bord de la route. C'était du côté de Gimel ; le souvenir de la cascade, du pont et de l'hôtel qu'on voit de la route est lié à ce voyage. Par la suite, il y était retourné souvent et pourtant, ce soir, il ne se souvient pas si, après le pont, il fallait tourner à droite ou à gauche. Le village se trouvait plus loin, à une centaine de mètres...

6

Marthe regarde l'heure et s'impatiente : les jumelles sont encore dans leur chambre et se chamaillent. Elle ouvre la porte de la cuisine et leur crie de se dépêcher. C'est tous les matins la même chose ! Les fillettes jouent au lit et, au dernier moment, il faut courir pour arriver à l'heure à l'école. Georges est parti à son bureau ; il ne rentrera que vers midi et demi pour déjeuner.

– Agnès ! Marie ! Vous allez vous dépêcher ! Votre petit déjeuner est prêt !

Les pas des fillettes martèlent l'escalier de chêne.

– Vous voilà enfin ! Il faut que je me fâche tous les matins ! Un de ces jours, je vous laisserai faire et tant pis si vous êtes en retard !

Marie et Agnès s'assoient à la table de la cuisine. Les meubles ont été fabriqués par Cyprien et c'est du beau merisier, patiné à l'ancienne. Dehors, le jour se lève lentement. Il a dû pleuvoir dans la nuit ; la vallée disparaît sous une épaisse couche de brouillard. Le mauvais temps est là. Cette constatation laisse

Marthe indifférente. Les saisons se suivent en une ronde sans fin, qui accélère au fil des années. Marthe a trente-six ans et pense déjà à la vieillesse. La monotonie des jours brûle au fond d'elle ces émotions de jeunesse qu'elle retrouve de plus en plus difficilement. La jeune femme s'ennuie dans cette maison aménagée par Georges qui ne lui a pas demandé son avis. Elle a des rêves fous de voyages et de liberté.

Les fillettes ont bu leur bol de lait et remontent faire leur toilette. Leur mère les accompagne dans la salle de bains et démêle les grands cheveux blonds bouclés. Cette nuit, Marthe a fait un rêve curieux : son père mourait à ses pieds et elle ne pouvait pas lui porter secours. Dès qu'elle voulait se pencher, Georges l'en empêchait et l'entraînait loin de là. Et Marthe lui criait sa haine, une haine terrible à laquelle elle pense depuis son réveil et qui lui donne froid dans le dos...

Les jumelles endossent leur cartable et descendent au garage. Marthe ouvre le portail, s'assoit au volant de sa petite Peugeot blanche. L'école est à deux cents mètres, mais elle prend la voiture pour aller plus vite. Souvent, elle fait les courses avant de rentrer dans cette maison neuve passer une journée d'attente, inutile.

Marthe n'avait pas imaginé sa vie de la sorte. Elle aurait voulu voir beaucoup de monde, avoir un emploi. Au lieu de cela, elle prépare les repas, fait le ménage et, le soir, s'occupe de ses filles. Georges ne veut pas qu'elle travaille : pour payer des impôts en plus, ça ne vaut pas la peine, a-t-il dit, et on en est resté là...

Marthe conduit les filles à l'école et rentre aussitôt à la maison. Elle passe dans la salle de bains, s'examine un instant dans la glace, se coiffe et descend de nouveau dans la cuisine. Son regard se pose plusieurs fois sur le téléphone. Non, elle ne va pas appeler Jérôme : il faut qu'elle aille voir son père. Jérôme tient un magasin de vêtements dans le centre de Brive. Ils se retrouvent une fois par semaine sur la route de Donzenac, loin des regards indiscrets. Pourquoi tout cela ? Pour supporter la solitude. Marthe est pleine de contradictions, et, ce matin, elle ne cesse de penser au rêve de cette nuit et à Georges qu'elle haïssait. Sa main tremble en prenant le combiné du téléphone. La voix grave et rassurante de Laurent la tire de cette espèce de torpeur qui l'englue et gêne ses mouvements depuis quelques jours.

– C'est moi, dit-elle. J'y suis remontée hier après-midi. La raboteuse tournait dans l'atelier. Il ne m'a pas vue. Qu'est-ce qu'on fait ?

Un silence, Laurent réfléchit puis dit :

– Qu'est-ce que tu veux qu'on fasse ? Je ne peux pas passer ma vie sur la route à faire la navette ! S'il veut se tuer, qu'est-ce qu'on y peut ?

Ça, c'est Laurent ! Marthe pince les lèvres : son frère a toujours été un égoïste. Il ne pense qu'à lui et envisage froidement la mort de son père, comme une chose inévitable. Peut-être est-il pressé que cela arrive. La disparition de ce vieillard entraînerait Marthe dans une pente sans fin vers un inconnu qu'elle redoute. C'est pour elle, et surtout pour les filles, que son père doit vivre.

– Tu peux essayer de le raisonner encore une fois, continue Laurent, mais je suis presque certain que cela ne servira à rien.

Il en a de la chance, Laurent, de ne penser à rien qu'à son travail. Son cabinet immobilier l'occupe à tel point qu'il n'a pas le temps de s'ennuyer. Sa femme, Huguette, est belle, distinguée. Son élégance fait envie à Marthe...

– Bon, je vais y remonter!

– Tu me tiens au courant. On s'appelle demain matin, si tu veux...

– C'est ça! On s'appelle demain matin.

Elle repose le téléphone, le cœur pincé. Sa main tremble toujours, s'envole du combiné, reste un moment en l'air, à quelques centimètres, puis fait volte-face : il lui semble que, si elle voyait Jérôme aujourd'hui, cela pourrait tuer son père.

Elle griffonne un petit mot sur la table de la cuisine à l'intention de Georges : « Je remonte à la Neuville. Si je ne suis pas rentrée à midi, tu trouveras les côtes de porc dans le four. Je t'embrasse! »

Elle sort et éprouve, comme chaque fois qu'elle part seule en voiture, le sentiment d'échapper à la lourdeur de l'air qu'elle supporte de moins en moins dans cette maison construite par son beau-père, M. Bussières. La brume s'est levée; la grisaille humide de la campagne se reflète dans le ciel. Des corbeaux tournoient au-dessus d'un champ fraîchement labouré. Dans les fossés, les fougères, cuites par le gel, s'effondrent en tas de rouille. Marthe contemple distraitement tout cela et pense que c'est bien, que c'est nécessaire. Cette sagesse de la nature apaise momentanément ses contradictions. En elle s'agitent des monstres qui la dominent chaque jour un peu plus.

Rouler en voiture la détend, aussi n'a-t-elle pas pris la route la plus courte. A Uzerche, elle tourne sur sa droite vers Seilhac. Cette route rectiligne d'une colline à l'autre est perpétuellement encombrée de camions. Marthe roule lentement. Rien ne presse et l'automne triste, ce défilé de fermes entre leurs noyers sans feuilles, prolongent cette impression de liberté qui lui fait tant de bien.

A la Neuville, elle trouve son père dans son atelier. En la voyant, il a un mouvement de recul, comme un enfant pris en faute. Il arrête la raboteuse dont le bruit décroît.

– Il faut que je finisse le meuble à jouets que j'ai promis au petit Olivier! dit-il. Sa grand-mère est si bonne pour moi!

Seule, Marthe n'a pas la même façon de parler qu'en présence de Georges ou de Laurent. Elle retrouve les manières de la petite fille d'avant, celle que Cyprien aimait.

– Ah bon? dit-elle. Tu en fais des choses pour ce gamin!

– Il monte me voir souvent. C'est un bon petit qui n'a pas beaucoup de chance.

Il prend une cigarette et l'allume avec son vieux briquet. Marthe s'assoit sur le rebord de l'établi.

– Ce sale temps ne vaut rien pour les rhumatismes! dit-il. Le père Jules traîne sa jambe comme une béquille! On a causé un peu, ce matin. C'est l'Adèle qui a fait la vaisselle et rangé la maison...

Là, sans témoins, ils sont bien ensemble. Marthe pense à toute cette vie qui est derrière ce visage aux joues creuses, au nez un peu fort et tranchant, derrière ces petits yeux noirs qui brillent sous des sourcils épais, une vie dont elle ne sait rien. Qui est son père ? Elle ne connaît de lui que le mauvais caractère, l'obstination, les colères...

– Tu crois que ce qu'on a fait avec Laurent, c'était pour te faire dépit ?

– Je crois rien. Je veux que tout le monde me foute la paix ! Voilà ce que je veux ! Et me reparle plus de tes histoires, ça me fatigue plus que le travail.

– Mais tu comprends pas que, nous, on veut pas que tu meures ! On veut te garder !

– Bah ! Un vieux comme moi vaut pas bien cher et ne peut qu'apporter des tracas !

– Et après ce meuble que tu as promis au gamin, tu vas arrêter ?

Cyprien tire une bouffée de sa cigarette.

– Après, je ferai une salle à manger avec le merisier qui est dehors. Je l'ai dans la tête depuis trente ans, cette foutue salle à manger, et j'ai jamais eu le temps !

– Et qu'est-ce que tu en feras ?

– C'est pour Caro. Quand elle va se marier, elle sera contente de la trouver !

Caro ! Encore elle ! On dirait que Cyprien n'a que ce garçon manqué dans le cœur.

– Bon, il faut maintenant que j'aille chercher mes filles à l'école. Je viens de me rappeler qu'il n'y a pas de cantine, aujourd'hui.

Cyprien pousse sa casquette vers l'arrière.

– Mais dis-moi, la Marthe, depuis quelque temps, t'as pas ta tête à toi !

– Ah bon ? Pourtant, tout va bien.

Elle sort. La pluie commence à tomber, fine, froide, une pluie de mort.

La Peugeot blanche roule en direction de Tulle. A Vimbelle, il y a une cabine téléphonique. Marthe ralentit. La tentation est là, sous la forme de cette cabine téléphonique. Un simple appel et cette matinée pluvieuse peut s'illuminer. Mais elle ne le fait pas ; le rêve de cette nuit et toute cette haine qu'elle criait à Georges la retiennent.

7

Cyprien verse son café dans le bol et s'installe à table. L'agréable odeur le remplit d'un bonheur rassurant, celui d'une matinée ordinaire. Il a passé une bonne nuit et le voilà lavé des angoisses du soir. Le jour n'est pas encore levé et le ciel rouge à l'occident indique qu'il fait froid. Ce matin, Cyprien va terminer le meuble d'Olivier et préparer le bois pour la salle à manger de Caro. S'il ne perd pas trop de temps, elle sera finie dans un an. Pourvu que sa petite-fille n'ait pas l'idée de se marier avant ! Il sourit :

– Celle-là, pas besoin que tu lui montres le nord ! Elle sait ce qu'elle veut et Laurent a beau rouspéter, rien n'y fait !

Ce caractère indépendant lui plaît. Il tourne le sucre au fond de son bol :

– Ils vont pas me dire que, de m'occuper, ça va me faire du mal ! Au contraire, le travail c'est tout ce qu'il y a de mieux pour rester en forme !

Hors de son atelier, Cyprien tourne en rond. Le

jardin, la chasse, la pêche ne sont que des récompenses après des journées bien remplies. Ses mains s'ennuient quand elles ne touchent pas le bois, le bruit strident de la raboteuse le met de bonne humeur et une journée sans respirer de la sciure n'est pas une bonne journée.

– Je vois déjà la tête du gamin quand je vais lui donner son meuble ! Sûr qu'il n'a rien vu d'aussi beau depuis longtemps !

Après le café, il allume une cigarette. S'il devait s'arrêter de fumer, c'est celle qui lui manquerait le plus. Le goût du tabac se mélange à celui du café et remplit son corps d'une douce ivresse, une sensation de plénitude. A l'hôpital, chaque matin, l'envie de cette première cigarette lui brûlait les poumons. Il serre les dents en pensant à ces médecins qui veulent faire vivre les gens par force en tuant ce qu'ils ont de plus fort, leurs envies.

Cyprien jette le mégot dans la cheminée, bourre la grosse cuisinière à bois, puis sort. Le jour se lève ; la campagne est figée de gel. Sur le pas de sa porte, Jules, planté sur sa jambe raide, regarde ses poules qui picorent du blé. Dans l'étable voisine, les vaches secouent leurs chaînes en attendant que Jules leur apporte du foin, mais Jules réfléchit et n'entend rien. Ce n'est pas un courageux. Une année, le maire lui avait confié l'entretien des routes de la commune. Ça n'a pas duré : il ne nettoyait que la ligne droite entre le bistrot et la mairie d'Orliac.

L'atelier de Cyprien se trouve au bout du verger, à côté de la scierie. C'est une ancienne maison qui appartenait aux Mallorie et que le père Léonard avait transformée. L'ancien atelier était à côté de la maison, à la place du garage, mais les femmes ont voulu qu'on le déplace à cause du bruit et du tas de sciure... Cyprien sourit en se rappelant sa mère. Son souvenir rejoint celui d'Élise dans sa mémoire. Elles se ressemblaient un peu et avaient tant d'attention pour lui, tant de douceur. Comme le temps a passé! Un déluge de temps. Ce matin encore, il se voit, enfant d'une dizaine d'années, marcher à côté de son père. Il rêvait de la lune, Cyprien. Un rêve étrange, grandiose et obsédant. Il grimpait aux arbres, aux échelles pour l'attraper. Il avait demandé à son père de lui en acheter une. Un jour, on le trouva sur le toit de l'église d'Orliac. Il fallut appeler les hommes du bourg pour le descendre.

Cyprien soupire. Déjà le bonheur du lever et de la première cigarette laisse la place à un fourmillement dans les jambes. Il marche en traînant ses galoches. Chaque jour qui passe est un jour de moins, chaque pas qu'il fait en direction de son atelier est un pas de plus vers une nouvelle crise, une nouvelle hospitalisation puisqu'il sait bien que le sursis ne durera pas. A l'ouest, le ciel dégagé vire au bleu foncé. Une grosse lune court à travers de minces nuages clairs. C'était peut-être l'éternité de la lune qui lui plaisait, autrefois.

Il traverse son verger. Sous les arbres, des pommes pourrissent dans l'herbe :

– Ça va attirer tous les merles du pays! Attends un peu de neige et on va bien s'amuser avec le gamin. Faut bien que je lui apprenne à tendre les pièges!

A l'atelier, il s'étonne de trouver la porte ouverte. Comment lui qui ferme cette porte à clef tous les soirs depuis plus de quarante ans aurait-il oublié ce geste qui se fait tout seul, justement hier ? Il tourne le bouton de l'électricité, mais le néon ne s'allume pas :

– Tiens, qu'est-ce qui se passe encore ?

Son cœur bat très fort. Il veut pousser le madrier de merisier et, dès qu'il force, la douleur éclate en lui. Il serre les dents, appuyé sur l'établi :

– Qu'est-ce qui m'a mis ça en panne ?

Il pousse sa casquette en arrière, inspecte le mur des yeux. Tout semble normal, pourtant la raboteuse ne marche pas. Un silence de tombeau règne dans cet atelier qui sent la sciure froide :

– Tu veux parier que...

Il n'achève pas sa phrase. Les yeux fixés sur cette machine muette, un soupçon s'empare de lui. Cette panne n'est pas normale, Cyprien en est certain ! Quelqu'un est entré dans cet atelier la nuit dernière. La colère monte en lui :

– Tu veux parier que ces salopards... Attends que j'attrape mon fusil !

Il sort en titubant, ivre de rage et de détresse. Le soleil est rouge au-dessus des collines. Un mur de nuages avance à l'ouest. Le vent froid qui les pousse à l'aigreur d'un vent de neige. Cyprien traverse le verger sans voir les pommes qui roulent sous ses galoches. Il s'assoit devant le feu. Une boule de colère grossit dans son estomac. Il en est sûr, maintenant, le docteur Brun a demandé à Marthe et à Laurent de le priver de ses machines, de les saboter pour qu'il ne puisse plus travailler. Le voilà inutile, mort! Tino s'est assis devant lui et le regarde de ses grands yeux, mais Cyprien ne le voit pas. Il ne voit rien que cette ombre terrible dans son atelier et se sent beaucoup plus las que révolté. A quoi bon, la révolte ? Personne ne peut rien pour lui : c'est son corps qui ne fonctionne plus! Il a oublié de fermer la porte et un vent froid serpente au ras du sol. Son esprit est très loin, dans cet infini où les servitudes n'existent plus. Il ne pense pas. Il a mal en lui, un mal profond qui est partout à la fois. Que lui reste-t-il ? Rien, même pas l'illusion de vivre! Puisque les vivants ne le veulent plus, il va prendre sa casquette qui est restée sur la chaise près du feu, vérifier que son paquet de cigarettes, son briquet et son Laguiole sont bien dans ses poches et il va partir sur les chemins du hasard. L'hiver qui arrive lui plaît. Les jours sans lumière, les soirs lourds d'humidité et de nuit cacheront ce mort vivant. Cyprien Mallorie, celui qui parlait si bien du bois quand il avait bu un verre de trop, n'est plus. Il n'en reste qu'un corps noueux même pas responsable de ses gestes.

Il dresse la tête et ses yeux s'arrêtent sur la canne à pêche appuyée sur la pendule.

– Si le gamin me voyait, il me prendrait pour un beau couillon et il aurait raison!

Cette constatation lui remet un peu de cœur au ventre.

– Et puis je me fais peut-être des idées! Une panne, ça peut arriver! Il me suffit d'aller chercher l'électricien!

En fin de matinée, il retourne à l'atelier, s'assoit sur un madrier pour réfléchir. Des tremblements douloureux lui parcourent les cuisses et les mollets. Il n'y prête attention qu'à l'instant ; pourtant, ce sont ces mêmes tremblements qu'il avait sentis les jours précédant sa première crise, mais sa décision est prise : jamais il ne reviendra à l'hôpital ! Cyprien préfère mourir sur place, dans un coin où personne ne le trouvera.

– Je vais aller chercher Tonin à Saint-Augustin ! C'est pas un maladroit quand il veut !

Le mur de nuages a vaincu le soleil. Un jour minuscule flotte à la hauteur des arbres, léger comme de la fumée blanche. La terre est salie d'une graisse de feuilles noires. Le vent gémit sur les toits. Cyprien marche un moment dans ce chemin qui semble rétréci. Le fossé disparaît sous un fouillis d'herbes raides et cassantes. La campagne est écrasée d'un silence minéral.

Il ouvre les portes du garage. Tino le regarde. La douleur en lui semble épaissie, dure, un morceau de fer. Il s'assoit au volant de sa camionnette ; le moteur démarre au premier tour de clef. Tino le regarde devant le capot. Élise ne voulait pas que le chien monte dans la voiture parce qu'il salissait les fauteuils. Mais Élise ne risque pas de le voir. Cyprien ouvre la portière et le chien se couche à la place du passager.

A Saint-Augustin, il va directement chez Tonin. La porte de son atelier est ouverte. Cyprien hésite un moment, comme s'il se sentait coupable de quelque chose. Tonin a pris sa retraite et ne travaille plus beaucoup. C'est un gros homme chauve, avec un mégot sur l'oreille, pas très courageux, mais adroit. Il demande à Cyprien des nouvelles de sa santé :

– Bah ! Ils disent que je peux plus travailler ! Si tu les écoutais...

– Et tu crois pas qu'ils ont raison ! Tu me voulais quelque chose ?

Là, devant l'électricien, Cyprien ne sait plus quoi dire. Marthe et Laurent l'ont probablement averti. Son regard fuyant vient de là, c'est sûr. Cyprien est la victime d'un complot, et lui qui d'ordinaire se mettrait en colère, n'hésiterait pas à prendre Tonin par le col de la veste, reste là, la tête basse, vaincu. Son mal s'intensifie ; il le sent à chaque respiration.

– Figure-toi qu'il n'y a plus de lumière dans mon atelier ! Si tu pouvais passer voir...

– Ça tombe mal, mon pauvre Cyprien ! Mon fils a la grippe et je dois lui donner un coup de main dans une maison neuve !

– Ah bon !

Cyprien n'insiste pas et retourne à la camionnette. Sa colère l'aveugle. Il s'essuie la figure. Tino lui lèche la main.

– Toi, du moins...

Voilà qu'il ne sait plus parler avec cette assurance qui faisait sa force. Pauvre vieillard qui a honte de son métier, qui n'ose plus dire aux autres qu'il est vivant ! Au bas de la descente de la Pouge, le tournant est très dur. Il va pousser la camionnette à fond et viser le parapet du pont. Une mort rapide cachée dans un accident. Le suicide normal est honteux. Un coup de fusil, c'est une marque de faiblesse, ça prouve que les autres ont gagné, et il ne veut pas avouer sa défaite.

La camionnette manœuvre devant l'église entre les vieux charmes qui furent, paraît-il, plantés par Sully, roule jusqu'au bout du village. Voilà les tournants de la Pouge. C'est le moment d'accélérer. Son esprit flotte dans une espèce d'ouate et va au gré de ses pensées décousues. Juste avant le pont, Cyprien voit devant lui, sur le pare-brise, le visage d'un enfant qui lui sourit :

– Sacré gamin ! dit-il à son chien. J'allais oublier qu'on va à la pêche demain après-midi. Tu vas voir, mon vieux Tino, comme on va le sortir, ce gros brochet !

8

Laurent Mallorie a fermé la porte de son bureau pour ne pas être dérangé. Il est soucieux. Marthe vient de l'appeler pour lui parler de son père qu'il faudrait convaincre de ne plus faire le moindre effort... Il déplace quelques papiers, va à la fenêtre. C'est une manie chez lui : chaque fois qu'il est tracassé, il regarde dehors. Ou bien, il part dans la campagne marcher sous les arbres, écouter le silence, sentir le vent sur ses joues. Rien n'est simple : à quarante-quatre ans, Laurent comprend que la vie n'est pas toujours une ligne droite.

La sienne est pourtant aussi transparente que l'eau. On dit souvent qu'il ne s'entend pas avec son père, ce n'est pas vrai : leurs disputes ont toujours été une manière de se montrer leur affection. Ce soir, il tourne en rond, incapable de détacher ses pensées de ce hameau où il est né, de cette maison que Cyprien ne veut pas quitter. La maison des Mallorie, des menuisiers ébénistes aux petits yeux noirs et à la voix forte... La plus grande déception de Cyprien est venue de Laurent. Chez les Mallorie, on travaille le bois depuis la nuit des temps. Des hommes qui connaissent et comprennent cette matière pas comme les autres...

Laurent sourit : tout au long de son enfance, Cyprien a tenté de lui insuffler cet amour qu'il tenait lui-même de son père : « Le bois, c'est pas seulement une planche qui fabrique une étagère : le bois, c'est vivant. C'est la mémoire du temps. Regarde un arbre, ça a plus de pudeur qu'un homme. Ça cache toute sa beauté sous son écorce, et toi, quand tu le déshabilles, quand tu ouvres ce tronc avec ta scie, tu découvres tellement de dessins, tellement de vagues, de volutes de fumée que tu te demandes si le bon Dieu n'est pas un peu fou de s'amuser aussi bien. Et ces lignes qui s'en vont dans tous les sens, c'est pas n'importe quoi. Quand je regarde ce bois, je regarde le temps et je vois les années qui passent, les saisons, cet été trop sec qui n'a pas donné de strie claire, et celui-là trop mouillé où l'arbre a pris ses aises et poussé dans la pluie chaude. Un noyer comme celui-là, il faut deux cents ans pour le faire. Imagine la noix qui est tombée dans un fossé, il y a deux cents ans ! Heureusement qu'un écureuil n'est pas passé par là ! Et quand a poussé la tige verte au printemps, il suffisait d'une vache, d'une chèvre, d'un petit agneau pour y donner un coup de dents, et adieu, le beau noyer ! Alors, tu vois, c'est le temps qui s'écrit dans le bois. Le temps des hommes ! »

Cyprien voulait faire de Laurent un bon ébéniste qui sait toucher le bois. « Ça se caresse, comme une peau de femme! » lui disait-il. Mais ces choses ne s'apprennent que si on le veut bien. Laurent a pris d'autres chemins. Après le bac, il s'est inscrit en droit à Limoges où il a rencontré Huguette Fromel, qui allait devenir sa femme. Huguette était belle, élégante; fille de notaire, elle représentait, pour ce fils d'artisan, le milieu envié de la bourgeoisie d'affaires. Avec son beau-père, Laurent a créé son cabinet immobilier qui est devenu un des plus importants de Limoges...

Il enfile sa veste et sort. Sa voiture est garée près de là. Il prend la direction d'Uzerche. Le temps est gris, sans relief. A Pierre-Buffière, il ralentit pour voir la Briance laiteuse qui coupe les collines comme une lame au fond de ses gorges. Il y vient souvent pêcher la truite au printemps, ce que lui reproche son beau-père. Me Fromel a horreur de se salir les mains. Il passe sa vie dans son étude, au milieu de ses vieux papiers, et ne conçoit pas que les autres puissent avoir des goûts différents des siens. Heureusement qu'Huguette n'est pas comme ça!

Laurent traverse Uzerche. Au sommet de la côte, il prend la direction de Tulle. Ici, la lumière change. A Limoges, elle est diffuse; après Uzerche, le moindre coup de soleil fait étinceler la campagne. Une lumière puissante qui écrase les collines, les enveloppe.

Le vent décime les dernières feuilles. L'air est transparent, le moindre détail de l'horizon se trouve agrandi, comme à travers une lunette. C'est l'air de la pluie et du froid.

Laurent arrive à la Neuville. Ce qui le lie encore à

ce hameau, à ces quelques maisons, cette côte, ces chemins creux, c'est un accord profond de son corps avec l'air qui n'est pas comme ailleurs, avec la lumière, avec la terre dont l'odeur moite et pourrie monte jusqu'à ses narines. Son rêve, à Laurent, ce serait de se retirer ici pendant une année entière afin d'y revivre les saisons de son enfance. Un jour, il aura peut-être le courage de le faire...

La porte de l'atelier est ouverte. Laurent marche dans le chemin boueux en évitant de salir ses chaussures et constate en passant devant le garage que la camionnette a bougé. Quand il entre dans la maison, Cyprien, qui est au coin du feu, lève la tête, pousse sa casquette.

– Ah, c'est toi! dit-il.

Depuis longtemps les deux hommes ne s'embrassent plus. Ils se disent bonjour de loin, comme ça. Ce qui les attire l'un vers l'autre les repousse en même temps.

– Si c'est pour me dire tes salades, tu peux repartir! attaque le vieux de mauvaise humeur.

– Mais je voulais seulement prendre de tes nouvelles!

– Tout va bien!

Depuis quelques années, Laurent ne sait plus dire papa. Ce mot lui écorche la gorge; il voudrait pouvoir appeler son père par son prénom, comme Caro, mais cela aussi il ne le peut pas.

– Tu m'as l'air de quelque chose, près de ce feu qui ne brûle pas! Tu comprends pas que l'hiver est là et que tu vas avoir froid dans cette maison sans chauffage!

– Je comprends que je suis pas encore crevé, même si ça te dérange.

Laurent ne répond pas. Si son père était un peu moins têtu, il aurait fait installer le téléphone, ce serait tellement plus facile pour les nouvelles, mais Cyprien est d'une autre époque :

– Si les gens veulent me parler, ils ont qu'à venir me voir !

En fait, Laurent n'est pas venu aux nouvelles. Ce n'est pas son père qu'il avait envie de voir, mais cette maison restée comme au temps de son enfance : dans les souvenirs, les objets ont souvent plus de présence que les êtres. Il sort sans rien ajouter. La nuit tombe lentement, l'humidité du ciel coule en flots épais sur les collines. Laurent ressent un malaise profond, sans cause, diffus dans tout son corps. Adèle, qui a vu sa voiture, vient au-devant de lui :

– T'inquiète pas, Laurent, je lui apporterai à manger et je regarderai son feu, mais ça peut pas durer.

– Et qu'est-ce que je peux faire ?

– Rien pour l'instant. Il faut qu'il se rende compte qu'il ne peut plus rester seul. Attendons, c'est tout !

Le vent s'est levé et pousse des nuages d'encre sur ce ciel encore clair, lisse comme une pomme après la pluie.

Une jeune femme est sortie de la maison voisine, celle que Me Letoureux, un notaire de Tulle, vient de louer aux Parisiens. Ses yeux se remplissent de la clarté du ciel. La nuit monte du sol, serpente en gros rouleaux froids. A cette heure où la solitude devient insupportable, ce regard pénètre Laurent si profond qu'il ressent une étrange brûlure.

– Paraît que c'est un gros bonnet, ce M. Couturier! dit Adèle. On peut pas dire qu'il soit désagréable. On le voit pas!

La jeune femme s'approche. Ses jambes se fondent dans la nuit du sol. Laurent ne voit d'elle que son visage rond et ses yeux clairs.

– Bonjour! dit-elle. Vous êtes le fils de M. Mallorie ?

– Oui! bredouille Laurent. Il nous cause du souci.

– Justement, je voulais vous dire... Cet après-midi, il a pris sa camionnette. Peut-être que dans son état...

Adèle prétexte sa soupe sur le feu et s'éloigne. Laurent est là, accoudé à la portière de sa voiture. La femme le regarde avec une étrange fixité. Comme il ne sait pas comment cacher son trouble, il s'entend dire :

– C'est vrai que vous venez de Paris ?

Paris a toujours impressionné Laurent. Il en rêve et en a peur à la fois.

– Mon ami est écrivain. Il a loué cette maison pour quelques mois afin de terminer son livre en paix. Nous n'avons pas beaucoup de contact avec les gens d'ici qui nous regardent comme des bêtes curieuses, mais l'endroit est plaisant.

– Il faut que je rentre! dit Laurent en saluant la jeune femme.

Il claque la portière et tourne la clef de contact. Jules revient de son étable et sa lampe électrique tremble sur la route. Dans le vallon, un oiseau de nuit pousse un long hululement triste.

Cyprien est toujours assis sur son banc. La cheminée tire mal : le bois trop sec ne donne pas de chaleur et ne cesse de péter, de renvoyer ses braises jusqu'au milieu de la cuisine. Il s'est déchaussé et a posé ses pieds sur les chenets. Un peu de soupe lui ferait du bien, ce serait le meilleur moyen de se réchauffer, mais le poireau est au potager et il ne se sent pas la force d'aller le chercher. Il va se contenter d'un peu de pain et de fromage, un ou deux verres de vin, après il ira dans son lit, le seul endroit où il se sent bien.

Tino dresse les oreilles. Adèle entre, une casserole fumante à la main.

– C'est de la soupe pour vous, Cyprien. Comme j'en fais pour nous, ça me prend pas de temps d'en mettre un peu plus.

Cyprien relève sa casquette. Ses petits yeux noirs braqués sur la femme, il crie :

– Adèle, vous allez prendre cette soupe et partir chez vous ! Je vous ai rien demandé, moi !

– Mais, Cyprien... C'était...

– Je veux plus que vous m'aidiez comme si j'étais un petit garçon. Je veux qu'on me foute la paix, vous entendez !

– Si vous le prenez comme ça... On se fait du souci pour vous et c'est tout ce que vous trouvez à dire...

Adèle sort en claquant la porte. Cyprien tremble. La colère réveille des douleurs dans ses membres. Ces gens qui veulent l'aider l'exaspèrent. La seule personne dont il a besoin n'est pas venue :

– Et le gamin ? Je le verrai pas ce soir, il fait trop nuit, maintenant.

Le silence écrase la maison. Cyprien reste très longtemps sans bouger à regarder le feu. La soupe froidit dans la casserole qu'Adèle a laissée. Pour l'instant, il n'y pense pas :

– Et cette sale bête de grillon qui se tait ! dit-il en regardant la cheminée. Qu'est-ce que je lui ai fait, moi ?

Tino qui était sous la table s'approche en remuant la queue.

– Tu t'en fous ! toi. Pourvu que tu aies le ventre plein !

Il sort. Le froid humide lui taille la figure à coups de lame gelée. Le vent fait un bruit aérien dans les branches dénudées des noyers. Cyprien entre dans la remise, bouscule des outils, des cageots pleins d'oignons secs et s'empare d'une barre de fer.

– On va bien voir ! dit-il à la lune ronde qui passe un doigt entre les nuages.

Dans la cheminée, le feu est éteint. Des tisons fument entre les cendres.

– Va falloir que tu dises pourquoi tu chantes plus !

La barre à mine glisse entre le mur et la plaque de fonte. Cyprien tire de toutes ses forces. Une bombe éclate dans sa poitrine, mais la plaque descellée s'effondre avec un bruit de cloche. Un nuage de fumée monte dans le conduit de la cheminée.

Le vieil homme regarde attentivement le mur clair

et découvre, à la base, un petit trou creusé entre deux pierres. Il ramasse le cadavre sec d'un insecte couleur de tabac, le grillon de cheminée, dont il ne reste que l'enveloppe légère.

Alors Cyprien cède au découragement. Il s'assoit sur le banc, devant la plaque effondrée et le feu mort. Cette fois, plus de doute, le malheur est définitivement installé dans sa maison. Son cœur bat très fort. Il va partir, va courir jusqu'à la maison de retraite, jusqu'à l'hôpital. Ici, c'est le diable qui règne en maître.

Un craquement sec le fait sursauter : la charpente se fâche ; même le bois ne veut plus de lui ! S'il y avait l'électricité dans son atelier, il irait se coucher dans la sciure, au pied de sa raboteuse.

Il prend la lampe électrique, sort de nouveau. La lune s'est levée, une lune pleine, ronde comme une femme enceinte. Elle semble pas plus haute que les branches du noyer de Jules. Sa lumière coule, épaisse sur les toits. Des flammèches de brume passent entre les collines et la lune les anime. Cyprien marche lentement. Dans cet espace si familier, la nuit le guette de ses yeux de bête malfaisante. Des bruits minuscules éclatent autour de lui. Il entre dans son atelier et là, tandis que la petite lumière de la lampe éclaire l'établi, un silence comme il n'en a jamais entendu lui montre la profondeur de sa solitude. Demain matin, il ira voir Rainette, le gamin sera à l'école ; Cyprien sera revenu à midi pour aller à la pêche... Dans cette lumière jaune qui tremble sur le madrier de cerisier, la certitude que cette femme l'attend le réconforte un peu. Il reconnaîtra l'arbre qui se trouvait au croisement, un noyer encore jeune, mais d'une telle vigueur, d'une écorce lisse et blanche... Il reconnaîtra aussi la maison avec son perron de pierre. Rainette sera là, toujours comme avant. Un peu vieillie peut-être, mais ça, il ne le verra pas...

Il arrive au verger quand un long hululement le surprend. Cyprien s'arrête, tourne la tête vers le vallon. L'oiseau de nuit n'est pas très loin et son cri transperce l'ombre d'une menace venue d'ailleurs.

– Oiseau de malheur! Tu vas m'empêcher de dormir!

Le vieil homme traverse le verger en marchant très vite. La grosse lune court derrière les nuages; le cri insistant du rapace n'en finit pas. Cyprien sait qu'il appelle sa femelle, qu'il l'appellera sans cesse et que, bientôt, la nuit de pleine lune, les chats-huants feront un tel raffut dans le vallon que l'air se chargera d'électricité.

– Tu dirais des revenants qui te veulent du mal!

Cyprien se met aussitôt au lit. Grelottant dans les draps, il pense au gamin et soupire. Il aurait dû apporter la canne à pêche dans sa chambre, à côté du fusil : si quelque voleur entrait... Il s'endort enfin en pensant à Rainette qui lui sourit. Demain...

9

Finalement, il ne va nulle part. La lune a semé du gel sur toute la campagne qui scintille aux premiers rayons du soleil et Cyprien redoute le verglas dans les tournants de Bar. En ouvrant sa porte, il se dit que c'est un temps à brochet. Quand Adèle monte, il ne la renvoie pas, mais la grosse femme n'a pas oublié la scène d'hier au soir :

– De meilleure humeur, ce matin ? Une tête d'âne comme vous, on n'en fait plus !

Elle aperçoit la plaque de fonte renversée sur les chenets.

– Vous vous êtes battu ? Qu'est-ce qui vous a pris de tout casser ? Et puis poussez-vous de mes jambes !

– Elle est tombée toute seule ! dit-il en parlant de la plaque. C'est les crochets qui sont sortis de la pierre. Il faut que je les remette avec un peu de ciment.

– Eh bien, ça vous occupera au lieu de penser à des bêtises.

Le soleil frappe la table à travers la fenêtre. Une

multitude de grains de poussière vivent dans cette lumière éclatante. Cyprien est assis sur le banc de bois devant le feu éteint. Il est fatigué avant même de commencer sa journée. Fidèle, la douleur se promène au fond de lui. Il respire vite, comme s'il avait couru.

– Le gamin est à l'école ?

– Et où voulez-vous qu'il soit à cette heure ?

– C'est qu'on va à la pêche, cet après-midi. On va attraper le gros brochet du saule à Camille.

– Vous pouvez bien attraper quelque chose, tous les deux ! Je me demande lequel surveillera l'autre ! Faudrait pas nous faire quelque miracle !

– Ça risque rien !

– Ah, pour la pêche, il est meilleur que pour l'école ! bougonne Adèle qui a fait le lit. Dites, j'ai préparé des choux farcis pour midi. Vous voulez que je vous en apporte un ou deux ? Mais si c'est pour me faire des histoires...

Cyprien fait semblant de ne pas avoir entendu. Adèle ouvre la porte ; aussitôt un flot de soleil coule jusqu'au fond de la pièce et luit sur le balancier de cuivre de la pendule morte.

– Vous direz à Jules qu'il vienne chercher le meuble à jouets que j'ai fini pour le gosse. Faudra qu'il se fasse aider par Camille. Moi, je peux rien soulever !

– C'était pas la peine de vous donner autant de mal, Cyprien ! Le gosse manque de rien !

– Je sais, mais vous me le rendez bien, allez !

Quand Adèle est partie, Cyprien regarde derrière la plaque de la cheminée. L'enveloppe dure du grillon mort est toujours là. Il la prend délicatement pour ne pas la briser. Voilà tout ce qui reste de ce petit compagnon des soirées d'hiver, compagnon des nombreux jours de bonheur qu'il a vécus ici. Cyprien le pose sur la commode et entreprend de relever la plaque. Il s'arc-boute, aussitôt la douleur le coupe en deux. Sa poitrine se déchire; des flocons de suie commencent à voler devant ses yeux... Il serre les dents et la plaque se soulève lentement, glisse sur le fond et revient à sa place contre le mur. Cyprien halète en replaçant les crochets entre les pierres qui les coinçaient. Le grand soleil est monté le long de la pendule.

Il va chercher un marteau dans son atelier. Le ciel est d'un bleu lumineux. Tout vibre sous ce soleil d'hiver qui allume le gel des prés et des arbres. Cyprien remarque que Tino est resté à la maison. Depuis hier, le vieux chien a du mal à marcher et passe son temps couché près du feu... Ce matin, en allant à l'école, le gamin devait être heureux. C'est qu'il s'y connaît en pêche et a bien vu que c'était un temps à brochet.

Les choux farcis le remettent de bonne humeur :

– L'Adèle parle toujours à tort et à travers, mais elle cuisine rudement bien!

Il savoure la farce d'herbe et de lard enrobée des feuilles de chou qui baignent dans une sauce onctueuse et blanche :

– Quand même, la sauce d'Élise était mieux réussie!

Il allume une cigarette. Le soleil a fondu le gel ; les branches s'égouttent comme s'il avait plu. Le grand ciel tombe autour des collines d'un ocre lumineux. En fumant, Cyprien se dit qu'il n'y avait probablement pas de verglas dans les tournants de Bar, mais ce matin, il n'a pensé qu'à la pêche.

Quand le gamin arrive, il affecte la surprise :

– Déjà ? Est-ce que tu as mangé, seulement ? A croire que la pêche te convient mieux que l'école, petit sacripant !

L'enfant prend la canne qui semble démesurée dans ses mains, fait tourner la manivelle du moulinet.

– Tu as vu comme il fait beau ? C'est moi qui vais porter la canne.

– Fais attention de pas la casser !

Cyprien va chercher la musette où se trouve tout son matériel, ajuste sa casquette.

– On y va ?

Olivier aperçoit le grillon sur la commode.

– C'est quoi, cette bête ? C'est pour attraper le brochet ?

– Non, c'est rien. Laisse ça.

Ils partent dans le chemin creux qui conduit à l'étang. Quelques oiseaux piaillent dans la haie. Olivier marche à côté de Cyprien. Le soleil fait briller ses cheveux raides, des ailes de corbeau.

– Et Tino, tu l'as laissé à la maison ?

– Je sais pas ce qu'il a, il reste à couver les cendres depuis hier ! Mais toi, tu aurais dû prendre un chapeau ! Le soleil d'hiver est plus mauvais que celui d'été !

– Quand je serai grand, tu sais ce qu'on fera tous les deux ? Eh bien, on ira pêcher dans le lac de Vassyvière. Paraît qu'il y a des brochets de deux mètres de long. Tu connais pas, toi, le lac de Vassyvière ? Moi j'y suis allé, l'été, avec ma maman qui était venue me voir de Paris...

– Tu marches trop vite ! dit Cyprien qui traîne ses bottes.

– C'est parce que t'es pas assez entraîné que tu peux pas me suivre ! Moi j'ai l'habitude pour aller à l'école tous les jours. Et puis tu sais ce que je t'ai dit l'autre jour ? Mon pépé va me mettre dans le train à Brive et je vais aller voir ma maman à Paris. Tu penses comme je serai bien tout seul dans le grand train !

– Tu me le dis tous les jours, alors je commence à le savoir ! C'est moi qui suis vieux et c'est toi qui déparles !

Ils arrivent au pré de Camille qui fait le dos rond avant l'étang. Des vanneaux s'envolent et plongent dans la vallée d'où monte le bruit aérien et régulier de la rivière.

– Tu sais qu'elle est riche, ma maman. C'est beau chez elle. Ils disent que je m'en souviens pas parce que j'étais trop petit, mais c'est pas vrai, je m'en souviens du temps où elle habitait avec mon papa.

– Maintenant, il faut pas faire de bruit si tu veux qu'on attrape le brochet. Ferme ton moulin à paroles !

Du dos d'âne, ils surplombent l'étang, lisse, sans une ride, et luisant comme du métal.

– On va aller à la queue pour attraper des gardons.

Cyprien cherche une ligne pliée dans sa musette et la fixe à la pointe de la canne à pêche. Il accroche un petit ver rouge au minuscule hameçon.

– C'est moi qui les attrape! s'écrie le gamin en trépignant d'impatience.

Olivier laisse descendre la ligne derrière les joncs. Le soleil, bas sur l'horizon, aveugle l'enfant qui met la main devant ses yeux pour surveiller le petit bouchon rouge qui, tout d'un coup, disparaît sous l'eau.

– Ferre! Raté. Quel pêcheur tu fais!

Cyprien change le ver; la touche ne se fait pas attendre et, cette fois, Olivier sort un petit poisson brillant. Cyprien le décroche délicatement et le met dans le seau à moitié plein d'eau. Ravi, le gamin lance de nouveau la ligne. Quand il y a cinq gardons dans le seau, le vieux décide :

– On en a assez, viens!

Ils partent à l'autre bout de l'étang, où l'eau est profonde. Un saule aux branches sèches se penche sur la surface toujours lisse. Quelques moustiques réveillés par la douceur de l'air volent au-dessus de l'herbe.

Impatient, Olivier passe le fil du moulinet dans les anneaux de la canne. Cyprien y attache sa ligne à brochet avec son gros flotteur rouge. Il prend un gardon qu'il pique vivant par les lèvres à l'énorme hameçon à trois branches.

– C'est qu'elle en a pris, des brochets, celle-là! dit-il, fanfaron.

Il lance la ligne au milieu de l'étang. Le flotteur tremble sur la surface et se déplace, tiré par le poissonnet.

Ils s'assoient sur la berge. Cyprien allume une cigarette. Olivier parle. Il n'arrête pas de parler :

– Moi, quand je serai grand, j'irai en Amérique. Tu sais pas pourquoi, Cyprien, hein ? Parce qu'en Amérique il y a encore des Indiens. Oui, c'est mon papa qui me l'a dit. Les Indiens de Lucky Luke, ils existent encore. Mais tu dis rien, Cyprien. Allez, parle-moi...

– C'est pas le moment, gamin. Tu vois pas que le bouchon se déplace plus vite... C'est que le gardon a vu le brochet et qu'il a peur.

– Moi, je voudrais pas être un gardon, mais c'est pas possible puisque je suis pas un poisson... Et puis si j'étais un poisson, je serais une truite, comme celles qu'on voit sous le pont de la Chapelle. C'est plus beau, une truite.

Cyprien lui fait signe de se taire. Le soleil est tombé d'un coup derrière les arbres. Le froid monte de l'herbe déjà humide.

– Et puis je serai cosmonaute. J'irai dans la lune et ma maman sera contente. Où est le bouchon ?

– Couillon, souffle Cyprien. Tu vois pas que le brochet a mordu. Il est parti avec le vif. Attends encore un peu qu'il l'ait avalé. C'est un beau, je te l'assure, il fait bien son mètre !

Au bout de quelques instants, Cyprien tend le fil et ferre d'un coup puissant. Le brochet piqué se rue vers le milieu de l'étang. Sa force surprend le pêcheur qui, arc-bouté sur la canne, résiste de son mieux. La douleur lui cisaille la poitrine. Les forces lui manquent et, le souffle coupé, il tombe sur les genoux. Le moulinet fait un bruit strident. Olivier se précipite.

– Cyprien, qu'est-ce qu'il t'arrive ?

L'enfant a juste le temps d'attraper la canne qui glisse vers l'eau. Il s'y agrippe, tandis que le poisson continue de prendre du fil. Cyprien a mal partout. Les flocons de suie dansent devant ses yeux. Sa casquette est tombée sur l'herbe et ses cheveux blancs bougent au vent comme des herbes sèches.

– Ne l'échappe pas ! crie-t-il. Faut reprendre du fil, sinon on est foutu !

Olivier s'oppose de tout son poids à la traction du brochet, mais il n'est pas le plus fort. Cyprien s'empare de nouveau de la canne. Chaque coup de tête de l'animal lui enfonce une lame dans le cœur. Olivier serre les dents. Les voilà tous les deux agrippés à ce poisson déchaîné qui, tout à coup, saute hors de l'eau, puis disparaît dans un bouillonnement d'écume.

– Qu'est-ce qu'il est gros ! s'écrie Olivier.

– A nous deux on l'aura ! Bouge pas, je vais récupérer du fil !

Le brochet, qui s'est rapproché de la berge, tente un autre départ. Olivier glisse sur l'herbe humide, entraîne Cyprien qui tombe de nouveau. Ni l'un ni l'autre n'ont lâché la canne.

– C'est qu'il nous emporterait, le vaurien ! crie Cyprien.

Enfin, le poisson commence à montrer des signes

de fatigue ; ses départs sont moins brutaux. Cyprien tourne lentement la manivelle :

– Cette fois, on le tient !

Mais non, le brochet se déchaîne une nouvelle fois. Olivier, qui est emporté, pousse un cri, Cyprien le retient par l'épaule. Le fil mollit, la canne se redresse. C'est fini. L'animal a été le plus fort. Là-bas, au milieu de l'étang, il salue le vieil homme et l'enfant par un superbe saut en chandelle. Son grand corps marron piqué de marbrures blanches luit avec une étrange netteté dans la pénombre. Olivier regarde Cyprien qui a posé les deux mains sur sa poitrine.

– Il était trop gros pour nous ! murmure le vieux, vaincu.

La nuit s'étale déjà sur l'eau qu'elle imbibe. La silhouette écrasée du saule se dilue dans des profondeurs d'encre. Olivier frissonne.

– J'ai froid ! dit-il.

Ils repartent silencieux à travers le pré en dos d'âne. Quand ils arrivent au sommet, la lune les surprend, aussi brillante que le balancier de la pendule. Olivier a pris la main de Cyprien. Là, avec le vent froid, les bruits de tout ce qui vit et qu'on ne voit pas le jour sont des cris de bêtes féroces.

– Ça, c'est une nuit pour le hibou ! dit Cyprien. Tu vas voir, quand il y aura des étoiles partout et cette lune qui allume le vallon, le gaillard va s'y mettre. Et toute la nuit, comme si la lune était sa sœur ! Je te jure, un drôle d'oiseau, celui-là !

Olivier part en courant chez sa grand-mère. A la hauteur de la maison des Parisiens, il se retourne :

– T'en fais pas, Cyprien ! On l'aura, ce brochet ! On y retournera demain !

Cyprien rentre chez lui. C'est l'heure triste du soir qu'il redoute. Tout ce qui est inerte la journée s'anime et le menace, même la pendule qu'il n'a pas remise en marche après la mort d'Élise. Il s'assoit sur son banc.

– On en fait deux beaux, toi et moi ! dit-il au grillon séché. Toi, tu étais tranquille derrière cette plaque. Tous les soirs, tu venais te chauffer les pattes au feu et ça te faisait du bien. Alors, tu aimais la vie. Tu avais certainement une grillonne quelque part dans le mur, une Élise de grillonne qui te préparait des bonnes choses pour t'éclaircir la voix. Et toi, tu chantais parce que tu croyais que le bon Dieu est gentil, qu'il a fait les cheminées pour que tous les grillons du monde soient heureux. Eh bien non, il n'est pas gentil, le bon Dieu ! Et moi non plus, je ne suis pas gentil. Demain, j'irai chercher Rainette : Élise trouvera ça normal de là-haut. Elle viendra habiter ici, avec moi, et comme ça tout ira bien...

Il aperçoit la lune par la fenêtre, si proche derrière les carreaux qu'elle semble posée sur les arbres. Demain, il aura encore gelé.

10

Cyprien se réveille le matin avec l'impression de ne pas avoir dormi ; pourtant le jour est levé, un demi-jour qui pose un peu de lumière blanche contre la fenêtre. Une forte odeur de vomissure le surprend. Il se dresse sur les coudes. Son mal de poitrine est plus fort que d'habitude, il ne pense qu'à ça, à cette heure où, pendant toute sa vie, il n'a pensé qu'au travail. Dans la pénombre, l'armoire en merisier a des reflets précieux.

Cyprien se lève. Tino le regarde, les oreilles basses. Il a vomi sur le plancher et tremble de tous ses membres.

– Eh bien, mon vieux Tino, qu'est-ce qu'il t'arrive ? Tu as trop mangé de soupe hier au soir ?

L'odeur âcre soulève le cœur de Cyprien qui enfile rapidement son pantalon et s'en va chercher de quoi nettoyer. Il commence par enlever le plus gros avec du papier journal puis passe la serpillière. Tino qui n'a toujours pas bougé respire très vite ; de brusques tremblements agitent ses poils.

– T'en fais pas, mon vieux! On s'arrangera toujours, toi et moi! A nos âges, on est quelquefois malade! Je vais ouvrir la fenêtre, et ce soir ça sentira plus!

Il met du bois dans la cuisinière, puis fait chauffer son café sur la gazinière. Ce matin, il va retourner chercher l'électricien pour réparer la lumière de l'atelier. Bien sûr, Cyprien ne peut plus remuer des planches lourdes, mais les petits travaux plaisants ne manquent pas pour l'occuper.

Il sourit, lève la tête en direction de la fenêtre, et dit :

– Ce couillon de gamin! S'il avait été un peu plus malin, on l'aurait pas raté, le brochet!

Il vide le café fumant dans son bol, s'assoit à cette place où chaque matin de sa vie il a fumé sa première cigarette.

– On en aurait eu une tête en revenant au village...

Un soupir soulève sa poitrine.

– Élise, si elle avait été là, aurait fait semblant de se fâcher, mais elle aussi aurait été rudement contente en voyant la tête de Jules qui est jaloux de tout.

La cigarette terminée, Cyprien range son bol dans l'évier. Le voilà lavé des angoisses de la nuit. Il revient voir Tino, toujours couché au pied du lit.

– Tu es vraiment malade ? Ça t'apprendra à manger n'importe quoi ? Qu'est-ce que t'as fait ? Tu as ramassé un lapin pourri ? Tu sais bien qu'ils ont la myxomatose en ce moment. Mais toi, pourvu que tu bouffes! C'est bien fait pour toi!

Le chien le regarde de ses grands yeux fatigués. Tremblant, il baisse les oreilles, coupable.

– Tu vas sortir de la chambre ! C'est pas toi qui nettoies tes cochonneries ! Allez, passe près du feu, ça te fera du bien !

Du bout du pied, Cyprien pousse Tino qui gémit. L'animal réussit difficilement à se soulever sur ses pattes. Il titube, dans cette pénombre ; ses yeux remplis d'une prière désespérée ont quelque chose d'humain.

– Et quoi ? Tu peux plus marcher ? Va falloir qu'on t'emmène à l'hôpital, toi aussi ! Je t'en souhaite !

Le chien avance péniblement jusqu'au coin du feu et se laisse tomber sur la dalle froide. Son regard ne quitte pas Cyprien, l'implore de soulager cette détresse d'un vieux corps qui a mal.

– Il te manque que la parole, à toi, ma vieille rosse ! Tiens, je vais te donner un peu de lait.

Le frigo est vide. Depuis qu'il est rentré de la clinique, il n'a pas pensé à demander du lait à Adèle qui lui en garde toujours pour mettre dans sa soupe.

– Bon, reste là, je vais aller t'en chercher un peu ! Mais non, me regarde pas comme ça. Je vais pas te laisser !

Cyprien prend une casserole et sort. Une brume lourde et froide noie le hameau. Le ciel épais touche les arbres, pèse sur les épaules du vieil homme. Il se dit qu'il devrait arrêter de fumer : cette douleur qui ne cesse de le harceler vient peut-être de là. C'est entendu, il arrêtera demain !

Il croise M. Couturier qui va promener son chien. C'est un homme d'une cinquantaine d'années, bien mis, aux cheveux gris, au regard franc. Il salue Cyprien qui s'arrête là au milieu du chemin, sa casserole à la main. Le vieux ne s'était jamais imaginé qu'un écrivain puisse être un homme comme les autres. De toute sa vie, il n'a pas lu beaucoup de livres – il se contente des nouvelles locales et des avis de décès dans son journal – mais Élise lisait. Elle prenait des livres au bibliobus de Tulle qui montait une fois par mois. Pour lui, tous les livres ont été écrits à une époque antérieure, et voici que là, dans son village natal, se trouve un écrivain, un homme comme les autres, qui promène son chien et lui dit bonjour. Cyprien bredouille quelque chose; l'autre lui demande des nouvelles de sa santé.

– Bah, ce matin, ça va à peu près, mais à mon âge il faut pas demander le Pérou!

– Certes, mais il ne faut pas faire d'imprudence, non plus. Après ce que vous avez eu!

– Vous êtes vraiment un écrivain, de ceux qui écrivent dans des livres?

L'homme rit.

– Ça m'arrive.

– Mais quelle idée vous avez eue de venir vous enterrer ici? On voit jamais personne!

– C'est que je travaille en ce moment. A Paris, les tentations sont trop grandes!

Cyprien s'éloigne. Il croise Camille qui passe sur son vieux tracteur. Camille habite au bout du hameau. Il a l'âge de la retraite, mais ne veut pas la demander. Ses prés sont tellement tordus qu'il a été obligé d'en louer à Lachaud pour pouvoir travailler avec ses machines. Adjoint au maire pendant plus de vingt ans, l'idée lui est venue de présenter une liste. Il n'a pas été élu et en a conçu une telle rancœur qu'il est brouillé avec la moitié de la commune. C'est pourtant un brave homme, mais dès qu'on parle de politique et d'élections, Cyprien sait que les meilleurs deviennent aussi bêtes que des oies. C'est pour cette raison qu'il a toujours refusé de figurer sur une liste, même quand son cousin Lagrange est venu le chercher.

Jules est à l'étable en train de mettre de la litière à ses trois vaches. Il a pris sa retraite l'année dernière, mais conserve quelques bêtes pour se passer le temps. Cyprien remarque sa joue enflée :

– M'en parle pas ! J'ai pas dormi de la nuit avec cette dent qui me fait mal ! Je sais pas ce que j'ai fait pour avoir toujours quelque chose qui va de travers.

Cyprien s'amuse beaucoup à regarder la tête dissymétrique de Jules. Ses petits yeux brillent :

– Moi, pour ça, je suis tranquille ! Tous les Mallorie ont de bonnes dents. Mon père est mort sans avoir jamais vu un dentiste !

– Ils en ont de la chance, les Mallorie !

Cyprien revient chez lui. Tino est toujours couché près du feu éteint. Il tente de laper, mais sa tête trop lourde retombe sur ses pattes avant.

– Eh bien toi, tu m'as l'air rudement malade ! T'en fais pas, ce soir, ça ira mieux et tu pourras manger ta soupe !

Cyprien sort de nouveau. Les cloches sonnent à Orliac-de-Bar et lui rappellent qu'on est dimanche. Un froid humide lui gèle la figure.

– Et le gamin qui veut retourner à la pêche...

Il s'en va à son atelier, appuie de nouveau sur le bouton de la lumière.

– C'est peut-être un faux contact en quelque part ou bien un fil qui s'est débranché.

Il prend un tournevis sur l'établi et entreprend de démonter la prise. Tout à coup, il se dresse :

– Comme couillon... Je voudrais m'électrocuter que je ferais pas mieux ! D'abord couper le courant au compteur !

Au temps d'Élise, le dimanche matin, on écoutait la radio. Il y avait une émission avec des chansons d'avant la guerre. Élise aimait ces anciens refrains qui lui rappelaient son enfance et sa jeunesse. L'après-midi, ils se rendaient souvent chez sa sœur, à Croussac. Cyprien et son beau-frère, le gros Antoine, allaient se promener dans les champs. Cyprien regardait les arbres, Antoine les prairies et les blés. Ils n'avaient rien à se dire, mais cette promenade, les mains dans les poches, leur procurait une grande satisfaction à tous les deux. Depuis qu'Élise est morte, Cyprien n'est pas revenu chez Antoine. Pourquoi pense-t-il à tout ça, ce matin, devant cette prise à démonter ?

La brume du matin s'est un peu levée et s'est transformée en nuages sombres. Il n'y a pas de vent, l'air pique toujours. Cyprien regarde un vol de corbeaux qui descendent vers le sud. Tout ceci sent la neige, il le sait ; cette année, l'hiver sera rude. Si la neige tient, Cyprien fera un bonhomme avec le gamin ; ils lui mettront une carotte à la place du nez, deux morceaux de charbon pour les yeux, et un poireau au cul, histoire de rire. Si Adèle voit ça, elle se fâchera, mais ce sera seulement pour le principe.

Cyprien ne trouve rien d'anormal dans la prise. Cela l'étonne :

– Alors, les plombs ont sauté !

Il prend une chaise pour atteindre le compteur derrière la porte d'entrée. Mais non, les plombs sont intacts.

– Ça alors, c'est plus fort que du Roquefort !

Il sort de nouveau. Le coq de Jules chante au milieu du chemin. C'est un coq hargneux qui saute après les gens et leur pince les jambes. Un jour Cyprien lui a donné un coup de bâton qui l'a étendu, raide. La bête s'est relevée au bout de quelques secondes et a détalé. Depuis, le coq de Jules s'en va quand il voit Cyprien.

Il arrive à la camionnette en pensant à Rainette qui l'attend quelque part du côté de Gimel. Le noyer au croisement de deux chemins après le pont a sûrement grandi depuis, mais Cyprien le reconnaîtra ; il ne s'est jamais trompé sur les arbres. Au fait, pourquoi avaient-ils cessé de se voir avec Rainette ? Sûrement parce qu'il ne voulait pas faire de peine à Élise.

Il s'assoit au volant ; la camionnette manœuvre dans le chemin. Adèle, qui arrive, se fâche :

– Où voulez-vous encore aller, ce matin ? Vous voulez faire quelque miracle avec cette camionnette ?

Moi, je vais téléphoner à Laurent pour qu'il vienne la mettre en panne!

– Vous me cassez les pieds, l'Adèle! Mêlez-vous de ce qui vous regarde!

– Espèce de tête de mule! Vous voyez pas que tout le monde se fait de la bile pour vous!

Il ne répond pas et soulève le pied de l'embrayage. La voiture s'éloigne en direction de Vimbelle. Après Bar, la route étroite et tortueuse surplombe de vastes précipices au fond desquels coule la Corrèze. Accrochés aux pentes, des hameaux, autrefois riches, sont presque déserts. Il n'y reste que des retraités qui continuent à travailler à l'ancienne pour se passer le temps. Les maisons aux volets clos ne vivent que pendant les vacances.

Cyprien roule doucement. Depuis sa maladie, il sent que ses réflexes ont diminué. Un jour, sur cette route, alors qu'il revenait d'une foire à Gimel, il a raté le tournant de la Croix-de-Bar. Sa voiture est allée tout droit vers le précipice. Il n'a dû son salut qu'à un arbre que le bon Dieu avait placé là exprès. Le bon Dieu a toujours placé des arbres sur son chemin pour le sauver.

Il arrive sans encombre à Gimel, traverse le pont des cascades. C'est là que ses souvenirs se brouillent. Le chemin se trouvait-il sur la droite ou sur la gauche? Autrefois, la camionnette y allait toute seule, mais depuis... Au premier croisement, il tourne à droite et roule au pas. Des châtaigniers sauvages poussent sur le talus, mais pas le moindre noyer. Peut-être l'a-t-on coupé? Avec leurs avions, leurs bombes atomiques, les arbres ne vivent plus comme avant ; les noyers meurent avant d'être gros, rongés de mousse et de cette lèpre qui casse les branches sèches. L'air est pourri. Cyprien ne se fait pas de souci pour lui, mais que va devenir le gamin ? Jusque-là, il n'a pas eu beaucoup de bonheur, ce petit diable !

Il arrive à un hameau tassé entre deux collines. Tout est gris, la route, les arbres, le ciel. Les cloches sonnent. Les gens sortent de l'église. Cyprien se gare sur la place et va acheter un paquet de cigarettes au tabac. Appuyés sur le comptoir, des hommes bavardent devant leur premier apéritif. Le vieil homme revient s'asseoir dans la camionnette et regarde des groupes de femmes sur la place. Et si Rainette était là, parmi ces inconnues ?

– J'ai dû me tromper de route ! pense-t-il. Il est midi, le gamin doit être levé. Et même qu'il tarabuste sa grand-mère pour manger vite et aller à la pêche. Faut rentrer !

Il décide de changer d'itinéraire. La route de Bar est trop dangereuse pour lui. Il va passer par Égletons et la gare de Corrèze. La circulation est importante sur la nationale 89, mais il se serrera à droite et les autres auront toute la place pour lui passer devant !

Il arrive chez lui vers midi et demi. Tino tourne lentement la tête vers lui. Cyprien le caresse en lui disant des paroles rassurantes. L'animal gémit.

– Pauvre vieux !

Il découvre sur la cuisinière une cuisse de poulet

dans un plat en verre et un peu de riz. Brave Adèle! Dire qu'il l'a fâchée l'autre soir!

– Et dis, le Tino, c'est Adèle ou le gamin qui nous a apporté à manger?

Le chien le regarde, résigné.

– Faudra que j'en parle au vétérinaire. Tu veux que je t'allume du feu? Tu as froid?

Cyprien va chercher du petit bois dans la remise et quelques bûches. Quand le feu brûle, le chien pose sa tête tout près des flammes sur les cendres.

– Si on s'aide pas tous les deux, qu'est-ce que tu crois qu'on va devenir?

Le gamin arrive en courant et claque la porte contre le mur. Il s'assoit en face de lui.

– Le vieux Tino est malade! dit Cyprien.

Olivier va caresser l'animal et lui dit des paroles gentilles. Puis, se dressant :

– Tu sais, Cyprien, le brochet d'hier, c'est de ta faute si on l'a échappé. J'ai tout raconté à mon grand-père et il a dit que c'est de ta faute!

– Ton grand-père n'y connaît rien en pêche! bougonne Cyprien. C'était surtout de ta faute!

– Dis-moi, Cyprien, tu me le donnes ton grillon séché pour le montrer à ma maîtresse!

– Je te le donne pas et puis laisse-moi manger! Tu me casses les pieds à toujours parler!

L'enfant s'approche du vieil homme. Ses incisives sont un peu larges, comme trop grandes pour sa petite bouche.

– Toi, tu es de mauvaise humeur, tu as eu une contrariété. Je le vois dans tes yeux! Et ne me mens pas, le bout de ton nez remue!

– Tu es prêt pour aller à la pêche ?

– Je t'attends !

Cyprien roule rapidement une cigarette et va chercher sa musette dans la remise.

– C'est encore moi qui porte la canne ! dit Olivier.

11

La couche de nuages a voilé le soleil toute la matinée et, cet après-midi, en surveillant son flotteur, Cyprien sent que l'air froid est celui de la neige. Même l'eau a cette couleur sombre, sans reflet, de l'hiver. Le vieil homme grelotte malgré sa canadienne. L'enfant qui ne cesse de s'agiter a les joues rouges et la goutte au nez.

– On va pas faire fortune aujourd'hui! dit Cyprien. On ferait mieux de rentrer se chauffer à la maison.

– Je te dis qu'il va finir par mordre. On vient juste d'arriver.

L'attente du pêcheur immobile appuyé au saule est celle de la nature, une attente de neige, comme si les moindres brindilles se préparaient à la recevoir. Il n'y a pas un bruit, pas un seul saut de poisson dans l'étang, pas un oiseau qui piaille dans les arbres. Le pré en dos d'âne a la couleur du ciel. Il s'y perd, s'y dissout.

– Moi, mon papa est parti en Amérique. Je le

sais, même si tu dis que c'est pas vrai, Cyprien. Et comme ma maman travaille, il y a personne pour me garder à Paris. C'est pour ça qu'elle m'a placé chez ma grand-mère. Mais quand mon papa sera revenu, j'irai avec eux, à Paris, et on sera bien heureux, tous les trois...

– En Amérique ? Tiens, ta grand-mère m'a dit qu'il était à Orléans...

Olivier fait volte-face, le regard crispé. Ses joues sont rouges ; ses cheveux noirs battent au vent ; il serre les dents :

– Qu'est-ce que tu dis là, Cyprien, c'est pour m'embêter que tu dis ça ! Tu cherches toujours à m'embêter, toi ! C'est comme tout à l'heure, tu as pas voulu me donner ton grillon pour m'embêter !

– Fais pas tant de bruit, tu vas faire peur au brochet !

Un corbeau s'envole du châtaignier en poussant son cri d'hiver. L'enfant serre ses poings minuscules :

– C'est pour m'embêter que tu dis aussi que mon papa et ma maman sont divorcés ! Mais c'est pas vrai, Cyprien, je te dis que c'est pas vrai ! Mon papa est parti en Amérique pour y travailler ! Et c'est pour ça que ma maman pleurait !

Il éclate en sanglots et s'éloigne dans le pré, la tête basse.

– Tu n'es qu'un méchant, Cyprien ! Je viendrai plus jamais te voir ! Et je voudrais que ton chien soit crevé !

Il court derrière la bosse du pré. Cyprien reste seul, au milieu de ce silence d'eau et de ciel. Le bouchon ne bouge plus sur la surface lisse. Le pêcheur frissonne.

– Je vais te remballer tout ça, et à la maison! Aujourd'hui, c'est pas un temps à brochet. Je le savais bien, mais le gamin est plus têtu qu'une mule. Et quand on arrive là, il me fait la comédie! Celui-là...

Il replace la canne dans sa housse de toile. Le gardon est mort; Cyprien le lance dans l'eau où son ventre clair fait une tache dans la grisaille. Il plie méticuleusement sa ligne toute neuve et la range dans sa musette.

– Ce pauvre gamin... Mais pourquoi qu'il le veut tant, ce grillon? Il comprend pas que je peux pas le lui donner!

Il remonte lentement à travers le pré. Un flocon lui tombe sur la joue, il sent sa petite morsure de glace.

– Quand je te disais que ça voulait de la neige, tout ce tintamarre de silence. Les gars de la météo que tu vois à la télé, ils feraient bien de venir me demander des conseils!

Cette constatation de sa supériorité sur les spécialistes le met de bonne humeur. Il pense de nouveau à Olivier. Ce n'est pas la première fois que le gamin fait une colère pour rien. Adèle dit qu'il faut lui flanquer une fessée pour lui remettre les idées en place, Cyprien ne le croit pas.

– Ce sont pas mes oignons s'ils veulent lui flanquer une fessée! Moi, j'ai autre chose à faire!

En haut de la côte, son cœur bat très vite, ses

tempes bourdonnent. Quelques flocons de neige papillonnent dans l'air immobile. A la couleur du ciel, Cyprien sait qu'il va bientôt neiger très fort.

– Faudrait que je sois arrivé à la maison avant de me tremper!

Il repart. Pourvu que Tino guérisse, mais Tino est très vieux; la vie d'un chien, ça s'arrête aussi!

– Si demain ça va pas mieux, je l'emmènerai chez le vétérinaire avec la camionnette.

Dans le chemin, il croise Élodie Luzanges qui marche très vite, la tête enfoncée dans les épaules. Tous les hommes du pays l'ont couché un jour ou l'autre dans le foin, et pourtant elle est restée seule à garder son vieux père qui savait si bien se servir de son bâton. Il savait aussi « poser les mains » sur les bêtes. A sa mort, Élodie a continué. C'est pour ça qu'on vient la voir de temps en temps, pas pour le reste! Plus personne ne regarde cette vieille femme! Elle vit seule et a travaillé sa ferme comme un homme jusqu'à la retraite. A force de sortir le fumier de son étable et de soulever des gros poids, elle a mis des épaules larges et solides. Quelques poils de barbe ont poussé sur son visage à la peau mate.

– Eh bien, Cyprien, ça va mieux? On le dirait puisque vous revenez de la pêche!

– Ah, on peut pas dire que ça aille comme à vingt ans, et puis quand on est seul...

La femme pose son panier d'herbe.

– Ça, j'en sais quelque chose! Les gens, quand vous êtes jeune et belle, ils sont là à tourner autour, mais quand c'est fini, c'est bien fini, il n'y a personne!

– On va avoir de la neige! constate Cyprien en s'éloignant.

Au bout de quelques pas, il se tourne :

– J'aurais un service à vous demander. C'est pour mon chien qui est malade... Et comme j'ai pas d'autre compagnie...

– Je passerai le voir tout à l'heure, quand j'aurai porté ça à mes lapins!

La neige se met à tomber plus fort quand Cyprien arrive à son atelier sans électricité. Une brusque inspiration le prend. Il pousse la porte. Ses machines se noient dans une pénombre froide et hostile :

– Et si c'était un fil débranché dans la boîte d'arrivée ?

Comment vérifier ? Il ne voit plus rien et, finalement, renonce à ouvrir la grosse boîte en plastique d'où partent les fils d'alimentation des machines.

– On verra ça demain matin! Pour l'instant faut finir d'arriver, l'Élodie va descendre.

Il continue jusqu'à la maison et secoue sa canadienne avant d'entrer. Tino, toujours couché près du feu éteint, tourne lourdement sa tête vers son maître. Des larmes collent son poil de chaque côté du museau. Ses flancs sont soulevés par une respiration rapide.

– Eh bien, mon vieux Tino, toi aussi, tu flanches ? Tu vas pas me faire ce mauvais coup, non ?

Il s'est agenouillé près du chien, pousse les tisons morts avec la pointe des pincettes. Quelques braises vivent encore au fond des cendres. Il ajoute du petit bois et cherche le soufflet.

– Je vois que tu as froid. T'en fais pas, je vais te faire rôtir!

Les flammes naissent sur les brindilles et montent dans la cheminée. Les yeux de Tino sont pleins d'une lumière jaune qui palpite. Il a posé sa tête sur ses pattes et gémit toujours, une plainte minuscule, à peine audible.

– C'est décidé, dit Cyprien, demain, je t'emmène chez le vétérinaire et il faudra pas faire la comédie, tu entends ?

L'assiette de lait est toujours près de l'animal. Des cendres forment un voile gris à la surface du liquide :

– Faut te forcer un peu! Le lait te ferait du bien, je te dis!

Des chiens, Cyprien en a eu tout au long de sa vie. Il les a toujours aimés, mais ne pleurait pas leur mort : un jeune chiot remplaçait aussitôt le défunt; c'était un recommencement... Ce soir, la chaîne est rompue! Il n'y aura pas d'autre chien après Tino; ils avaient associé leurs solitudes et leurs vieillesses. Quand Tino va mourir, Cyprien mourra avec lui.

Il est six heures du soir; la nuit écrase la terre. Dans les endroits secs, la neige étale des langues laiteuses sous la lune qui sort de temps en temps. Les flocons tombent en silence, réguliers dans un néant éternel. Le hibou se tait. Par moments, un peu de vent affole cette poussière blanche qui tourbillonne. L'hiver pèse sur la maison. Le feu se tasse sous la cendre. Assis sur son banc, Cyprien n'ose pas bouger. Pour la première fois dans sa vie, en face de ce chien malade, le vieil homme touche le fond d'une solitude plus grande que celle des étoiles.

Vers huit heures, il mange le restant de poulet et de riz presque desséché. Par moments, la charpente craque, un bruit de rien que la neige transforme en un coup de canon. La nuit a pourtant la légèreté d'un drap.

Cyprien ne pense même pas à parler. Le silence lui comprime les poumons où son mal éclate à chaque battement de cœur. L'hiver dernier, quand il ne se sentait pas bien, Élise lui faisait de la tisane de verveine. Elle savait doser la quantité d'eau et le nombre de fleurs. La tisane lui donnait chaud à l'estomac et il s'endormait paisible, confiant dans le lendemain. Ce soir, il n'ose pas s'éloigner de ce chien malade. Sur la commode, la carapace du grillon mort luit comme une broche.

Le gamin n'est pas monté parce qu'il devait avoir des devoirs. Il aurait quand même pu venir lui faire comprendre qu'ils étaient toujours copains! Cyprien va chercher du vin. Après quelques verres, tout va mieux; ses douleurs s'estompent, il n'entend plus les bruits de la grande maison vide et le passé se précise dans sa mémoire. Ce matin, il ne risquait pas de trouver la maison de Rainette : le bon chemin est à plus d'un kilomètre du pont, après une longue ligne droite et un étang sur la gauche. Là, au milieu de ce grand silence de neige, tout ceci devient très net dans son esprit.

Demain matin, il conduira Tino chez le vétérinaire et tout de suite après, il retournera à Gimel. Rainette sortira sur son perron de pierre. Elle ne sera pas surprise de le revoir. Cyprien lui dira de venir chez lui à la Neuville, à la place d'Élise, puisque c'est une autre Élise, tout aussi douce et tout aussi bonne.

Tino a bougé. Cyprien a gardé l'os du poulet et un peu de riz. Il l'apporte au chien qui lèche le riz, mais ne touche pas à l'os.

– Toi, tu es vraiment malade! Allez, viens dehors, tu n'es pas sorti de la journée.

Tino fait un gros effort pour se mettre sur ses jambes, puis marche lourdement jusqu'à la porte. Il a le dos cassé, la tête basse.

– Je suis sûr que le gamin est heureux de voir tomber la neige. Demain, s'il en reste, il va s'amuser!

Cyprien ferme la porte. Le chien se traîne près du feu.

– Faudrait pas qu'il nous en tombe un mètre, de cette neige! C'est qu'on doit aller chez le vétérinaire, tous les deux!

On tape des pieds sur le perron. Cyprien va ouvrir à Élodie qui secoue son foulard couvert de neige.

– Vous avez vu ça? A la mi-décembre, c'est pas bon signe! On n'est pas bien profond dans l'hiver! Il fait chaud chez vous, Cyprien!

– Je mets du bois dans la cuisinière, tiens!

– Bon, ce chien...

– Il est pas dru! Regardez-le à couver ie feu! C'est plus un jeune homme!

La vieille femme tend ses mains aux flammes. Tino n'a jamais aboyé à Élodie. Comme Cyprien, l'animal a ses têtes et mordrait bien Jules si on le laissait faire. Par contre, il tourne autour d'Adèle en remuant la queue.

– C'est vrai qu'il n'est pas dru ! Je vais lui poser les mains, après vous verrez bien ! Je sais pas si ça va lui faire quelque chose !

La femme pose ses mains ouvertes sur la tête du chien puis les fait glisser sur le poil.

– Vous feriez bien de me les poser aussi, dit Cyprien, je sais pas ce qui se passe là-dedans, mais ça en fait un bazar !

– Dites pas de bêtises, Cyprien. Je pose les mains sur les bêtes seulement, pas sur les enfants du bon Dieu ! Maintenant, il faut que je m'en remonte. Ça neige de plus en plus fort. Demain, à cette vitesse, il y en aura un mètre !

– Bah, ça sera vite fondu ! On dirait que ça se réchauffe ! Allez, le bonsoir et merci !

12

La neige ne cesse pas de tomber de la nuit. Vers trois heures du matin, Cyprien se lève pour mettre du bois dans la cuisinière. Le sol est glacé. Les pans de sa longue chemise tombent sur ses cuisses maigres : « J'ai l'air d'un bel oiseau ! » pense-t-il. Il appuie sur le bouton de l'électricité. Tino soulève lentement la tête. Le néon allume une lueur mouillée dans ses grands yeux.

– Attends, je vais t'arranger ça !

Cyprien va chercher une couverture dans l'armoire et l'écarte sur l'animal. Si Élise voyait ça, elle se mettrait en colère : les couvertures sont faites pour les gens, pas pour les bêtes qui sont nées avec des poils. Élise avait le sens de l'économie. Cela n'a pas servi à grand-chose puisque les couvertures sont encore là, neuves.

– Un de ces jours, il faudra que je recherche les pantoufles que Marthe m'a achetées quand j'étais à l'hôpital. C'est que le plancher n'est pas chaud.

Des pantoufles ! Il sourit : voilà qu'il devient aussi

frileux qu'un bourgeois! Au temps d'Élise, il ne se levait pas en pleine nuit, c'était elle qui allait mettre du bois dans la cuisinière...

Avant de se recoucher, il pousse le rideau de la fenêtre. La nuit ne touche pas la neige. Tout est blanc, sans maison, sans chemin. Cyprien est seul au monde avec son chien malade : la neige a tout dévoré.

– C'est que je vais pas pouvoir emmener Tino chez le vétérinaire! J'irai téléphoner chez Adèle!

Laurent a raison : le téléphone c'est bien pratique pour prendre des nouvelles ou appeler quand ça ne va pas. Cyprien le fera installer avant l'été prochain, c'est décidé. Si Caroline vient comme elle l'a promis, elle pourra appeler ses galants et Cyprien écoutera derrière la porte, tout heureux de surprendre des secrets de Polichinelle.

Ce matin, on ne peut pas dire qu'il fasse vraiment jour. La nuit a quitté le sol, mais elle reste épaisse en haut des arbres. Un peu de lumière circule au ras du chemin, s'étale sur la neige. Cyprien va chercher du bois pour la cheminée. Quand le feu brûlera, il sortira un boudin du congélateur pour midi.

– C'est pas aujourd'hui qu'il doit passer, le boulanger ?

Il pense au gamin qui va bientôt se lever.

– Sûr qu'il doit en faire des rêves avec son Paris!

Tino a bougé sous sa couverture. Cyprien lui dégage la tête et la tient dans ses mains. Un peu de mousse blanche s'est formée au coin de ses babines. Il regarde l'homme avec un air résigné.

– Alors, le vieux ? Les mains d'Élodie t'ont rien fait ? Tu serais bien le premier !

La tête de l'animal est lourde. Cyprien la pose doucement sur la couverture.

– Tu veux du lait ? T'a rien mangé de deux jours ! Attends...

Cyprien va nettoyer l'assiette où le riz s'est collé en grumeaux gluants et y verse un peu de lait. Tino n'a pas la force de laper, alors Cyprien trempe son doigt dans le liquide et le passe sur les babines de l'animal qui gémit.

– Qu'est-ce qui te prend ? On t'a quand même pas empoisonné ?

Le feu ne cesse de péter et d'envoyer des braises dans tous les sens.

– Avec cette couverture près des chenets, c'est pas bien prudent !

Cyprien la pousse hors de portée du feu. Tino se laisse déplacer sans bouger.

– Je vais téléphoner au vétérinaire.

Il prend sa canadienne et sort. Le temps s'est réchauffé ; les nuages qui viennent du sud apportent de la pluie. La neige fond. Les arbres s'égouttent, les toits pissent une eau glacée. A midi, il n'y aura plus rien.

Chez Jules, c'est une ancienne ferme dont on a tenté de cacher la vétusté. On s'est contenté de peindre les murs de plâtre que la suie commence à recouvrir. Le plafond est noir. Adèle n'est pas une femme d'intérieur et il y a beaucoup de désordre. Des chaussures encombrent l'entrée, des vêtements sont posés en tas sur le banc, la vaisselle s'entasse sur l'évier. Quand Cyprien arrive, Jules casse la croûte; la lampe luit sur la peau tendue de son crâne dégarni. Dans le coin le plus sombre de la cheminée, le gamin s'amuse à faire des arabesques avec un tison. Adèle lui dit qu'il va finir par se brûler.

– Je voudrais téléphoner au vétérinaire! dit Cyprien. Mon chien est toujours malade.

– Bah, dit Jules en bourrant sa pipe, c'est qu'un chien! Tu crois que le vétérinaire va vouloir se déplacer?

– Je vais quand même lui téléphoner.

– Eh bien, vas-y! Tu as le numéro?

Le téléphone est sur le buffet près de la table. Cyprien décroche.

– Comment ça marche, ce bazar?

Il compose lentement le numéro en énumérant les chiffres à haute voix.

– Merde, je me suis gouré!

Il recommence. Adèle lui arrache le combiné des mains :

– Faites voir, espèce de mal dégourdi!

Elle fait le numéro et rend le combiné à Cyprien qui se met à hurler comme s'il parlait à quelqu'un à l'autre bout du hameau. Quand il a raccroché, il dit à Jules :

– Tu vois qu'il se déplace pour un chien! Il va passer dans la matinée!

Cyprien pose une pièce de cinq francs sur la table.

– Vous croyez pas que vous pourriez faire installer le téléphone! bougonne Adèle. C'est bien encore une idée à vous, ça!

– Pour ce que j'en ferais...

– Gardez cette pièce! Vous voulez me vexer! Avec le meuble que vous avez fait pour le petit...

– Je vais voir Tino! dit Olivier en se précipitant à la porte.

– Prends ton cache-nez et ton manteau, que tu vas attraper du mal! crie la grand-mère.

L'enfant s'emmitoufle, puis sort en courant. Quand Cyprien arrive chez lui, il trouve Olivier qui a posé la tête de Tino sur ses genoux et lui parle doucement en lui caressant le front. Le chien ferme les yeux, comme apaisé. Les braises se couvrent de peaux noires très fines à travers lesquelles on voit battre leurs cœurs rouges.

– Tu sais, Cyprien, je te rapporterai un cadeau quand je vais aller voir ma maman à Paris. C'est dans douze jours que je pars, le jour des vacances de Noël.

– Essaye de lui faire boire un peu de lait! Des fois, ça pourrait le guérir!

– Il veut pas, j'ai essayé tout à l'heure!

Le vétérinaire arrive quelques instants plus tard. C'est un homme très grand et très maigre qui travaille jour et nuit. Ce fils de paysans n'aime pas soigner les animaux de compagnie, les chiens et les chats. Il salue le vieux et l'enfant, puis examine Tino avec attention.

– Le cœur est très faible! dit-il. J'ai bien peur que ce soit la fin! C'est un vieux chien usé. Il n'y a pas grand-chose à faire! Le mieux, ce serait de le piquer pour abréger ses souffrances.

Piquer Tino! Tuer ce compagnon! Lui donner la mort sans douleur tandis qu'il regarde Cyprien avec confiance! Le vieil homme a très mal, il fait un pas en direction du vétérinaire :

– Je veux pas qu'on le pique! Donnez-moi des médicaments, je les lui ferai prendre et peut-être qu'il guérira.

– C'est qu'il n'y a pas grand-chose à faire contre la vieillesse! Je vais vous donner des cachets pour lui soutenir le cœur. Si vous arrivez à les lui faire avaler...

– Combien je vous dois?

Cyprien paie et le vétérinaire s'en va. Adèle appelle Olivier qui détale à toutes jambes. Seul, le vieil homme se sent, lui aussi, fatigué, cassé. Tino va mourir, voilà la terrible vérité! La solitude grandit autour de lui, écarte les pans noirs de sa cape. C'est toute sa maison qui le rejette. Les murs, les meubles, le feu qui n'arrive plus à réchauffer Tino, ont décidé de vivre entre eux, sans homme. Ces choses inertes ont une âme sournoise et malfaisante. Elles secouent le joug de la domination et achèvent le dernier des Mallorie. Plusieurs générations de menuisiers-ébénistes se sont succédé ici pour en arriver à cette immense solitude. Cyprien va devoir s'en aller. Sa place est à la maison de retraite, comme le veulent Marthe et Laurent. Quand Tino sera mort, il prendra ses affaires, et fermera la porte pour la dernière fois avant de jeter la clef dans le fossé. Ce sera un départ sans retour, un aller simple.

Il s'assoit sur le banc à côté du chien. Le temps

passe à la vitesse du jour minuscule, gris comme la lumière, rapide comme l'eau du ruisseau. Là, à ne rien penser, Cyprien ne voit pas défiler les heures. L'esprit vide, il se donne à sa douleur de poitrine toujours présente. Chaque fois qu'il se penche pour mettre des bûches au feu, les taches de suie dansent devant les flammes. Une nouvelle crise se prépare, tant pis si elle l'emporte! A cette heure, tandis que la nuit noie la table et le buffet, rien n'a d'importance, pas même la mort.

Vers quatre heures, une voiture s'arrête devant sa porte. C'est Marthe qui vient prendre des nouvelles avec les jumelles. Les fillettes entrent, embrassent leur grand-père puis demandent qu'on leur allume la télévision.

– Je l'ai pas allumée depuis que la pauvre mémé est partie. Je sais même pas si elle marche encore.

Marie et Agnès sont déjà dans la salle à manger. Agnès ôte le tissu qui recouvre le téléviseur et appuie sur le bouton. L'image lumineuse fait mal aux yeux de Cyprien qui demande de fermer la porte. Marthe s'est assise en face de lui. On dirait Élise à trente ans. La pénombre souligne une ride qui traverse son front clair.

– Mon chien est malade! dit Cyprien.

– Faut le faire piquer! réplique Marthe d'un ton sec qui déplaît au vieil homme.

– Quoi encore? Et moi, pourquoi tu me fais pas piquer?

– Allons, papa, il faut être raisonnable! Tiens, qu'est-ce que c'est, cette bestiole?

Elle vient de découvrir le grillon séché sur la commode. Dans la pièce voisine, la télévision fait un bruit infernal.

– Touche pas ça! C'est pour la pêche!

– Tu veux que je te prépare quelque chose?

– J'ai besoin de rien!

Dans la pénombre, Cyprien observe Marthe et remarque ses gestes nerveux, son regard qui fuit. Quelque chose ne va pas, maintenant, il en a la certitude.

– Tu as des soucis, la Marthe?

– Non, tout va bien. Quelle heure est-il? Déjà quatre heures! Faut que je file. Vous êtes prêtes, les filles?

Un déclic et la télévision se tait dans la pièce voisine. Les jumelles embrassent de nouveau leur grand-père. Déjà, les portières claquent, Cyprien ne s'est pas dérangé.

– Ça t'a pas cassé les oreilles, tout ce bruit, mon Tino? Nous voilà tranquilles, tous les deux! Mais tu vois, la Marthe m'a pas dit la vérité. Je l'ai vu à son front tout barré d'une ride profonde comme la mer! Faudrait pas que Georges la fasse souffrir!

La nuit est tombée. Cyprien décide de manger le reste de boudin et un peu de fromage, c'est suffisant pour le soir. Il n'a jamais aimé se charger l'estomac avant d'aller dormir. Demain matin, si Tino va mieux, il retournera à Gimel. Un autre détail lui est revenu dans l'après-midi, en regardant les flammes et en caressant son chien. Après le grand noyer, la route tourne et, dans ce tournant, sur la droite, un rocher sort entre les broussailles comme une dent. Cette fois, il ne peut plus se tromper!

– Tu devrais te forcer à boire un peu de lait!

Cyprien trempe le museau de Tino dans le lait; la bête ne desserre pas les mâchoires.

– Quelle tête de mule tu fais!

Le chien s'agite, pleure en regardant l'homme qu'il implore de faire un miracle.

– Je sais, tu as raison! Un chien c'est plus malheureux qu'un homme quand la mort approche. Un homme, ça parle, ça fait du bruit, mais un chien, c'est tout seul dans sa tête, tout seul avec cette chose énorme qui avance vers lui, qu'il voit. Arrête de trembler, mon Tino, je suis avec toi et je vais rester là toute la nuit si ça peut t'aider. Je sais bien que tu préférerais le gamin. Ses mains sont plus douces que les miennes. Dis pas le contraire, j'ai vu la tête que tu faisais quand il te caressait. Mais le gamin dort: demain, c'est lundi et il faut qu'il aille à l'école.

Cyprien s'est assis par terre et a posé la tête du chien sur ses genoux. De temps en temps, il pousse les tisons avec les pincettes. Ses jambes s'engourdissent, deviennent dures comme du bois.

– T'en fais pas, on va rester comme ça tous les deux. Et je vais te parler, ça t'empêchera de penser à des mauvaises choses. Tu te rappelles l'Élise. Elle te faisait de la bonne soupe, hein? C'est avec elle que tu vas aller. Moi aussi, je vais bientôt venir. Alors, on sera tous les trois dans les nuages. On fera des grandes promenades dans le ciel, et toi, fureteur comme tu es, tu dénicheras les étoiles filantes. Et puis, faudra rester avec nous, parce que là-haut c'est grand et tu te perdrais. Ça sera pas le moment d'aller courir les chiennes, vieux farceur!

Tino a glissé dans la mort sans que Cyprien s'en rende compte. Son souffle s'est arrêté au moment où il gambadait dans les étoiles. Il est parti au ciel sans un frémissement de poil, sans un raidissement de muscles. Cyprien, qui n'y croit pas, le secoue, puis regarde autour de lui, abasourdi. Est-ce aussi simple de mourir? Il bredouille quelques mots, se lève et recule comme horrifié par ce corps sans vie. Ses jambes craquent; une douleur aiguë le submerge. Il porte la main à la poitrine, chancelle. La table le retient.

– Nom de Dieu...

C'est tout ce qu'il sait dire. Il reste un bon moment immobile, les yeux tournés vers la pendule muette. Une braise vole sur la couverture, il tend le pied pour l'écraser. La voix lui revient :

– Toi aussi, tu m'abandonnes! Bon voyage quand même. Tu peux dire à Élise que tout va bien ici, qu'elle se fasse pas de souci pour moi. Toi, tu n'étais pas un chien comme les autres. Tu étais une personne, Tino. Je voudrais bien t'enterrer dans notre caveau, à côté d'Élise, mais ils voudront pas.

Cette pensée d'être séparé de Tino dans la mort le préoccupe une partie de la nuit. S'il était aussi fort qu'avant, il irait ouvrir le caveau et personne n'en saurait rien, mais c'est un vieillard que le moindre effort fait crier de douleur. Il s'assoit à table, le regard perdu contre le mur. Des heures passent dont il n'a pas conscience. Quand il décide d'aller s'allonger, tout tourne autour de lui et il laisse la lumière comme un enfant qui a peur des ténèbres. Il échafaude des plans irréalisables, s'imagine en train de demander la permission de faire construire un caveau dans son jardin pour y être enterré avec Élise et Tino.

Le vieil homme s'est assoupi. Quelqu'un tape à la porte qu'il a dû fermer à clef hier au soir. Il se lève et va ouvrir.

– Vous en faites une tête, ce matin! dit Adèle en entrant.

Elle aperçoit le cadavre du chien.

– C'est peut-être mieux comme ça! dit-elle après un moment de silence. Il était vieux!

– C'est ce que je me dis aussi! fait Cyprien. Va falloir que je l'enterre.

– Vous voulez que je dise à Jules de vous faire le trou?

– Non, je vais essayer seul. Si je peux pas, j'irai le chercher. C'est bien le jour de l'épicier, non?

– Oui. Vous voulez que je vous fasse les commissions?

– Vous pouvez me prendre deux boîtes de sardines et un paquet de nouilles. Et puis, j'ai plus de pain!

– Mais le boulanger de Saint-Augustin ne passe que demain. Je peux vous dépanner!

Olivier arrive, un Olivier radieux, qui chantonne.

– T'es pas à l'école, petit garnement?

– J'en ai pas! C'est une journée pédagogique pour la maîtresse!

– Comment voulez-vous qu'ils soient savants! bougonne Adèle, ils ont jamais école! Nous, de notre temps...

L'enfant aperçoit le chien mort. Il se penche vers lui et caresse du bout des doigts ses poils froids.

– Pauvre Tino! dit-il d'une voix triste.

– Tiens, tu vas m'aider à l'enterrer! dit Cyprien.

– Chiche! On va lui faire une belle tombe avec une croix dessus. C'est moi qui ferai la croix!

– Et surtout va pas attraper du mal! dit Adèle sur un ton de reproche. Et vous, maintenant que cette pauvre bête est crevée, vous pouvez aller passer l'hiver à la maison de retraite, non?

– Je vais enterrer mon chien! dit Cyprien en prenant sa canadienne. Après, on verra!

13

Cyprien va chercher la pelle et la brouette dans le hangar. Il a choisi l'endroit du verger le mieux exposé.

– Là, tu verras le soleil se lever sur Orliac et c'est ce qui est le plus beau au monde!

Le gamin est avec lui, grave et, pour une fois, ne parle pas. Le temps tourne à la pluie. Le vent tiède du sud ne dure jamais longtemps en cette saison. Quelques gouttes tombent déjà. On étouffe dans la moiteur de l'air.

– Faudrait pas qu'on se mouille et si ça veut, c'est bien ce qui va arriver!

Cyprien prend la pelle, l'enfonce dans la terre en s'aidant du pied. Quand il veut soulever la motte, la douleur est si violente qu'il en tombe à genoux, la bouche ouverte, la respiration coupée. Il chancelle, s'agrippe au manche de l'outil.

– Qu'est-ce qui te prend? Tu t'es fait mal?

Cyprien se remet lentement sur ses jambes. Des gouttes de pluie s'écrasent sur sa figure maigre, ruissellent le long de son nez tranchant.

– Va chercher ton grand-père ! Je peux plus, moi, avec ma maladie... J'ai tout de cassé là-dedans !

Le gamin détale à toutes jambes. Les flocons noirs se dissipent devant les yeux du vieil homme, mais il a eu peur, très peur, cette fois-ci. Il s'est vu glisser jusqu'au fond d'un puits sans lumière. Et dans cette obscurité il n'y avait ni Tino, ni Élise.

Jules arrive en boitillant. Il ne s'est pas rasé depuis une semaine et ses joues rouges sont hérissées de poils blancs. Les deux hommes parlent un moment de la pluie et Jules se met à creuser. Accroupi, Olivier s'amuse à torturer un ver de terre. Quand il a fini, Jules s'essuie le front avec un grand mouchoir froissé et sale.

– Et ta dent ? Comment qu'elle va ? demande Cyprien.

– M'en parle pas ! Elle m'a mis en colère à m'agacer tout le temps. L'autre nuit, je l'ai arrachée ! Mais dis, c'est peut-être suffisant, pour ta pauvre bête. Qu'est-ce que t'en penses ?

– Oui, ça ira ! Je te remercie, Jules ! Moi, depuis que je suis revenu de l'hôpital, je peux plus rien faire !

– Tu veux que j'aille te le chercher ?

– On se débrouillera avec le petit.

Comme la pluie est de plus en plus forte, Jules pose la pelle à côté du trou et s'éloigne. Cyprien va chercher la brouette qui est restée près du hangar.

Olivier l'aide à traîner le chien jusqu'à la porte, puis le soulève par les pattes arrière. Il s'étonne de la légèreté de ce grand corps maigre.

– Les chiens, c'est jamais lourd! dit Cyprien. Surtout quand c'est vieux!

Le vieil homme a mal, mais il réussit à soulever le cadavre et le poser sur la brouette. Son cœur bat très fort au milieu d'une boule de feu. Il pleut vraiment : Olivier remonte la capuche de son anorak sur sa tête ronde.

Arrivé dans le verger, Cyprien renverse la brouette au-dessus du trou.

– Le pauvre Tino! dit l'enfant.

– Bah! Ça change pas grand-chose! Au point où il en est!

Cyprien pousse une pelletée de terre qui s'étale en grumeaux sur le poil mouillé du chien.

– Allez, Tino, t'étais une brave bête. Sans race, mais il n'y avait pas meilleur que toi pour dénicher le lièvre ou la bécasse! On en a eu des bons moments, tous les deux!

– Les chiens devraient vivre aussi longtemps que les hommes! dit Olivier, c'est pas juste, ça!

– Non, c'est pas juste.

Cyprien tasse la terre du pied. Les gouttes s'écrasent sur sa casquette. Sa veste fume.

– Faudrait pas que j'attrape quelque chose de plus! Tu sais, l'autre jour, c'était pour te faire enrager que j'ai dit que ton père était à Orléans. Je sais bien qu'il est en Amérique.

La capuche découpe la figure ronde de l'enfant qui ouvre ses grands yeux noirs. Il s'approche de Cyprien :

– Qui te l'a dit?

– Je m'en rappelle pas, mais je sais qu'il est en Amérique et qu'il fabrique là-bas de grands bateaux pour aller sur l'océan.

L'enfant sourit :

– Et même que c'est lui qui les conduit sur l'océan... C'est des grands bateaux blancs avec des voiles qui claquent au vent !

– Viens, on va se mettre à l'abri. On saurait plus quelle saison on est ! Avant-hier, il neigeait, aujourd'hui, il tombe une pluie chaude comme si on était encore en été !

– Dis, Cyprien, qu'est-ce que tu voudras que je te rapporte de Paris, quand je vais y aller dans onze jours ?

– Rien... Si, une photo de la tour Eiffel, parce que moi, je l'ai jamais vue, la tour Eiffel. Paraît qu'elle est si haute que la pointe est dans les nuages !

– Tu l'as bien vue à la télé...

– Oui, mais c'est pas pareil qu'une photo !

La pluie a mangé ce qui restait de jour. Ils abandonnent la brouette devant la porte de la maison et rentrent. Cyprien pose sa veste mouillée et tisonne le feu. Élise lui aurait reproché de s'être trempé et aurait mis des habits secs sur le lit. L'enfant s'en va chez lui à toutes jambes : il a peur de la nuit. Un soir, Cyprien a été obligé de le raccompagner, il lui avait pris la main et la serrait très fort.

Le silence est plus dur que d'habitude. Le feu crépite. Cyprien n'ose pas bouger. Tino est sous la terre et ne le regardera plus avec ses yeux pleins de tendresse et de cette résignation muette qui fait mal.

Brave Tino ! Il y a des chiens malfaisants, comme des hommes, des chiens qui vont voler les œufs dans les poulaillers, qui mordent les gens, pas Tino. Ça lui a bien servi à quelque chose d'être un exemple de chien ! A moins qu'il soit au paradis avec Élise ! Dans ce cas, elle est contente d'avoir de la compagnie d'ici. S'ils savaient tous les deux comme ils lui manquent, à Cyprien ! Ils le savent peut-être, mais le mur entre eux et lui, même s'il est invisible, reste infranchissable. Pour passer de l'autre côté, il n'y a qu'un moyen et on n'est pas pressé de s'en servir !

Cyprien sursaute. Il s'est assoupi et une braise a fait un trou dans son pantalon. Ça sent le tissu brûlé.

– C'est que je me grillerais tout vif ! s'écrie-t-il.

Il se lève, ajoute du bois dans la cuisinière, pose la casserole de soupe qu'a apportée Adèle sur la plaque chaude.

– Ça peut pas durer, ça ! Je vais pas me laisser nourrir par les voisins, non ? C'est vrai que le meuble du gamin a un peu de valeur !

Il mange sa soupe lentement, en aspirant le bouillon du bout de la cuiller. Ses yeux se posent sur le cadavre du grillon.

– Bah, j'aurais dû le donner au gamin. Ça lui faisait tellement plaisir ! Et moi, qu'est-ce que j'en fais ?

Il s'étrangle, tousse, puis déplace sa casquette. Au temps d'Élise, il devait la poser pour se mettre à table. Élise était douce, mais elle avait des principes !

– Pauvre gosse qui croit que son père est en Amérique ! Moi, je le connais, son père, c'est le fils de Jules et de l'Adèle. Un enfant gâté qui a toujours fait tout ce qu'il a voulu. Elle a beau dire, l'Adèle, que sa belle-fille est une traînée, moi je sais que le Jacques a tort aussi. Demain, je donnerai ce grillon au gamin!

Il prend une boîte de pastilles vide sur l'étagère et y met l'insecte. La soirée n'en finit pas. Après avoir mangé sa soupe, Cyprien fait griller des châtaignes dans les cendres. Pour s'occuper, il parcourt son journal, d'abord les avis de décès, puis les nouvelles locales, la météo et, enfin, la politique. Au temps d'Élise, il regardait la télévision et écoutait les informations à la radio. Depuis sa mort, tout s'est arrêté dans cette maison, télévision, radio et pendule.

Les phares d'une voiture allument la fenêtre. Une portière claque; c'est Laurent. A cette heure, il n'a pas sa tête ordinaire. La lumière crue du néon lui creuse les joues. Il a enlevé sa cravate.

– Mais c'est toi? Qu'est-ce que tu viens faire?

– Je viens prendre des nouvelles... Si tu avais le téléphone, ça serait plus simple!

– Tino est mort la nuit dernière. Avec le gamin, on l'a enterré dans le verger.

– C'était une brave bête! dit Laurent en s'asseyant en face de son père.

Ce soir encore, il a traversé la nuit en proie à une angoisse profonde, comme pour se fuir lui-même et retrouver dans la maison de son enfance ces émotions toutes neuves qui lui donnaient tant de bonheur, tant d'espoir. Il regarde les flammes et se penche pour ajouter une bûche.

– Mange une châtaigne! dit Cyprien. Elles sont bonnes, cette année. Comment va ton beau-père?

Depuis le mariage de Laurent, Cyprien n'a vu qu'une fois Me Fromel à qui il reproche ses manières de bourgeois.

– Comme d'habitude...

– Toujours aussi emmerdant ?

– Il ne changera pas, maintenant. Il veut tout voir, tout savoir et n'a confiance en personne !

Cyprien pèle une châtaigne et lève ses petits yeux sur son fils :

– Bah, t'as pas à te plaindre. Avec tout l'argent que tu gagnes, tu vas pas me dire que tu es malheureux !

– L'argent fait pas tout !

– Si tu m'avais écouté, tu travaillerais ici, dans l'atelier et tu serais ton patron !

Ce qu'il ne dit pas, Cyprien, c'est qu'il avait été très fier du mariage de Laurent avec la fille d'un notaire et le fanfaronnait partout.

– Le bois, c'est pas mon truc, dit Laurent, mais Caro a pris tes goûts !

Lui aussi avait été sensible à la fortune d'Huguette. Certes, sa femme est belle, mais si elle avait été la fille d'un ouvrier, l'étudiant en droit Laurent Mallorie l'aurait-il regardée avec tant d'insistance ?

– Ça donne soif, ces châtaignes ! dit Cyprien. Va donc chercher la bouteille de vin et des verres.

Ils boivent un verre de vin. Le silence retombe entre eux. Enfin, Laurent décide de s'en aller :

– Tu diras à Caro de venir me voir. Je m'ennuie d'elle.

Laurent sort. Cette visite à la Neuville n'était qu'un prétexte pour faire de la voiture. La route qui défile dans les phares, cette impression de fuite le grisent comme une course vers un autre lui-même.

Un air presque tiède et humide monte du sol. Laurent aperçoit la jeune compagne de M. Couturier qui le regarde derrière la fenêtre. Ses grands yeux clairs ont la lumière des yeux de chat. Elle sourit à Laurent qui lui fait un petit signe de la main.

La visite de Laurent a fait fuir les menaces de la nuit. Le silence n'a plus ce poids terrible de tout à l'heure. Cyprien pèle une autre châtaigne avec des gestes méticuleux, précis, des gestes d'ébéniste qui sait qu'un coup de rabot en trop suffit à gâcher le travail d'une semaine.

– Laurent sera jamais comme tout le monde ! dit-il au mur. Il aime se faire plaindre ! Le père Fromel est pas si terrible ! Moi, je te l'aurais mis au pas et vite ! Mais Laurent, c'est un mou !

Et comme Cyprien ne sait que tout ramener à lui :

– Moi, de mon temps on connaissait pas les manières ! On avait autre chose à penser ! On avait le boulot qui nous poussait au cul ! Voilà ce qu'on avait !

Il rit, un petit rire grêle qui anime les rides de ses joues, satisfait d'avoir échappé aux soucis de son fils, donc de lui être resté supérieur.

– Les châtaignes sont sucrées, cette année ! C'est comme tout, il leur faut du soleil et on n'en a pas manqué !

Il mastique lentement, sa casquette rabattue sur les yeux, boit un autre verre de vin, puis va se coucher tout guilleret.

Le lendemain matin, après le café et la cigarette, il descend à son atelier. Une grande satisfaction l'attend : comme il l'avait prévu, le fil d'arrivée est débranché dans la boîte de distribution. Cyprien le replace, serre la vis, et tout fonctionne de nouveau.

– Ils croyaient que... Mais ils se trompaient!

La cigarette qu'il allume en écoutant le bruit aigu de la raboteuse est celle de la victoire contre une adversité sournoise, contre cet entourage quotidien qui ne voulait plus se soumettre.

– C'est pas que je sois plus intelligent qu'un autre, constate-t-il, mais je suis pas plus con, non plus! D'ailleurs je suis plus malin que Jules! Lui, il arriverait pas à enfoncer un clou avec une pelle!

La bêtise de Jules le conforte dans l'idée qu'il est le plus fort. Il en oublie son mal.

14

L'hiver arrive dès la mi-décembre. Un soir, le vent tourne au nord et Cyprien, qui porte du bois, écoute son roulement, puissant, c'est un grand vent de hauteur qui ne veut pas s'arrêter. Les flaques gèlent en quelques heures, la terre se hérisse d'arêtes dures. Les nuages s'effilochent et un ciel immense drape les collines. Cyprien tire sur le col de sa canadienne, enfonce sa casquette sur ses oreilles.

– Ben, manquait plus que ça !

Aussitôt des oiseaux se mettent en mouvement. Les corbeaux descendent très loin vers le sud en grands troupeaux désordonnés, tournoyant dans l'air glacé comme des feuilles mortes. Les grives arrivent des Monédières et du plateau de Millevaches. Cyprien les voit sur le grand houx se gaver des petits fruits rouges en piaillant.

– Si ça continue, on va bien s'amuser avec le gamin.

Les merles se rassemblent près du verger et se disputent les pommes que Cyprien leur a laissées. Le vieil homme voit ces changements avec plaisir : il va pouvoir braconner.

– Il faudra que j'apprenne au gamin à tendre les pièges. Tant pis si l'Adèle m'engueule, moi je sais qu'il aimera ça, ce petit diable!

Il sourit en tisonnant. La journée, le feu lui tient compagnie. C'est le soir que le silence devient insupportable, alors le souvenir de Rainette se réveille en lui. Chaque fois, il se dit que demain matin; il prendra la camionnette. Quand c'est le moment, il renonce, parce que c'est le matin, que la peur de la nuit s'est estompée et que ce visage au fond de lui n'aime pas la lumière ruisselante du beau soleil d'hiver sur une campagne figée.

C'est la peur qui le décide. La nuit dernière, Cyprien a cru mourir. Ça a commencé par un pincement sous les côtes; des fourmis couraient sur sa peau. Il a allumé et s'est levé. Dans la cuisine, il a voulu mettre un peu de bois au feu et là, d'un coup, sans le moindre avertissement, tout a disparu autour de lui. Quand il a repris connaissance, son mal était si fort qu'il pouvait à peine respirer...

Ce matin, le ciel est toujours aussi grand, aussi bleu, aussi léger. Voilà huit jours que le thermomètre sur le mur de l'atelier n'a pas dépassé zéro. Cyprien décide de descendre chez Jules prendre des nouvelles du gamin qui n'est pas monté le voir depuis plus d'une semaine. Peut-être est-il parti chez sa mère, ou bien est-il malade. Arrivé au lilas de son atelier, le vieil homme s'arrête :

– Je vais avoir l'air de quoi, moi, à demander des

nouvelles de ce chenapan! Sûr que l'Adèle va m'en dire!

Il revient au garage, s'assoit au volant de la camionnette et manœuvre pour rejoindre la route de Vimbelle. Un léger vertige lui voile la vue et il se penche près du pare-brise pour mieux voir la route. La jeune femme de M. Couturier revient de promener son chien. Il bougonne :

– C'est tout ce qu'ils savent faire, ceux-là, promener leur espèce de chien! Mon Tino n'avait pas besoin de moi pour aller courir!

Le soleil, bas sur l'horizon, éblouit le vieil homme qui roule au pas, sans se soucier des voitures qui klaxonnent.

– Il brille bien de trop. Ça va nous faire de la neige! Alors là, on va s'amuser avec les merles! Trois jours de neige pour leur mettre la faim au ventre et on va en attraper des pleins paniers! C'est l'Adèle qui va crier parce qu'elle aime pas les plumer!

Voilà enfin le fameux chemin, mais le noyer au croisement a disparu. La voiture s'y engage lentement. Cyprien reconnaît le grand rocher qui sort entre la broussaille et les cadavres des fougères. Son cœur bat très fort, pourtant sa maladie est restée à la Neuville.

– Je me demande où il est, ce bel arbre. C'est bien le bon croisement, alors ?

Il arrive à une maison au toit à quatre pans avec un balcon de pierre qui n'a pas changé. La porte est fermée, mais les rideaux aux fenêtres montrent que la maison est habitée. Un chien jaune aux oreilles cassées aboie en tournant autour de la voiture. Cyprien continue jusqu'au village et fait demi-tour.

Quand il passe de nouveau, une femme vêtue de noir est sur le balcon. Un foulard serré autour de la tête laisse passer une mèche blanche. C'est Rainette, Cyprien en est sûr ! Il arrête la camionnette au milieu du chemin. Le chien, le poil hérissé, lui montre les crocs en grognant. La femme descend l'escalier et vient vers lui. Comment se tromper ? Si tout a changé sur ce visage, si les joues se sont creusées et si de larges rides les entaillent, si ce front ressemble à du papier froissé, les yeux de cette couleur lumineuse olive avec des paillettes d'or sont toujours ceux de Rainette. Cyprien, qui est descendu de voiture, s'appuie au capot et dit :

– Bonjour, madame ! Je suis menuisier-ébéniste. Je me souviens qu'il y avait sur la route avant le croisement un gros noyer. Et je venais le voir... Il a été arraché ?

La femme s'est arrêtée au bas de l'escalier. Elle regarde intensément ce vieil homme maigre aux petits yeux noirs, toujours perçants sous l'ombre de sa casquette.

– C'est le tonnerre qui est tombé dessus ! dit-elle. Il y a bien dix ans de ça !

Cette voix n'est pas celle de Rainette. C'est une voix de vieille femme. Le chien s'est arrêté d'aboyer et fait le tour de la camionnette en levant la patte sur les roues. Le soleil frappe le perron d'une lumière aveuglante.

– Il me semble que je vous reconnais! fait Cyprien. Vous vous appelez Rainette?

– Rainette? En voilà un nom...

– Souvenez-vous... Mallorie, Cyprien Mallorie, le menuisier-ébéniste de la Neuville...

– Moi? Il y a plus de vingt-cinq ans que je suis pas allée plus loin que Saint-Martial, alors... Je vous ai jamais vu par ici!

– On s'était vus la première fois dans un bistrot de Tulle! Vous deviez prendre le train à la gare de Corrèze...

Elle a un vague sourire, un mouvement de ses lèvres sèches. D'une main rapide, elle fait passer la mèche blanche sous le foulard.

– Vous savez, je suis une vieille femme et j'oublie tout! Je peux même pas vous dire ce que j'ai fait hier au soir...

– Il fait pas bon devenir vieux, ça c'est vrai! dit Cyprien. Moi, ma pauvre Élise est morte et je suis tout seul, avec une espèce de maladie qui me mange tout entier.

– Les misères manquent pas quand on arrive au mauvais âge! ajoute-t-elle. Mais il fait pas bien chaud, là, planté au milieu du chemin. Allez, au revoir!

Elle remonte les marches de pierre. Cyprien lui crie :

– Vous vous rappelez pas? On se retrouvait au bout du chemin, justement sous le noyer et on allait se promener...

– Tout ça, c'est plus de notre temps. Et puis

qu'est-ce que vous me voulez ? Je suis seule et je me rappelle de rien !

Elle entre dans l'ombre de la maison. La porte claque. Cyprien reste un bon moment planté devant sa camionnette. Ses tempes bourdonnent. Enfin, il monte en voiture et s'éloigne lentement. Juste avant le tournant, il s'arrête et se retourne. La femme est sortie de nouveau sur le balcon et le regarde, une main sur les yeux pour se protéger du soleil.

– C'est elle ! dit Cyprien. J'ai reconnu ses yeux et elle m'a reconnu. C'est sûr...

Il repart par la route d'Égletons. La camionnette frôle les fossés. Cyprien dit à haute voix :

– Mais qu'est-ce qui lui a pris de me parler comme ça ?

Il a vaguement conscience, en dessous de cette contradiction qui lui noie les pensées, de tricher une fois de plus. Cet incorrigible égoïste s'en veut un peu d'être revenu vers cette femme avec l'espoir qu'elle remplacerait Élise :

– Ah, je fais un beau galant, tiens !

Il arrive à la Neuville. A la maison de Camille, la route sort des arbres et semble toucher le ciel. Le bourg et l'église d'Orliac se découpent devant lui. Le soleil lustre le toit de la mairie. Devant chez Jules, au lieu de remonter chez lui, Cyprien tourne à droite et va se garer le long du mur du cimetière. Le grand portail de fer est ouvert. Le vent s'est levé, froid, semant un peu de grisaille qui rapproche le ciel des arbres. Cyprien marche entre les tombes. Ici, il connaît tout le monde. Une partie de sa vie dort déjà sous ces grosses dalles de pierre. Il s'arrête devant la tombe des Mallorie-Lagrange au bout de l'allée. Jamais il n'a su faire le signe de croix, et il se contente de baisser la tête, la casquette à la main. Le vent qui s'est levé chante dans les sapins.

– C'est moi, l'Élise. Tu avais reconnu mon pas, je parie ! Tout va bien, t'en fais pas, je me débrouille seul. C'est vrai que la vaisselle et le ménage sont pas faits comme tu voudrais, mais toi, tu étais un peu maniaque. Pour mon lavage ? Je m'arrange aussi. L'Adèle me donne un coup de main parce que je lui ai fait un meuble pour son petit-fils. Et puis, tu penses que je me soucie pas de coquetteries !

Il se tait un instant, déplace ses jambes. Le froid mord ses mains.

– D'où je viens avec la camionnette ? Bah, de pas loin ! Je viens de voir un beau noyer ! Un gars qui m'en avait parlé ! Ça me repose les yeux de regarder des arbres ! C'est vrai que je peux plus travailler, mais j'aime le bois ! Et Tino est crevé l'autre matin. Ah, tu le savais... Allez, je m'en vais, c'est qu'il fait pas chaud ! Ça sent la neige, je te dis !

Il sort du cimetière et se dirige vers le bistrot pour boire un verre de vin chaud. Le bistrot est fermé : Mariette a dû aller faire ses commissions à Tulle.

Il traverse la petite place, la tête basse. La porte de l'église ouverte donne sur la nef sombre, avec tout au fond une lumière minuscule. Sans réfléchir à ce qu'il fait, Cyprien entre, marche très vite dans l'allée centrale, monte jusqu'aux marches de l'autel, le regard fixé sur le grand crucifix doré. Ses mains tremblent ;

la colère éclate en lui. Ses pensées se noient dans un tourbillon de feu. Il lève son poing sec et crie de sa voix forte :

– Nom de Dieu de nom de Dieu!

Les voûtes de la nef amplifient ce juron qui n'en finit pas de se répéter dans la pénombre, de se multiplier. Mille Cyprien viennent de jurer dans cette petite église. Le vieil homme recule, terrorisé. Que vient-il de faire ? Il sort en courant comme un voleur. L'ancienne postière, qui a entendu, lui crie :

– Mais, père Mallorie, vous perdez complètement la tête!

Il ne répond pas et monte dans sa voiture. Le feu brûle toujours en lui, un feu de révolte tourné contre l'insaisissable. Le vent pique. Des nuages roulent sur les toits.

Chez lui, Cyprien allume la cheminée et s'assoit sur le banc. Il ne pense pas et ne parle pas comme d'habitude. Il a mal partout, un mal différent de celui de sa poitrine, qu'aucun remède ne pourra jamais guérir.

15

La pensée de Rainette qui le regardait s'éloigner sur le perron en pierre ne le quitte pas. Le temps a tout cassé et il ne reste de ce beau souvenir que des débris épars pas plus gros que des grains de tabac. Comment cela pourrait-il être autrement ? En trente ans, on a le temps d'oublier bien des choses ! Tout à coup, Cyprien a une inspiration; son regard s'allume :

– Bien sûr qu'elle m'a pas reconnu ! J'avais la moustache !

Cette moustache, il l'a coupée au lendemain de l'enterrement d'Élise, sans raison, parce que sa vie changeait. C'est décidé, il va la laisser pousser de nouveau et il retournera voir Rainette dès la semaine prochaine. Il laissera la camionnette au croisement et marchera tranquillement dans le chemin, les mains dans les poches comme quelqu'un qui se promène.

Sa soupe cuit lentement sur la cuisinière. Par moments, une langue de bouillon tombe sur la plaque chaude et souffle comme un chat en colère. Le gamin n'est pas encore monté. Sa mère l'a peut-être pris avec elle plus tôt que prévu. Si c'est ça, il doit être drôlement content ! Cyprien sourit : quand Olivier est content, il ne cesse de babiller et de lui casser les pieds, mais ça lui fait chaud au cœur.

Il se masse la poitrine, grimace ; la douleur ne l'a pas lâché de la journée. Sourde, profonde. Une douleur qui naît de sa chair, partout à la fois, et lui rappelle son état de vieil homme malade. Elle fait partie de lui ; il la sent même en dormant.

Ce matin, Cyprien n'a pas besoin de sortir pour savoir que la neige est tombée toute la nuit. Il reste au lit un peu plus longtemps que d'habitude. Toute cette blancheur lui donne envie de se pelotonner sous les couvertures, de s'enrouler comme un chat et de ne plus bouger. Il redoute surtout de devoir poser ses pieds nus sur le plancher gelé.

Des pas sur le perron le font sursauter. Adèle tape ses chaussures contre la marche et frappe. Cyprien saute par terre, enfile prestement son pantalon, son gilet et sa veste. Il va tourner la clef qui est restée dans la serrure. La neige tombe toujours, régulière.

– Eh bien ! vous... Voilà que vous vous enfermez comme un Parisien ! C'est nouveau, ça !

– Depuis que le chien est crevé, n'importe qui peut rentrer, alors...

Adèle pose son châle et son manteau. Elle remet du bois dans la cuisinière.

– Il fait un de ces froids, chez vous ! Paraît qu'hier vous avez encore fait des vôtres !

– Quoi ? Qu'est-ce que j'ai fait ?

– Vous avez pris votre auto pour aller on ne sait où ?

– J'ai fait ce que j'ai voulu !

– Mais, espèce de tête de mule, vous savez bien que vous êtes malade ! Et que ça peut vous prendre au volant ? Non, vous ne savez pas ça ?

– Et qu'est-ce que ça peut vous faire ?

– Vous êtes un danger pour les autres ! Si c'était que de vous tuer vous, ça serait pas grave...

Adèle a préparé du café qui embaume. Elle en vide un bol à Cyprien, pose la casserole sur le coin de la cuisinière et va à l'évier où s'entasse la vaisselle de la veille. Cyprien boit une gorgée qui le brûle jusqu'au fond de l'estomac. Il s'emporte :

– Je vous répète que je suis assez grand pour me débrouiller seul !

– Et ça serait du beau !

La lampe qui est restée allumée fait une flaque jaune dans l'air blanc. Le silence de la neige prend le dessus sur leurs paroles et s'impose, épais.

– Et le gamin ? Il est parti chez sa mère ?

– Chez sa mère ? Pensez que cette traînée va le prendre ! Mais faut pas s'attendrir devant lui, ça ne sert qu'à le rendre plus malheureux. Il a été malade... Un peu de rhume. Alors, on l'a gardé à la maison !

– Ah bon !

– Ça m'étonnerait pas qu'il monte aujourd'hui. Avec cette neige, je vais pas pouvoir le garder longtemps dans les tisons !

– Si ça continue à tomber, dit Cyprien, le facteur va pas pouvoir passer !

Adèle a fini d'essuyer la vaisselle. Elle met le torchon à sécher dans la cheminée derrière la cuisinière.

– Bon, je vais redescendre. Jules va vouloir casser la croûte.

Elle sort ; la porte claque. Cyprien fume sa cigarette en regardant tomber la neige. De petits flocons tournoient dans l'air froid. Sur la route, les pas d'Adèle se recouvrent lentement. Un merle s'est posé sur le rebord de la fenêtre, tache sombre dans cette blancheur universelle. Il n'y a plus de couleur. La maison des Parisiens a disparu, les arbres se noient dans un ciel pas plus haut que la porte. Cyprien se masse le côté gauche.

Le facteur arrive quelques instants plus tard, arrête sa 4L jaune devant la porte et entre sans frapper. C'est un petit homme maigre aux yeux très bleus sous de grands sourcils roux. Il fait la tournée le matin dans plusieurs communes depuis qu'on a supprimé la poste à Orliac-de-Bar et Meyrignac-l'Église. L'après-midi, il s'occupe de la propriété de sa femme.

– Eh bien, le père Cyprien, ça va, ce matin ?

– Comme un vieux ! Mais dis donc, tu arrives à rouler avec cette neige. Vers en haut, il doit y en avoir pas mal !

– Un peu plus qu'ici, mais, en faisant attention, on y arrive ! Je préfère ça au verglas !

– Ont-ils passé le chasse-neige, au moins ?

– Pas encore, c'est pas des pressés ! Allez, au revoir !

La voiture jaune s'en va. Cyprien ouvre le journal, lit les gros titres de la politique et regarde les avis de décès, sa lecture favorite, puis les nouvelles régionales.

Le pas lourd d'Adèle tape de nouveau sur le perron. La grosse femme entre essoufflée, le visage rouge, les cheveux en désordre :

– Vous n'avez pas vu Olivier ?

Cyprien pose le journal tout ouvert sur la table.

– Olivier ?

– Oui, il vient de partir de la maison... Sa mère lui a écrit ! Sûr qu'elle veut pas s'embarrasser de ce gamin pendant les fêtes de Noël ! Elle a d'autres soucis, la traînée...

Cyprien prend sa casquette :

– Vous l'avez vu partir où ?

– Il a décampé si vite que Jules n'a pas eu le temps de lui mettre la main au collet ! Il va en ramasser une, celui-là !

– Ça doit pas être bien dur de suivre ses traces !

– Elles viennent ici et après plus rien !

Cyprien prend sa canadienne, enfile ses bottes. Sur la route il découvre les pas de l'enfant qui se perdent dans les roues du facteur. Adèle a contourné la maison des Parisiens et appelle Olivier de sa grosse voix vulgaire.

– Faudrait pas qu'il soit descendu à l'étang, ce petit diable !

Cyprien marche vite ; l'air gelé lui brûle les poumons. Chaque fois qu'il respire, des épines transpercent sa poitrine. Au tournant, il retrouve les traces d'Olivier qui partent à travers le pré de Camille, vers l'étang. La neige fait de la dentelle sur les aubépines de la haie. Cyprien arrive au sommet de la petite colline qui domine la surface immobile de l'eau. A cette heure, elle a une couleur de cendre et semble dure comme une plaque de ciment. Olivier est assis dans la neige près du saule, la tête entre ses bras posée sur ses genoux.

– Qu'est-ce que tu fous là ? Tu vas attraper froid !

Cyprien a crié ; sa voix, dans ce silence de pierre, a une intonation qui le surprend. L'enfant ne bouge pas.

– Tu m'entends, reviens !

La neige renvoie l'écho et l'amplifie. Cyprien s'approche. Olivier se dresse :

– Va-t'en ! Je veux pas te voir !

Sa voix stridente siffle dans l'air immobile comme une lame et claque contre la neige.

– Va-t'en ! C'est de ta faute !

– Mais quoi ?

Cyprien est tout près d'Olivier qui s'est reculé et le regarde avec des yeux de chat, prêt à griffer. Un filet de morve perle à ses narines. La lueur de la neige se reflète dans ses pupilles noires. Ses cheveux partent en épis autour de sa tête ronde. Il n'a pas pris son anorak et ses épaules semblent encore plus fragiles sous ce ciel de plomb, écrasées par l'immensité blanche qui l'entoure.

– Va-t'en, Cyprien, ou je me jette à l'eau !

– Qu'est-ce que tu racontes là ?

– Tu es méchant ! C'est toi qui as dit à ma maman que je m'ennuierai à Paris... C'est toi !

Cyprien recule, surpris.

– J'ai rien dit du tout ; je la connais à peine, ta maman !

– Tu n'auras pas de photo de la tour Eiffel ! C'est bien fait pour toi !

– Allez, viens, tu vas attraper froid ! Je vais te donner mon grillon séché.

– Je m'en fous de ton grillon !

Cyprien pose sa main sur l'épaule de l'enfant qui s'échappe et court le long de la berge restée molle sous la neige.

– Je vais me jeter à l'eau, comme ça tout le monde sera bien tranquille et moi le premier !

– Fais pas l'andouille, Olivier !

C'est la première fois que Cyprien appelle le gamin par son prénom. C'est sorti de sa bouche comme quelque chose de gros et de lourd. Il chancelle. Des vagues de douleur le submergent, déferlent dans sa tête. Ses jambes le tiennent à peine. Il claque des dents.

– Viens à la maison, ta grand-mère te cherche, nom de Dieu !

Olivier est arrivé à la bonde. Il court sur le rebord formé de planches disjointes et glissantes. Adèle traverse le dos d'âne où sa silhouette épaisse se découpe dans la blancheur. Elle crie :

– Tu vas revenir, mauvais gamin ! Toi, tu vas t'en ramasser une !

– Non, je reviendrai pas ! hurle Olivier de cette voix stridente qui fait mal à entendre, un éclair dans l'air froid.

– Attends que je t'attrape!

L'enfant saute par-dessus le trop-plein coiffé d'écheveaux de neige et s'en va au bout du pré.

– Je vais partir bien loin!

Il franchit la haie par un trou de renard, s'enfonce dans le taillis. Adèle arrive à la pointe de l'étang :

– Attends que je t'attrape!

Puis, se tournant vers Cyprien :

– Ah! Ce gosse!

Cyprien frissonne. Devant ses yeux, des flocons de suie se mêlent aux flocons de neige.

– Je vais rentrer! dit-il. Ça va pas du tout.

– Vous allez pas nous faire une autre crise! Manquerait plus que ça!

Cyprien remonte lentement au village. Ses jambes sont dures comme du bois. Quand il arrive au chemin, il entend Adèle qui crie de nouveau.

– Pauvre gosse! dit-il. Moi, je lui donnerais pas de fessée. Il se faisait toute une histoire de ce Noël avec sa mère. Si elle pouvait pas le prendre, pourquoi elle le lui avait promis?

Le bel éclat du chemin est terni par une multitude de pas, Cyprien se dit qu'il faudrait éviter de marcher dans la neige fraîche. Chez lui, il pose sa canadienne, s'approche du feu qui meurt. Adèle traîne par la main Olivier qui pleure très fort. Pourquoi le bon Dieu permet-il qu'un enfant soit malheureux? Tout à l'heure, Cyprien ira le chercher pour tendre des pièges à merles dans le verger. Il lui parlera doucement de beaucoup de choses, des truites qu'ils attraperont au printemps, du gros brochet qui seront encore plus gros quand ils retourneront à l'étang. S'il ose, il lui donnera la main pour lui montrer qu'ils sont toujours copains. Il lui dira que sa mère ne peut pas le prendre à Noël, parce qu'elle est partie chercher son papa en Amérique, mais elle va revenir bientôt. Et puis non, il ne lui dira pas ça, parce que ce foutu gamin le croirait...

– Tu penses pas que Jules pourrait lui téléphoner à sa bru et lui expliquer ce qui se passe ici ? Mais Jules, c'est un mou, et Adèle qui parle à tort et à travers a pas plus de volonté qu'un morceau de papier que le vent emporte.

Il grimace. La douleur plante ses flèches à chaque respiration. Les flocons de suie lui voilent les flammes.

– Nom de Dieu, qu'est-ce que j'ai fait pour avoir si mal ?

Un tison tombe des chenets et roule sur la dalle. Cyprien se penche pour le remettre en place.

– Je vais aller voir où j'ai mis ces pièges. Ça va me changer les idées. Faudrait pas qu'ils soient rouillés, je les ai pas regardés depuis l'année dernière.

Une fois debout, il chancelle. Sa main cherche le rebord du banc, ne le trouve pas. Il tombe à genoux. Sa casquette roule dans les cendres.

– Et voilà que je me casse la figure, maintenant !

Il réussit à se relever en s'agrippant au banc, se traîne jusqu'à la remise où est rangé son matériel de chasse et de pêche. Sur les étagères s'entassent des caisses en carton, des vieilles boîtes de cartouches, des sacs suspendus à des clous. La porte bute sur une paire de cuissardes... Ses pièges ronds se trouvent dans une boîte de carton près de ses cannes à pêche. Il les sort un à un, fait jouer les mâchoires d'acier entre ses mains.

– Un peu d'huile gâtera pas le ressort!

Un mal violent lui poignarde toujours la poitrine, alors, il se force à penser à autre chose :

– Comme il va être content d'attraper des merles, le gamin!

Il sourit en déposant délicatement une goutte d'huile sur les ressorts. Puis, levant la tête, il s'étonne :

– Quand la neige aura fondu, je l'emmènerai au lièvre. Ça, c'est de la chasse!

Il sait vaguement que c'est pour frimer, qu'il n'ira plus jamais chasser le lièvre. Le soleil sort entre des grumeaux de nuages. La neige éblouit.

– Bon, je vais ranger la burette à huile!

Cyprien va vers le placard en traînant les pieds. Tout à coup, ses jambes cèdent sous lui. Les flocons de suie se transforment en un mur opaque. Il ouvre la bouche, pousse un râle, puis tombe à côté du banc, la face contre les dalles froides. Les pièges roulent épars sous la table. Cyprien a juste le temps de se dire qu'il meurt. Dans un dernier éclair de lucidité, il revoit les yeux de chat du gamin pleins de haine et de désespoir.

16

Marthe se libère de l'étreinte de Jérôme qui pose la tête au creux de son épaule. Les lèvres chaudes du jeune homme se déplacent sur la peau de son cou. Sa main lui caresse la joue. Il neige toujours, et le sous-bois où sont arrêtées les deux voitures a le silence majestueux d'un temple.

Elle arrange ses vêtements. Jérôme s'est reculé et regarde la neige. Le corps apaisé, Marthe s'interroge. Pourquoi éprouve-t-elle autant de bonheur avec cet homme d'apparence ordinaire. Jérôme est brun, les cheveux courts, assez trapu. Il n'a rien de ces jeunes séducteurs qu'on voit à la télévision, et pourtant...

– Tout ça finira mal! dit-elle entre ses dents. Je le sais et ne veux pas que mes filles en supportent les conséquences!

Jérôme lui prend une main et la serre entre les siennes :

– On arrête quand tu veux...

C'est ce qui finit de la rendre dépendante. Il fait comme s'il n'était là que pour lui rendre service.

Comme si ces étreintes cachées le laissaient indifférent.

– Un jour, je te tuerai!

Il ne répond pas. Un léger vent fait tomber des plaques de neige sur le capot qui s'écrasent avec un bruit soyeux. Après le plaisir vient pour Marthe le temps des remords qui la rendent maussade. Tout à coup, elle se raidit; son regard se remplit d'horreur. Quelque chose de grave vient de se passer à la Neuville, elle en a la certitude. Une de ces pensées prémonitoires qu'on ne peut pas expliquer et qui arrivent dans des moments graves avec une vérité évidente. Elle crie:

– Mon père!

– Quoi, ton père?

Elle ouvre la portière et se précipite dans sa voiture qui est derrière celle de Jérôme. La clef de contact est dans son sac, au fond de la petite poche où sont rangés ses papiers. La voiture fait une marche arrière rapide, s'éloigne sur la route départementale.

– C'est moi qui l'ai tué! dit Marthe sans quitter la route des yeux.

Oui, c'est vrai, elle a tué son père en trompant Georges, en se donnant ce plaisir infini qui lui est défendu. Dire comment ces deux choses sont liées, elle ne saurait pas; pourtant la certitude est là, au fond de son cœur, énorme, une grosse pierre rugueuse de regrets.

La petite Peugeot blanche roule sur la départementale qu'on a dégagée. De grosses flaques d'eau se forment dans les creux, éclaboussent les bordures d'une neige salée qui fond. Ce matin, Marthe a conduit les filles à l'école. Elle a laissé un mot sur la table pour Georges, en sachant très bien qu'elle allait le tromper, mais cela aussi fait partie du plaisir : « Je vais monter à la Neuville prendre des nouvelles. Je ne serai peut-être pas rentrée à midi, j'en profiterai pour préparer à manger à mon père. Tu trouveras tout de prêt sur la cuisinière. Je t'embrasse. »

La jeune femme traverse Seilhac en trombe, éclaboussant un groupe de jeunes qui parlaient sur le bord de la rue. Ils agitent les bras dans sa direction et crient des injures qu'elle n'entend pas.

La route de la Neuville n'a pas été dégagée. La voiture dérape. Voilà la maison de Camille, celle d'Adèle, l'atelier des Mallorie, le verger... Marthe s'arrête devant le tilleul et court jusqu'à la porte d'entrée qui est entrouverte. Son père est étendu sur le carrelage froid. Un peu de bave blanche perle au coin de ses lèvres.

– Papa !

Elle se penche sur ce corps inerte. Une paupière a bougé. Cyprien n'est pas mort. Elle lui prend sa main gelée et cette main maigre se crispe sur la sienne.

– Vite !

Elle sort et crie :

– Faut téléphoner au SAMU ! Mon père a eu une autre attaque.

Chez Adèle, la porte est fermée. Marthe tambourine sur le bois où la peinture s'écaille. Il n'y a personne : le chien aboie, visiblement seul. Quelqu'un l'appelle. Elle se tourne et voit un homme d'une cinquantaine d'années, les cheveux gris sur les tempes, vêtu d'une grosse veste côtelée. C'est M. Couturier qui s'approche :

– Vous en faites pas, je viens de prévenir le SAMU. Il sera là dans quelques minutes !

– Je vous remercie ! bredouille-t-elle.

– Vous savez, M. Mallorie n'est pas un homme prudent. Il l'a un peu cherché !

– Je sais ! dit-elle.

– Venez, nous allons le porter sur son lit et le couvrir en attendant le secours.

L'homme prend Cyprien par les épaules et le soulève. Marthe a honte de ce vieillard malade, de sa faiblesse qui est aussi la sienne devant ce M. Couturier qui parle avec tant de distinction et d'assurance.

– Aidez-moi à le soulever...

Ils ont juste le temps de le porter sur le lit que la voiture du SAMU arrive. Le gyrophare clignote dans cette blancheur de neige et fait mal aux yeux. Deux hommes en descendent avec une civière. En moins de dix secondes, Cyprien est chargé dans le véhicule qui démarre en trombe. Marthe regarde la route et les traces nettes des pneus. Des sentiments contradictoires l'agitent. Son père n'est pas mort et pourtant c'est lui qui paie sa faute. Plus rien ne sera désormais comme avant, pas plus avec Georges qu'avec Jérôme. Comment cela pourrait-il être lié ? Marthe se demande si elle n'est pas en train de sombrer dans la folie.

– Je vous remercie ! dit-elle encore à M. Couturier qui écrit quelques chiffres sur un bout d'enveloppe.

– C'est mon numéro. Je vous serais obligé de me donner de ses nouvelles. M. Mallorie est un voisin turbulent, mais agréable !

Marthe descend à Tulle. A l'hôpital, personne ne veut rien lui dire. Elle erre un moment dans les couloirs à la recherche du docteur Brun. Enfin, une infirmière aux cheveux très noirs, avec quelques poils de barbe au menton, lui dit que M. Mallorie est en salle de soins intensifs et qu'on ne peut pas se prononcer pour l'instant. Marthe décide d'aller avertir son frère de la cabine téléphonique qui se trouve devant la porte de l'hôpital. En traversant le hall d'entrée, elle voit à la grande horloge qu'il est une heure de l'après-midi.

Une heure ! Georges a donc déjeuné seul des restes d'hier au soir. Marthe va l'appeler pour lui dire que son père est de nouveau hospitalisé et qu'elle ne va pas rentrer de la journée. Peut-être même de la nuit...

Finalement, elle ne l'appelle pas. Elle compose le numéro de Laurent, mais il n'est pas à son bureau. C'est Huguette qui répond. Marthe lui apprend la nouvelle attaque de Cyprien puis demande comment va Caro, l'enfant terrible de la famille :

– Tout le caractère de son grand-père ! dit Huguette.

– Elle est toujours dans son école, dans les Vosges ?

– Toujours.

– C'est comment, déjà, cette ville ?

– Mirecourt ! Elle apprend la lutherie ! Elle aime le bois, le sang des Mallorie n'est pas perdu !

– Et Laurent ?

– On ne peut pas dire qu'il soit au mieux. La maladie de papa l'affecte beaucoup et il travaille trop. Je pense qu'il a besoin de vacances.

Marthe pose le combiné. Entre elle et Huguette, il y a un mur d'incompréhension. Huguette est une superbe rousse qui semble se jouer des autres. Elle emploie des mots et des tournures qui ne viendraient jamais à l'esprit de Marthe. C'est une femme supérieure, à l'aise partout.

Marthe n'a pas envie de retourner tout de suite à l'hôpital. Elle laisse sa voiture au parking et rejoint à pied la rue qui conduit au centre-ville. La neige fond une fois de plus, bien que le vent ait tourné au nord depuis le début de l'après-midi. Il faut s'attendre à beaucoup de gel dans la nuit et à une route glissante. Georges lui conseillerait certainement de rester à la Neuville.

Elle arrive en ville par la descente de la préfecture... Marthe est allée au lycée jusqu'à la terminale et a échoué au bac. Elle a fait ensuite une formation de secrétaire, mais n'a jamais travaillé, à part quelques remplacements avant son mariage dans une société d'intérim : Georges estime que la femme d'un cadre de la B.N.P. n'a pas besoin de travailler.

Elle monte la petite côte du lycée. En terminale, elle avait une amie, Céline, une blonde assez grosse, tellement compliquée que tous les garçons la laissaient tomber. A chaque rupture, Céline pleurait abondamment jusqu'au nouveau coup de foudre qui ne tardait pas. Elle effleurait la vie, sans jamais se donner à elle. Sa liberté venait de là, et Marthe enviait sa manière de se protéger des autres par un égoïsme énorme. Elle, se savait une détresse infinie, héritée d'une vie antérieure. Ce soir, en marchant dans la neige qui fond, elle comprend que son mariage avec Georges n'a été rien d'autre qu'une tentative d'évasion, un suicide raté. Georges paraît si fort, si sûr de lui avec ses mots brefs et précis, mais ce n'est que l'expression de sa nullité. Son père, qui se bat avec la mort, avait raison : il ne voulait pas de Georges, lui, parce que son esprit d'homme simple lui soufflait que sa fille valait plus que ça. Mais Marthe, à vingt ans, n'avait pas l'habitude d'écouter les conseils, surtout les bons.

Il est quatre heures ; les jumelles vont bientôt sortir de l'école. Marthe entre dans une cabine téléphonique et appelle sa belle-mère, Mme Bussière, qui habite la même rue :

– Si vous pouviez aller chercher les filles... Mon père a eu une nouvelle attaque. Je ne sais pas si je rentrerai ce soir. Tout dépendra de son état! Pour l'instant, ce n'est pas brillant!

En sortant de la cabine, Marthe se sent légère, libérée. Le simple fait de s'être momentanément débarrassée de ses jumelles lui donne envie de respirer très fort l'air froid de Tulle. Elle revient vers l'hôpital.

Le hall est perpétuellement encombré. Des gens arrivent avec leurs valises, d'autres partent et remplissent, à l'accueil, des formulaires pour la prise en charge des assurances sociales. Marthe monte à l'étage, au service des urgences, et demande le docteur Brun. Une infirmière l'invite à la suivre et le docteur la reçoit dans son bureau, minuscule pièce où s'entassent toutes sortes d'objets hétéroclites, boîtes de médicaments, raquette de tennis, journaux...

– Vous pouvez dire qu'il a eu encore de la chance. Je pense qu'il va s'en tirer!

Il sourit en montrant des dents larges et jaunes.

– Je suis certain qu'il a fait cette crise parce qu'il n'a pas pris ses médicaments!

– Et vous pensez qu'il pourra sortir de bientôt?

– Si tout va bien, dans quelques jours. C'est beaucoup moins grave que les autres fois. Cependant, j'insiste pour qu'il soit suivi par quelqu'un... Il faudrait lui faire admettre qu'il serait mieux à la maison de retraite...

– J'ai appelé mon frère, mais il est parti à Toulouse pour deux jours... Je pense qu'il va passer en rentrant. Nous allons en parler. Faut-il rester cette nuit?

– Ce n'est pas utile. Je vous dis qu'il est hors de danger. Demain matin, il pourra vous parler.

– C'est bien.

Marthe sort de l'hôpital et monte dans sa voiture. La nuit est tombée, une nuit de gel, froide, trouée d'étoiles, immense. La jeune femme manœuvre sur le parking et descend vers la rue de la préfecture. Non, elle ne va pas rentrer. Ce soir, la seule pensée de son mari lui donne la chair de poule. Le rêve de l'autre nuit est devenu une réalité. Elle ne veut plus dormir dans le lit de Georges, sentir sa peau contre la sienne, ses longues jambes maigres. Tout vient de basculer, aujourd'hui. Marthe roule lentement sur la route de Seilhac. La nuit n'est pas très sombre. Des lueurs bleues serpentent sur les collines. Le ciel n'a pas de fond. Le vent du nord coule sur le pays, porteur d'un grand gel. Les phares balaient des maisons grises écrasées par leurs toits gigantesques. Marthe pense à un grand feu de cheminée. Pourquoi fuit-elle ? Près de cette table où elle a mangé pendant douze ans avec Georges et les filles, sa chaise sera vide, ce soir. Elle a cru que c'était ça le bonheur, un repas du soir avec son mari et ses filles. C'était une autre femme qui y croyait, à ce bonheur ! Mais pourquoi cela si brutalement ?

A Naves, elle s'arrête à la cabine téléphonique qui se trouve devant l'hôtel du Midi, pousse la porte, compose un numéro. La sonnerie retentit quelque part du côté de Brive. Une voix de petite fille répond.

– C'est toi, Agnès, ma chérie ? Passe-moi papa.

– Maman, comment va papy ?

– Bien, je t'assure. Passe-moi papa.

Le bruit du combiné qu'Agnès a posé sur le meuble de l'entrée, des pas qui s'approchent, et enfin la voix légèrement altérée de Georges :

– Marthe, enfin...

– Tout va à peu près. Il faut que je reste la nuit.

– Veux-tu que je vienne avec toi. Je vais demander à ma mère de garder les filles !

– C'est pas la peine ! Repose-toi. Je vais rester près de lui cette nuit ! On m'a apporté un lit. Je t'appelle demain matin...

– Bon ! dit Georges, résigné. Je mettrai les petites à l'école.

Elle raccroche sans un « bonsoir, mon chéri », sans rien. Elle s'est acquittée d'une corvée qui lui pesait ; la voilà libre pour une nuit, pour une éternité.

La neige dure craque sous les pneus. Marthe arrive à la Neuville. La porte est fermée à clef ; Adèle a dû monter... La jeune femme descend chez la voisine. Le chien aboie sous la table, puis se tait. Jules demande des nouvelles de Cyprien. Sous la lampe électrique, son crâne chauve luit. Il ferme légèrement un œil quand il se force à parler le français qu'il connaît moins bien que le patois.

– Il va revenir bientôt, Cyprien ? demande Olivier.

– Oui, il va revenir bientôt ! Si vous aviez la clef... Je vais passer la nuit ici, c'est plus près de l'hôpital que Brive. Et avec ces routes glissantes...

Jules donne la clef qui est sur la commode et Marthe remonte. Elle allume le feu, se chauffe un moment puis cherche à manger. Le pain est sec, mais ça n'a pas d'importance. Le fromage se trouve à sa place dans le placard, cela suffit.

Après s'être rôti la figure, elle passe dans sa chambre de petite fille qui se trouve au fond du couloir. Il y fait froid et humide comme dans une chambre où plus personne ne couche. Le lit est vite fait. Elle retrouve dans l'armoire une des anciennes chemises de nuit. Le silence bourdonne à ses oreilles. La voilà de nouveau une fillette sans souci. Ici, c'était le bonheur entre son père, que l'on contrariait pour le plaisir de l'entendre se fâcher, et sa mère, avec qui elle entretenait des relations étroites de passion et de haine. Quand Élise est morte, c'est un peu Marthe que l'on a mise en terre.

Elle se couche, les genoux sous le menton, comme un chat. Une envie de rire, celle d'une enfant qui désobéit, lui secoue le ventre. Les bruits de la charpente ne la surprennent pas. Ce sont les mêmes qu'autrefois dont elle n'a pas perdu le souvenir. Toutes ces années passées loin d'ici n'existent plus. Sa vie recommence ce soir, tandis qu'au fond du vallon une hulotte pousse son appel lugubre.

Le sommeil est un gouffre d'oubli ; elle y sombre et le temps disparaît. Voilà déjà le matin ; le soleil se lève sur une campagne gelée, aussi fragile que du verre. Marthe enfile rapidement ses habits. Elle a envie de respirer, de rire, de chanter ; la jeunesse est revenue dans son corps de vieille de trente-six ans. Sa vie recommence.

Elle rentre à Brive dans le milieu de la matinée. Chez elle, tout semble normal : les deux bols des filles sont sur l'évier avec la tasse de Georges qui conserve sur le fond un peu de café et de sucre. Elle va d'abord chercher les vêtements à l'étage, dont elle remplit une valise, puis prend une feuille de papier dans le bureau et écrit : « Je m'en vais. Définitivement. Je demande le divorce. Ne cherche pas à comprendre, il n'y a pas de raison. Je m'occuperai des filles à mon tour. Adieu. »

Elle pose sa feuille bien en évidence sur la table de la cuisine pour que Georges la trouve en rentrant déjeuner à midi.

17

Laurent Mallorie a traversé Souillac et s'engage dans la série de tournants qui précèdent Brive. Une déviation a été mise en place, on est en train de couper les tournants de la route nationale 20. D'énormes machines jaunes remuent des montagnes de terre. Les collines saignent. Çà et là, perchées au-dessus de cette immense blessure qui rogne les champs et les prairies, des fermes suspendues au ciel semblent prêtes à s'effondrer dans ce chantier gigantesque.

Laurent est satisfait ; il a traité une importante affaire à Toulouse et s'en est tiré beaucoup mieux qu'il ne l'espérait. Huguette lui avait pourtant téléphoné que son père avait eu une nouvelle attaque. C'est peut-être parce qu'il était en colère qu'il a su si bien convaincre.

Il arrive dans la portion à quatre voies qui permet d'éviter Brive lorsqu'on va vers Limoges. Un peu plus loin, il rejoint la route de Tulle qui serpente au gré des méandres de la Corrèze. Cette route, il l'a parcourue en vélo, en mobylette et en voiture. C'est toute sa jeunesse, tout ce passé auquel il repense souvent. Laurent n'aime pas Limoges; la lumière lui manque, cette lumière étincelante qu'on ne trouve qu'ici, entre les collines bleues de la basse Corrèze.

La radio l'agace, il l'éteint. Si son père avait été un peu plus prudent, cette nouvelle attaque aurait été évitée. Mais Cyprien est un frondeur, un don Quichotte qui se bat contre le vent. Que veut-il se prouver, ce vieil homme, à ne pas suivre les indications des médecins, à rester seul à la Neuville ? Qu'il est plus fort que la maladie et la vieillesse ?

Laurent, qui a hâte d'arriver chez lui, doit pourtant passer à l'hôpital. Il gare sa voiture au parking où il reconnaît la Peugeot blanche de Marthe. La nuit tombe lentement sur la ville. Il trouve son père assis sur son lit.

– Alors ? Il a fallu encore une fois que tu fasses des tiennes ? dit Laurent sur un ton bourru.

– Des miennes ? Si tu crois que je l'ai fait exprès...

– Tu vois bien que tu ne peux plus te débrouiller seul ! Es-tu, enfin, décidé à aller à la maison de retraite ?

Cyprien fronce ses épais sourcils. Dès que son fils lui parle sur ce ton, il se sent devenir Culotte :

– J'irai où je voudrai ! Et c'est pas toi qui va me montrer le chemin.

Finalement, Laurent aurait été déçu que son père lui parle autrement. Cyprien n'a jamais su être sincère que pendant ses disputes. Cette nature de lutteur l'a toujours protégé de toutes sortes d'angoisses. Toute sa vie, il a su s'inventer des querelles au bon moment, sa manie de rouspéter contre le monde entier lui a évité de se laisser envahir par les autres.

Laurent embrasse Marthe et remarque qu'elle n'a pas sa tête habituelle. Ses yeux ont un éclat nouveau ; sa peau paraît plus claire.

– Donc, continue Laurent en regardant son père, si j'ai bien compris, cette nouvelle attaque n'est pas aussi grave que les autres. Demain ou peut-être dans dix minutes, tu vas t'en aller sans rien dire à personne et la belle vie va continuer à la Neuville jusqu'à la prochaine hospitalisation qui ne saurait tarder. Espérons que ce ne sera qu'une hospitalisation...

– Tu m'emmerdes !

Pourquoi sont-ils obligés de se parler ainsi, Laurent sur le ton du commandement et du reproche, Cyprien sur celui de la colère ? Marthe fait signe à Laurent de la suivre dans le couloir.

– Si on allait à la Neuville, tous les deux. J'ai à te parler.

– Bon !

Ils vont dire au revoir à Cyprien qui leur fait un signe de la main et leur demande de fermer la porte. Laurent et Marthe montent chacun dans leur voiture et s'en vont à la Neuville. Laurent s'étonne de trouver la maison en ordre et le feu qui brûle dans la cuisinière.

– Voilà, dit Marthe, j'habite ici.

– Pardon ?

– Depuis trois jours. J'ai quitté Georges. Je divorce.

Laurent marche vers les flammes, les bras ballants. La nouvelle qu'il vient d'apprendre est si inattendue qu'il en reste sans voix.

– Toi ? Divorcer ? Pourquoi ?

– Justement, pour rien !

Marthe éclate de rire, comme si divorcer était quelque chose d'anodin. Laurent tend ses mains aux flammes.

– Mais tes filles ?

– T'en fais pas pour elles. La grand-mère est bien heureuse de s'en occuper pour l'instant. Après le divorce, je les prendrai.

– Notre père en sait-il quelque chose ?

– Je ne le lui ai pas dit. Quand il va sortir, je vais le garder quelque temps ici. Après on verra.

Voilà donc momentanément réglée la garde de Cyprien. Pourtant tout ceci paraît irréel. Laurent se frotte les yeux en regardant sa sœur qui sourit toujours. Comment Marthe, la fille sage, peut-elle oser braver son mari, accepter d'être montrée du doigt, d'être considérée comme une mère indigne et cela sans raison ?

– Ça marchait pas avec Georges ? Tu as quelqu'un d'autre ?

Marthe fait une grimace qui lui plisse le nez. Elle lève sur son frère ses yeux gris pleins des reflets vivants des flammes :

– Papa avait raison de ne pas vouloir que j'épouse Georges. J'étouffais... Non, j'ai personne !

Laurent secoue la tête, incrédule.

– Bon, il faut que je rentre, Huguette m'attend !

Il embrasse sa sœur avec une ferveur qui ne lui est pas habituelle, puis sort. Sa voiture est garée juste sous la fenêtre des Parisiens. Il ne peut s'empêcher de regarder les rideaux immobiles de la petite maison, de suivre les ombres qui passent derrière. La nuit est tombée, une nuit d'hiver, épaisse. Un petit grésil colle les habits à la peau. La neige craque sous ses pas.

Cyprien a mis une pièce dans la petite boîte noire qui commande la télévision. Les images, qu'il regarde distraitement, défilent devant ses yeux. Sa chambre domine une partie de la ville et une forêt de lampadaires. Le voilà complètement rétabli. Le docteur a dit qu'il pourrait sortir demain... Il se sent en sécurité et peut parler entre ses dents, vieille manie d'un homme qui a passé la plus grande partie de sa vie seul dans son atelier.

– C'est bientôt Noël ! Ce pauvre gamin qui va pas voir sa mère doit y penser. Faudrait qu'en sortant je lui achète quelque chose, mais quoi ? C'est que je suis pas un spécialiste des cadeaux, moi !

Un jour, il était allé du côté de Turenne acheter plusieurs noyers. C'était au mois d'août, le meilleur mois pour couper le bois d'ébénisterie. Il ne se rappelle pas combien il avait payé ces arbres, mais c'était dérisoire par rapport à leur valeur. Il était si content qu'il avait décidé de faire un cadeau à Élise. La pensée de voir sa femme heureuse, les larmes au bord des yeux, le remplissait d'un grand bonheur. Arrivé à Brive, il arrêta la camionnette devant une bijouterie et regarda un moment la vitrine. Comment entrer ?

– Je vais avoir l'air malin, moi, à choisir dans ces colliers et ces bagues. Il va me voir venir, le gars en costume qui est dedans!

Il était reparti à la Neuville. Élise n'avait pas eu son cadeau, elle n'en aurait jamais de toute leur existence commune. Mais Cyprien avait su se disculper :

– Tu vois ces gars qui rentrent dans les boutiques, qui choisissent des pantalons, des vestes, qui achètent des bagues à leurs femmes, ils ont de la chance! Moi j'ai l'air d'un couillon là-dedans!

Pour certaines choses Cyprien était toujours resté un enfant. Élise avait remplacé sa mère. C'est elle qui achetait ses vêtements, lui préparait ses repas, entretenait la maison. Quand il rentrait de l'atelier, il n'avait qu'à se laisser dorloter. Cyprien n'est pas veuf, mais orphelin!

– Je sais pas ce qui lui ferait plaisir, à ce gamin! Et puis moi, je vais pas entrer dans un magasin de jouets! Tiens, j'y enverrai la Marthe, elle a plus l'habitude.

Une femme en blouse blanche lui apporte son repas du soir. Elle est forte et marche vite, avec l'assurance d'un caporal.

– Eh bien, monsieur Mallorie, ça va bien, ce soir ?

– Ça va bien! Faut pas trop se plaindre!

En fait, il s'ennuie entre ces quatre murs. Le soir, il s'endort tôt, comme toujours, mais, réveillé dès cinq heures du matin, il tourne en rond dans cette chambre surchauffée; alors il rêve, revit une foule d'événements sans intérêt qui reviennent à sa mémoire avec une netteté parfaite.

– Tu crois qu'il va faire froid ? Pas du tout, ça se radoucit et demain soir tu n'auras plus un flocon de neige. Moi qui voulais tendre des pièges avec le gamin !

Il s'est mis à la fenêtre et scrute le ciel en tentant d'y découvrir une étoile, une trouée dans l'épaisse toison de brume.

– Si je pouvais sortir et sentir le vent, moi je te dirais exactement le temps de demain...

Il hausse les épaules :

– Quoique maintenant, avec leurs fusées, ils ont tout détraqué, même les saisons, alors tu saurais pas...

Une idée lui vient. Comme un élève qui s'apprête à désobéir, Cyprien regarde si la porte est bien fermée. Il tire le rideau et ouvre la fenêtre en grand. Le froid se plaque contre sa poitrine nue sous la veste de pyjama. Il frissonne ; son nez maigre renifle à pleines narines cet air humide.

– Ça vient de l'ouest, ça, mais c'est pas chaud ! Ça pourrait bien nous donner un peu de neige par-dessus ! Bah, on verra demain ! Et puis, même s'il n'y a pas de neige, les merles ont pris l'habitude de venir bouffer les pommes du verger. Ça serait bien le diable si on n'arrivait pas à en coincer un de ces bestiaux !

Il referme la fenêtre en souriant, tout fier d'avoir pris ce bol d'air froid, cet avant-goût de la liberté, et revient s'allonger sur son lit.

– Si seulement ils m'avaient apporté mon journal. Mais leurs livres, moi je n'y comprends rien. Et puis ça raconte que des conneries !

Il pense à M. Couturier qui est écrivain et secoue la tête, incrédule. Franchement, Cyprien ne se fait pas à l'idée qu'un écrivain puisse être un homme qui promène son chien, un animal laid, une sorte de roquet de ville à la peau trop grande et au nez retroussé.

– Demain, je dirai à la Marthe d'aller lui chercher quelque chose, à ce gamin. Elle a l'habitude, elle!

Il pense à la maison de retraite. Une boule de colère grossit dans sa poitrine :

– Je prendrai leurs médicaments. Et puis ça ira tout seul. Moi je veux pas aller dans leur caserne. Et puis s'ils m'y emmènent, ils en seront pour leur argent. J'ai pas fini de leur en faire voir!

Cette éventualité le rassure, il sourit : personne n'a jamais pu le commander et ça ne va pas commencer!

– Tous les mêmes! dit-il en remontant la couverture jusqu'à son menton. A ramper, ils finissent par oublier qu'ils ont des jambes!

Cyprien s'endort avec, au fond de lui, la certitude qu'il est le plus fort et qu'il ne cèdera jamais à personne, pas même à la mort.

18

La neige a fini de fondre dans la matinée, mais Cyprien qui a mis le nez à la fenêtre comprend vite que l'air du nord-ouest est plein d'aiguilles. Il va geler la nuit prochaine et une nouvelle neige tombera, toute propre, juste épaisse comme il faut pour piéger les merles.

– Ah, si je pouvais marcher comme avant, je lui apprendrais aussi à reconnaître les traces des animaux !

Autrefois, Cyprien aimait la neige. Il abandonnait son atelier pendant quelques heures, le matin juste au lever du jour pour aller chercher les traces triangulaires du lièvre. Il suffisait de les suivre pour trouver l'animal terré dans quelque taillis ou au creux d'un rang de labour. Après, c'était le chien qui faisait le travail et Tino avait toujours été irremplaçable. Il se tenait là, à deux pas de la bête qui ne bougeait pas et, à un signe de Cyprien, sautait sur elle et la terrassait d'un coup de mâchoire sur le dos, toujours au même endroit. Quelquefois, Cyprien prenait son fusil, mais c'était risqué : le garde, ces jours-là, tendait l'oreille...

Ce matin, le temps ne passe pas vite. Cyprien ne cesse de regarder sa montre.

– Sûr que la Marthe va encore me sortir son discours sur la maison de retraite. Mais je vais la recevoir! C'est que cette fois je me sens comme à vingt ans!

Cette constatation le met de très bonne humeur. Dès que ce mauvais temps aura passé, il prendra la camionnette et retournera voir Rainette. Il saura lui parler, la convaincre, et ils recommenceront comme avant. Ce sera le printemps, la douleur de sa poitrine aura disparu et Cyprien pourra travailler dans son atelier. Il ira à la pêche :

– J'emmènerai le gamin à la truite. Faut qu'il apprenne à se cacher, parce que le brochet, c'est bien beau, mais la truite, c'est pas la même chanson!

Marthe arrive vers dix heures. Elle range les vêtements de son père dans la valise; jamais elle n'a eu autant d'attentions pour lui : « Ça, pense Cyprien, ça cache quelque chose! Faudrait pas qu'elle ait l'idée de m'emmener directement dans sa foutue maison de retraite! »

– J'ai allumé la cuisinière ce matin! dit la jeune femme, tu vas voir, il fait bon à la maison!

– Parce que tu es passée à la Neuville?

– Oui. J'y ai même dormi.

Cyprien pense que c'est à cause de la neige et il n'insiste pas.

– Le docteur m'a fait l'ordonnance et j'ai tes médicaments.

Elle emporte la valise dans sa voiture. Cyprien la suit de ce pas lent qu'il a toujours eu.

– Il faudrait que tu t'arrêtes devant un bazar... Je voudrais ramener quelque chose à ce petit gamin qui me fait de la peine. Sa mère veut plus le prendre à Noël et il nous a fait une comédie, l'autre jour...

– C'est vrai que c'est bientôt Noël! fait Marthe.

Une ombre passe sur son visage, sa bouche se contracte, ses yeux se plissent. Elle pense à ses jumelles qu'elle n'a pas vues depuis quatre jours. Elle espérait vaguement que Georges réagirait, qu'il se mettrait en colère. Mais non, Georges n'a rien fait. Il continue d'aller à son bureau tous les jours; le soir, il prend ses filles et s'occupe de leurs devoirs, comme si Marthe n'avait jamais existé.

– C'est Noël la semaine prochaine! répète-t-elle.

Cyprien monte lentement en voiture. Ils prennent la direction de la préfecture. Le temps est couvert; la neige prévue par Cyprien va arriver.

– Tu pourrais pas lui choisir quelque chose, à ce gamin? C'est que moi, je suis pas bien malin pour ça!

Marthe se gare à côté du pont de la Barrière. En face, il y a un immense bazar qui a mis en vitrine ses plus beaux jouets, trains électriques, poupées qui parlent, circuits de voitures de course...

– Tu viens?

– Vas-y seule! Moi c'est toute une histoire pour déplier mes jambes!

Marthe sort. Cyprien la regarde marcher. C'est vrai qu'elle est belle femme, mais quel nouveau mystère se cache derrière ce regard profond qui n'est plus le même depuis quelques jours ? Ce matin, elle chantonnait en rangeant les habits dans la valise, et là, devant cette vitrine de Noël, son regard se voile, brusquement triste, la ride de son front se creuse.

Quelques minutes plus tard, la jeune femme sort du magasin, un paquet à la main.

– Qu'est-ce que tu lui as pris, à ce petit chenapan ?

– Un harmonica !

– Un harmonica ? Quelle idée...

– Une idée comme une autre ! Si ça te convient pas, t'as qu'à aller toi-même faire ton choix.

– Bon, ça ira !

La voiture traverse la ville et part en direction de la Neuville. La campagne est grise. Il reste des plaques de neige dans les replis de terrain où le soleil ne passe pas.

Quand Cyprien aperçoit son atelier, son verger et enfin sa maison, une joie immense l'envahit. Il sait que là plus rien ne peut l'atteindre.

Marthe lui ouvre la portière. Il descend lentement, une jambe après l'autre, se dirige vers la porte. En entrant, il voit, en premier, le balancier de cuivre de la pendule qui joue régulièrement avec la lumière grise de la fenêtre. Son cœur s'emballe. Dans ce silence de maison vide, il n'entend que le bruit infernal de ce mécanisme, ce tic-tac monstrueux qui égrène le temps.

– Qu'est-ce que c'est que cette pendule ?

– Eh bien, je l'ai remise en marche ! dit innocemment Marthe.

– Jamais! crie Cyprien. Tu entends, jamais tant que je serai vivant, cette pendule ne remarchera. Elle s'est arrêtée avec ta pauvre mère!

– Mais voyons, papa...

Il se précipite, bloque le balancier d'une main tremblante, va vers le feu et se laisse tomber sur le banc de bois, la tête basse :

– Maintenant, il me reste plus rien d'elle. C'était l'heure d'Élise qui était là et que tu as perdue! Mais qu'est-ce que tu es venue faire ici ?

Marthe s'approche de son père et, sans baisser les yeux, dit d'une voix légèrement altérée :

– J'habite ici depuis que tu es parti à l'hôpital.

– Ici ? Mais ton mari et tes filles ?

Elle baisse la tête :

– J'ai demandé le divorce. Je veux plus jamais revoir Georges!

Le divorce ? Cyprien fronce les sourcils. Il a tellement mal au fond de lui qu'il se met à redouter une nouvelle crise. Une boule de colère l'étouffe. Il pense au gamin qui voulait se jeter dans l'étang. Ses mains tremblent, il a envie de frapper ; pourtant, il parle d'une voix posée, qui n'est pas la sienne :

– Qu'est-ce qui te prend, la Marthe ? Tu dis ça pour me faire marcher!

– Non. Je vais rester ici quelque temps. Je vais me chercher un appartement à Brive et, quand le divorce sera prononcé, je prendrai les filles avec moi.

– Mais pourquoi ?

– Comme ça! Je peux plus voir Georges!

Comme ça, en voilà une raison! Cette fois-ci,

Cyprien donne libre cours à sa colère. Il se lève avec une vivacité qui ne lui est pas habituelle et crie, ses petits yeux plantés dans ceux de sa fille :

– Tu entends, la Marthe, tu vas foutre le camp, et tout de suite ! Je veux plus te voir dans cette maison !

– Mais, papa...

– Dehors, nom de Dieu ! Dehors !

Il pousse Marthe qui se débat et se met sur le côté :

– Non, je reste, cette maison est à moi !

Elle fait allusion à l'arrangement de l'été dernier, juste avant la mort d'Élise. Cyprien a partagé ses biens entre ses deux enfants : Marthe a gardé la Neuville et Laurent a eu une propriété dans la commune de Saint-Augustin où, d'ailleurs, il ne porte jamais les pieds.

– A toi, cette maison ? Quand je serai crevé, pas avant ! Dehors, vite ou je prends mon fusil !

Il ouvre la porte de sa chambre. Le fusil est toujours appuyé sur la table de nuit. Il s'en empare et revient vers Marthe, menaçant.

– Dehors ! crie-t-il si fort que la soupière sonne sur la table.

Marthe recule jusqu'à la porte, le regard horrifié. Cyprien hurle :

– Tu mériterais que je t'étende comme un lapin !

A la porte, il brandit son fusil tandis que Marthe monte dans sa voiture, un peu honteuse de tout ce bruit. Dans la maison voisine, les rideaux bougent. Jules est sorti de son étable et regarde, la main en visière sur les yeux.

– Et puis, c'est pas la peine de revenir!

La voiture de Marthe disparaît au bout du hameau. Cyprien reste un long moment à la porte, son fusil à la main. Il est abattu. La nouvelle pèse sur lui comme un rocher prêt à l'écraser. Sa fille divorce! Il ressent la honte de cette rupture comme s'il en était responsable. Marthe abandonne ses filles, le pire des méfaits. Cyprien pourra-t-il, désormais, marcher la tête haute en descendant à son atelier ? Et quand il ira au bourg chercher ses cigarettes, pourra-t-il parler aux gens sans baisser les yeux ? Le divorce, jusque-là, c'était pour les autres, aussi faisait-il de longs discours à ce sujet. Heureusement qu'Élise ne voit pas ça, la pauvre en mourrait de chagrin!

Tout est fini pour lui! La maison de retraite l'attend; il va s'y faire conduire par Laurent. Au milieu de ces gens qui ne le connaissent pas, sa honte passera inaperçue.

Une petite silhouette sombre qui court à toutes jambes dans le chemin le tire de sa sombre méditation :

– Salut, Cyprien! Tu vas mieux ? Mais qu'est-ce que tu fais avec ton fusil ?

– C'est pour la buse qui s'est perchée sur le noisetier! Et toi, petit vaurien, comment que tu vas ?

– Si c'est les merles que tu veux tuer, tu risques pas! Ils sont sauvages! J'ai essayé avec mon lance-pierre, mais c'est impossible de les toucher!

– Qu'est-ce que tu mets dans ton lance-pierre ?

– Eh bien, des petits cailloux!

– C'est pas ça qu'il faut! Cherche une vieille marmite que tu casses en tout petits morceaux avec un marteau. Et t'en mets une dizaine à chaque fois! Tu verras si les oiseaux vont pas tomber!

Ils rentrent dans la maison. La présence de l'enfant a remis Cyprien de bonne humeur.

– Elle est partie, la Marthe?

– Oui, elle est partie et elle reviendra pas. Tiens, je t'ai rapporté quelque chose de Tulle!

– A moi?

Les yeux de l'enfant s'allument de convoitise en se posant sur le petit paquet qui se trouve sur la commode.

– Je peux le prendre?

– C'est pour toi.

Olivier déchire fébrilement le papier où sont dessinées des cloches rouges et en extrait un étui.

– C'est quoi, Cyprien, dis-moi...

– Regarde, au lieu de parler!

Les petites mains qui tremblent ouvrent l'étui. Olivier regarde un moment l'harmonica chromé sans oser le toucher.

– C'est pour faire de la musique?

Son visage exprime un ravissement curieux, une joie contenue:

– Alors là, Cyprien...

L'émotion lui noue la gorge. Ses joues rouges luisent comme des pommes. Lentement, il approche l'harmonica de ses lèvres et souffle; une note aigrelette en sort.

– Tu vas nous faire danser avec ta musique! dit Cyprien en riant.

Olivier remet l'harmonica dans sa boîte et détale chez lui en oubliant de fermer la porte. De sa place, Cyprien le regarde monter quatre à quatre les marches du perron chez sa grand-mère :

– Tu crois pas qu'il aurait pu dire merci ?

19

Comme Cyprien l'avait prévu, la neige recommence à tomber dans l'après-midi. Certains signes ne trompent pas : les oiseaux se déplacent beaucoup ; les vanneaux ont déserté les coins abrités. L'air piquant, qui descend des immensités gelées du nord, est un air de grand hiver qu'il suffit d'avoir respiré une fois dans sa vie pour le reconnaître d'emblée.

Cyprien prend sa canadienne et descend chez Adèle. Jules se chauffe au coin du feu. Olivier tire de son harmonica des grincements désagréables. Adèle fait la vaisselle et s'emporte :

– Je sais pas ce qui vous a pris d'acheter ce machin à Olivier, mais depuis il n'arrête pas de nous casser les oreilles.

Cyprien pose sa canadienne qu'il accroche à l'entrée et s'approche du feu. Il dit sans lever les yeux des flammes :

– Je vais aller à la maison de retraite! Je reviendrai ici au printemps.

Adèle s'arrête d'essuyer son assiette et regarde, incrédule, Cyprien qui baisse la tête.

– Eh bien vous, dit Adèle, vous n'avez pas fini de m'étonner!

– Tu as bien raison! reprend Jules. Du moins, tu seras chauffé et tu n'auras pas besoin de te faire de soupe!

– Faudrait que vous me rendiez un service, Adèle. Moi, je sais pas bien ce que je dois emporter comme habits... Alors, si vous pouviez monter...

– Attendez que j'ai fini ma vaisselle, du moins...

– Et puis faudrait leur téléphoner. Je crois que Laurent s'est débrouillé pour qu'on me garde une chambre. Mais faudrait les avertir que je viens et demander un taxi pour m'emmener.

– Mais vous voulez partir aujourd'hui?

– Je voudrais déjà être parti! dit Cyprien en regardant toujours le feu.

– Il s'est passé quelque chose avec la Marthe? Vous vous êtes disputés? demande Jules.

Cyprien serre les dents et dit d'une voix sifflante:

– Jules, je veux plus jamais t'entendre parler d'elle! Tu entends, plus jamais!

Adèle prend la pile d'assiettes qu'elle emporte dans le placard:

– Vous changerez jamais, Cyprien! Un caractère comme le vôtre, il faut le voir pour le croire! Vous pouvez supporter personne, même pas votre fille, c'est un comble!

Olivier pose son harmonica et s'approche du vieil homme:

– Tu t'en vas, Cyprien ? Alors, tu veux pas chasser les merles avec moi ?

– Oui, je m'en vais ! dit Cyprien d'un ton sec.

Adèle s'essuie les mains et décroche le téléphone. Elle compose le numéro que Cyprien lui a écrit sur une bande de journal. Lorsqu'elle parle, sa voix est différente, plus pointue : son accent ressort. Jules fait signe à Olivier d'arrêter de jouer de l'harmonica.

– Bon, dit Adèle en posant le téléphone. Ils vous attendent. On va demander le taxi.

Cyprien remonte chez lui. Le feu est éteint, il rassemble les tisons sur les braises qui restent. Malgré le vent du nord, le ciel est bas. Il ne neige plus ; le jour minuscule ne va pas tarder à basculer dans la nuit épaisse de l'hiver. Là-bas, à la maison de retraite, il y aura plus de lumière, c'est ce dont le vieil homme a tant besoin. Il s'enfermera dans sa chambre et personne ne saura la honte qui l'accable.

Adèle arrive quelques instants plus tard. Elle bougonne comme d'habitude et s'en prend au monde entier qui ne lui laisse pas deux minutes à elle. Cyprien comprend que ces reproches qui s'adressent à lui ont une autre raison.

– Vous êtes quand même un drôle d'homme, vous ! Se décider comme ça d'un coup ! Mais qu'est-ce qui vous est arrivé ?

Elle fouille dans l'armoire et sort des piles de vêtements sur le lit.

– Faut pas oublier votre rasoir, aussi ! Et puis, s'il vous manque quelque chose, vous pouvez téléphoner, Jules vous l'apportera, c'est pas le bout du monde, Noyac !

– Non, c'est pas le bout du monde !

– Le petit va vous regretter, d'ailleurs il n'est pas sorti. Vous pouvez être tranquille qu'il a pas fini de vous réclamer.

– Je suis pas encore mort ! Je reviendrai le voir, parce que c'est un bon petit qui n'a pas eu toute la chance qu'il méritait.

En ce moment, il pense à Marthe ; ses poings se serrent, sa gorge se noue.

– Voilà, dit Adèle, il doit y avoir ce qu'il vous faut. Je vais prendre la grande valise qui est sous l'armoire.

C'est la valise qu'il avait fallu acheter quand Élise est partie à l'hôpital. Cyprien baisse la tête. Jusqu'à l'été dernier, il n'y avait pas de valise dans cette maison. En quelques mois, on en a acheté deux, cette grande et la petite que Marthe a apportée l'autre jour.

– Vous, dit Adèle, sans s'arrêter d'empiler les vêtements, vous avez eu une contrariété ! Vous allez pas me faire croire le contraire !

Le taxi arrive plus tôt que prévu. C'est une Renault Espace qui se gare devant la porte. Un homme au visage rouge en descend, salue et prend la valise que lui tend Adèle.

– Je voudrais dire quelque chose au gamin ! fait Cyprien.

– Eh bien, dépêchez-vous ! Vous croyez qu'on n'a rien d'autre à faire !

Chez Adèle, Cyprien trouve Olivier accroupi dans le coin sombre de la cheminée.

– Alors, le gars, tu viens pas me dire au revoir ?

– Non, je viens pas ! crie une voix stridente du coin sombre de la cheminée. Tu es méchant !

Le taxi attend à côté de la maison des Parisiens. Cyprien se dit qu'il reviendra avant la fin de la semaine, que ce n'est qu'un essai et que, s'il ne se sent pas bien dans cette foutue maison, il s'évadera :

– J'ai encore des jambes ! fait-il entre ses dents.

Il prend la clef qu'Adèle lui tend.

– Vous avez l'autre clef, Adèle ? Bon. Et surtout, si la Marthe vient la réclamer, ne la lui donnez pas !

– Vous, vous me cachez quelque chose !

Cyprien monte dans le taxi sans dire au revoir, il a horreur de ça.

Déjà la nuit épaissit l'air. Le soleil est parti ailleurs. Tout est mort, les arbres, les maisons écrasées par les nuages. « Sale saison », pense Cyprien.

Il faut moins d'un quart d'heure pour arriver à la maison de retraite de Noyac. C'est une des plus réputées de la région. Elle se trouve à côté de Naves, au milieu d'un grand parc que les pensionnaires valides entretiennent. La voiture avance dans une allée bordée d'arbustes. Le bâtiment moderne ressemble à un cube de vitres et de béton. Cyprien est déçu. Il s'était imaginé une grande maison bourgeoise avec beaucoup de chambres et voilà qu'il va vivre dans un « HLM ».

Le chauffeur de taxi, qui a l'habitude de ce genre de mission, prend la valise de Cyprien qui le suit comme un enfant suit sa mère le premier jour d'école. Ils montent quelques marches et pénètrent dans un immense hall, très lumineux. Des groupes de vieux qui bavardent dévisagent le nouvel arrivant. Le chauffeur conduit Cyprien à un bureau qui se trouve dans un renfoncement. Une grande femme en tailleur marron les accueille à la porte. Elle est maigre ; ses talons ferrés claquent sur le carrelage. Ses lunettes aux verres épais lui grossissent les yeux. Cyprien se dit qu'elle ressemble à une grenouille. Elle lui tend la main avec un sourire qui découvre ses larges dents plates tachées de rouge à lèvres. C'est Mme Lebel, la directrice.

– Monsieur Mallorie, enfin vous voilà ! Savez-vous que nous vous attendons depuis trois semaines !

Cyprien bredouille un bonjour. Le chauffeur de taxi pose la valise à côté du vieil homme qui sort son porte-monnaie pour le payer :

– Je m'arrange avec l'assurance ! Vous en faites pas !

Il salue Mme Lebel, serre la main de Cyprien et s'en va.

– Asseyez-vous, monsieur Mallorie ! dit Mme Lebel en lui montrant une chaise.

Elle est très brune avec une peau blanche, satinée. La casquette à la main, Cyprien s'assoit sur le rebord de la chaise. Il bout dans sa canadienne. Comment ces gens peuvent-ils vivre dans cet air surchauffé ?

– Bienvenue à Noyac, monsieur Mallorie ! Nous nous efforcerons tous de rendre votre séjour le plus agréable possible... Si vous voulez signer la feuille de prise en charge...

D'une main tremblante, Cyprien griffonne son

nom. Maintenant, il regrette son coup de tête; il a l'impression d'entrer en prison.

– Vous allez me suivre, je vais vous faire visiter la maison et vous montrer votre chambre. Ici, nous faisons tout nous-mêmes! Ce sont les pensionnaires qui tondent les pelouses, entretiennent le jardin, lavent la vaisselle, qui aident aux cuisines... Bien sûr, nous n'obligeons personne.

Son pas raide et bruyant claque dans le couloir. Cyprien prend sa valise.

– C'est votre seul bagage? Bon, la lingerie vous donnera ce qui vous manque. Vous trouverez dans votre armoire un sac bleu. C'est là-dedans qu'il faudra mettre votre linge sale. Vous devez descendre le sac deux fois par semaine à la lingerie, le lundi et le jeudi.

A l'étage, elle s'engage dans un long couloir. Deux vieilles femmes bavardent en marchant et la saluent avec respect. Mme Lebel ouvre une porte en grand :

– Vous voilà chez vous, monsieur Mallorie! Accroché à la porte, vous trouverez le règlement de la maison. Assurément, il faut un peu de discipline, sinon rien n'est possible! Comme nous avons peu de personnel, seuls les pensionnaires malades ou invalides sont servis dans les chambres. Les repas se prennent de midi à une heure et le soir de sept à huit. Le reste du temps, vous pouvez aller dans la salle de jeu, ou, si le temps est beau, vous promener dans le parc. Vous pouvez aussi vous occuper à des travaux d'entretien. Nous avons un grand potager et un atelier.

Cyprien se tient dans l'entrée de cette petite pièce

impersonnelle aux murs couverts d'un papier clair, sa valise à la main :

– Vous allez voir que vous ne serez pas dépaysé. La plupart des personnes âgées de la région sont ici. Vous allez connaître beaucoup de monde... Je vais vous envoyer quelqu'un pour s'occuper de vous !

Elle s'en va. Le bruit de ses talons décroît dans le couloir sonore. Des gens passent et parlent fort en dévisageant Cyprien qui n'a pas fermé sa porte. L'arrivée d'un nouveau pensionnaire est un événement dans cette maison où il ne se passe jamais rien. Cyprien pose sa valise. Sa chambre n'est pas très grande. Le lit, minuscule, est sur la droite. Le cabinet de toilette avec douche et baignoire se trouve dans un renfoncement, à gauche d'une table en bois blanc avec deux chaises. Il fait très chaud.

– Ça pue l'hôpital ! dit-il entre ses dents.

Il s'assoit. Jamais il ne réussira à dormir dans cette fournaise. L'immense fenêtre donne sur le parc éclairé par des globes disposés le long de l'allée. Cyprien devine la masse sombre des arbres.

Les gens vont et viennent sans cesse dans le couloir. Un homme entre dans la chambre ; c'est un vieux sec et bossu. Il a le nez crochu, des yeux qui semblent rire tout le temps. Cyprien le reconnaît tout de suite :

– Le père Blavet ! Nom de Dieu, qu'est-ce que tu fais là, sacré Léon ?

Blavet lui serre la main en riant :

– Alors, le Cyprien ! Voilà que tu t'es enfin décidé ! Tu vas voir comme on est bien ici ! Bien nourri, bien logé ! Qu'est-ce qu'on peut demander de plus ?

Léon et Cyprien sont allés à l'école ensemble et se sont revus régulièrement dans les foires et les fêtes locales. Blavet a passé sa vie dans la ferme de sa femme à Naves.

– Mais je savais pas que tu étais là!

– Bah, fait Léon en se grattant la tête sous son béret, ma pauvre Henriette est morte l'hiver dernier, alors moi, tout seul, je suis pas bien malin pour me faire la soupe! Ici, je me trouve bien!

Cyprien se rappelle que Léon était très frileux. Quand ils allaient à l'école, sa mère lui faisait prendre deux ou trois gilets les uns sur les autres et il avait l'air d'une boule!

– Pour moi, il fait trop chaud! Je vais finir par ouvrir la fenêtre!

– T'avise pas! La Lebel rigole pas avec les dépenses! Allez, viens, je vais te montrer la maison et te présenter aux copains et aux copines.

– Aux copines?

– Il y a des femmes aussi! Sacré Cyprien, je t'y vois déjà!

Léon le précède dans le couloir où un homme et deux femmes sont en train de bavarder. L'homme s'approche :

– Voilà le nouveau, c'est Cyprien Mallorie, de la Neuville, qui était menuisier-ébéniste et que vous avez sûrement connu!

Cyprien serre les mains et suit son guide.

– Ici c'est les chambres individuelles, celles des riches. Au-dessus il y a les chambres communes où on est à deux ou trois parce qu'il n'y a pas assez de place pour tout le monde. Alors, elle y met ceux qui ont des petites pensions et peuvent pas payer.

– Et tu es à cet étage, toi ?

Blavet fait la moue :

– Moi, j'ai pas comme toi un fils qui paie le prix fort. On est trois copains dans la même chambre, mais on s'entend bien !

Cyprien fait la moue. Il ne se ferait pas à cette vie commune, même avec Léon qui a la réputation d'être le meilleur homme du monde ! Il reprend, vexé :

– Mon fils n'a pas besoin de payer pour moi ! J'ai de quoi ! Et à l'étage en dessous, il y a qui ?

– On y va. C'est l'aile Saint-Pierre. On l'appelle comme ça, parce qu'ils y mettent ceux qui peuvent plus se suffire.

Ils descendent l'escalier. Léon précède Cyprien dans un autre couloir semblable à celui de l'étage, ouvre une porte qui donne sur une grande pièce. Une dizaine de lits y sont alignés et sont occupés par des vieillards assis ou couchés. Ça sent le vomi et la pourriture. Une femme en blouse blanche fait irruption dans le dortoir :

– Il est interdit de venir ici ! crie-t-elle d'une voix puissante.

Léon claque la porte, comme un enfant heureux d'avoir désobéi.

– C'est l'infirmière ! La mère Branchon ! On l'appelle « la poire ». Tu as vu le cul qu'elle a ?

Cyprien a très mal partout.

– Tu vois, continue Léon, ils ont percé une porte au fond, c'est pour évacuer les morts sans avoir à leur faire traverser le bâtiment. L'architecte n'y avait pas pensé. Paraît que c'est pas bon pour le moral des pensionnaires. Quand il meurt quelqu'un, ils nous le disent pas, mais moi je le sais. De ma fenêtre, je vois le bâtiment qui est juste derrière cette porte. Et le matin, je surveille : s'il y a un mort, la voiture des pompes funèbres se gare juste à côté.

Ils quittent l'aile Saint-Pierre et reviennent dans le bâtiment central. C'est une grande salle avec des tables. Des hommes jouent aux cartes; des femmes tricotent en bavardant, d'autres lisent. Une odeur de friture flotte dans l'air.

– C'est le réfectoire qui sert aussi de salle de jeu, parce qu'il n'y a pas assez de place. Paraît que cette maison était prévue pour soixante personnes et on est cent. Alors, forcément, il faut économiser la surface. D'ailleurs au début il était prévu qu'il n'y aurait que des chambres particulières, et puis maintenant il n'en reste qu'une vingtaine. Tiens, je vais te présenter mes copains, mes frères de piaule!

Dans un coin, Cyprien remarque deux vieux assis l'un près de l'autre, la tête baissée. Leurs joues mal rasées pendent sur le col de la chemise. Ils ne bougent pas et se donnent la main. Léon éclate de rire :

– C'est les frères Minguet. Des jumeaux. Tu peux pas les séparer. Dès que tu en éloignes un, l'autre se met à pleurnicher comme un chien, alors, forcément, on s'amuse!

Léon conduit Cyprien à deux hommes qui se tiennent près de la baie et bavardent en regardant dehors :

– Albert Noux, ancien couvreur à Seilhac, que tu dois connaître !

Cyprien serre la main à un petit vieux tout rond, avec un béret plat incliné sur l'oreille droite.

– Et celui-là, ce grand échassier, continue Léon, c'est Jean Ménard, originaire du Lonzac, qui a travaillé dans le métro à Paris. Tu vas voir qu'on fait une belle équipe et qu'on rigole bien. Tiens, le Jean, tu paies l'apéro ?

Jean regarde autour de lui et pose son index sur ses lèvres :

– Toi, un de ces jours, murmure-t-il, tu vas nous faire prendre ! Je vois déjà la Lebel monter sur ses grands chevaux !

– Pourquoi, on n'a pas le droit de boire l'apéritif ? demande innocemment Cyprien.

Léon éclate de rire :

– De ce côté, la Lebel est plutôt emmerdante. Elle n'aime que l'eau et nous autorise un petit quart de vin par repas, rien de plus. Alors, on se débrouille, comme au régiment !

– On y va !

Noux et Ménard traversent la salle, suivis de Léon et de Cyprien. Tout à coup, un cri strident résonne dans ces couloirs infinis, un hurlement de bête féroce, lugubre. Cyprien sursaute. Léon lui explique :

– C'est la Pauline Charias... Tu sais, la meunière du moulin de la Farge. Elle a presque cent ans et a perdu la tête !

– Tu veux dire la femme du Jean, qui venait de Plumozelle ?

– Oui, cette garce qui courait les hommes dans tous les chemins ! C'est le diable qui la tire par les talons !

– Et ça lui prend souvent ?

– Bah, on s'y habitue !

Au deuxième étage, la chambre où ils entrent est plus grande que celle de Cyprien. Trois lits l'encombrent. Comme la place manque, on a supprimé la table, et la grande armoire est remplacée par des étagères où les pensionnaires rangent leurs vêtements. Une petite commode se trouve dans l'entrée. Cyprien se demande comment ces trois hommes qui ne s'étaient pas vus dix fois durant toute leur vie peuvent accepter de se retrouver ici, à dormir dans des lits jumeaux, comme des frères ?

– Bon, chuchote Léon, faut pas parler trop fort, la Lebel serait capable de se douter de quelque chose !

Noux sort de la commode, pliée dans une serviette, une bouteille de Pernod.

– Pour les verres, murmure-t-il, on est obligé de les prendre en plastique. Imagine qu'on en casse un, ce serait terrible...

– Elle est si désagréable que ça, la directrice ? demande Cyprien.

– Bah, le règlement, c'est le règlement, et il faut bien un peu de discipline !

– Et pour fumer ?

– Interdit dans les chambres à cause du feu ! Il y a une pièce à côté du réfectoire pour ça. La Lebel dit que les fumeurs ne doivent pas empoisonner la vie des autres !

Ils boivent lentement leur apéritif. Tout à coup, des pas rapides sonnent dans le couloir. Jean interroge ses compagnons du regard. Comme les pas se rapprochent, il arrache le verre des mains de Cyprien et va le vider dans le lavabo. Les autres ont fait de même. La bouteille est prestement rangée.

Mme Lebel entre, hume l'air un moment, parcourt la pièce de ses yeux globuleux. Noux et Menard regardent la nuit par la fenêtre, comme absents.

– Monsieur Mallorie, je vous verrai après le dîner dans mon bureau pour régler la question de votre pension.

– Ma pension ?

– Eh bien oui, il faut que vous me signiez une décharge qui m'autorise à la percevoir.

– Et moi, alors, avec quoi que j'achète mes cigarettes ?

– Vous aurez votre argent de poche comme tout le monde ! Et je vous rappelle, continue la directrice en regardant Léon, que pour parler vous êtes mieux dans la salle de jeu...

Les hommes sortent de la pièce et se retrouvent dans le couloir. Mme Lebel est déjà partie. Cyprien a au fond de lui un goût aigre qui n'est pas le goût habituel du Pernod.

20

Laurent ferme la porte du garage à double tour et traverse la cour gravillonnée. Il habite sur la route d'Aixe-sur-Vienne, une grande maison au milieu d'un parc que longe la rivière. Cette superbe propriété appartient à Me Fromel, et cela suffit pour qu'il n'en apprécie pas le charme.

Huguette l'attend. Elle est aussi grande que lui. Son regard est intelligent, ses gestes gracieux, sa voix calme et douce. Elle travaille avec Laurent pour échapper à l'ennui de cette grande maison vide maintenant que Caro, leur fille unique, est partie à Mirecourt.

Après son bac, Caro a entrepris des études de lettres à la faculté de Limoges alors que son père aurait préféré le droit. Elle lui a ri au nez :

– Ton cabinet, j'en ai rien à foutre!

Caro n'est pas aussi grande que sa mère. Brune comme son père, elle a les petits yeux noirs de Cyprien. Comme lui, elle n'en fait qu'à sa tête, fréquente des garçons et des filles que Laurent n'aime pas. Il voudrait, lui, qu'elle tienne son rang. Une année, il l'avait inscrite malgré elle dans un « rallye », association de fils de cadres, de professions libérales, qui se retrouvent le samedi pour des soirées entre eux. Elle y est allée une fois puis a déclaré :

– Ils sont chiants ! Tous à parler snob et à raconter des trucs qui me cassent les pieds ! Les soirées cartes et domino, merci !

Huguette avait essayé de la raisonner :

– Voyons, ma chérie, ton père a fait ça pour toi, ça coûte très cher et c'est un privilège. Beaucoup de tes copines t'envient certainement !

– Elles font ce qu'elles veulent. Moi, je n'irai plus !

Laurent s'est fâché. Finalement, elle a eu gain de cause et s'est mise à sortir dans les boîtes de la ville, au gré de ses coups de cœur.

– Je suis vraiment pessimiste pour l'avenir ! a dit Laurent à Huguette. C'est la fin de deux mille ans de civilisation. Nous sommes envahis ! Nos enfants ne réagissent pas pour protéger ce qu'ils ont de plus précieux, leur culture.

– Les jeunes s'amusent ! a répondu Huguette. Tu ne peux pas prévoir ce qu'ils inventeront ! C'est eux qui feront le monde de demain et tu n'as rien à y voir, puisque ce ne sera plus le tien ! Tu parles avec des valeurs qui sont les tiennes et qui ne feront pas long feu !

Finalement, les études de lettres ne la passionnant pas, Carlo a déclaré, comme si c'était quelque chose de naturel :

– Ces études, je comprends pas à quoi ça mène. J'en ai marre. Je vais laisser tomber !

Laurent s'est de nouveau mis en colère :

– Tu ne comprends pas qu'il faut travailler ! Que rien ne vient sans le travail et que tout se paie, même les bonnes situations ! Qu'est-ce que tu veux faire ? Tu veux te retrouver dans un travail qui va t'ennuyer ? Tu te rends compte du bagne ?

– Rien à foutre ! Je voudrais travailler comme Cyprien. Le bois me plaît, il dit que je sais le toucher !

– Le bois... C'est rien ! Mon père a vécu à une autre époque. Et puis, c'est pas pour une fille.

La révélation lui est venue d'un reportage qu'elle a vu à la télévision. On y présentait l'école de lutherie de Mirecourt où les jeunes apprenaient à fabriquer des instruments de musique. D'emblée, elle a compris que c'était pour elle, comme si le destin avait programmé exprès ce reportage à une heure où, d'ailleurs, elle n'aurait pas dû regarder la télévision. Aussitôt, elle prit des contacts avec l'école et réussit à se faire accepter. La liste d'attente est longue, mais durant l'entretien de sélection Caro avait su convaincre ses examinateurs. Depuis, elle est à Mirecourt. Son père lui a loué un petit studio et elle mène cette vie indépendante qu'elle affectionne. Elle téléphone une fois par semaine à sa mère. Laurent fait semblant de s'en désintéresser, mais ce n'est pas vrai.

Ce soir, il est sombre. Marthe l'a appelé cet après-midi pour lui annoncer que son père l'a chassée de la

Neuville quand elle lui a appris sa volonté de divorcer. Elle a trouvé une chambre provisoire dans un hôtel à Brive, assez loin de son domicile. Les jumelles lui manquent. Elle ne sait plus que faire. Et puis, la nouvelle est tombée comme un couperet :

– Papa est parti à la maison de retraite!

– Quoi ?

Laurent se prend la tête entre les mains : est-ce possible ?

– Tu es content ? lui demande Marthe. C'est une bonne chose! Il est bien encadré et ne risque pas de faire de bêtises. Une infirmière lui donnera ses médicaments tous les soirs! Il pourra, de temps en temps, aller à la Neuville. Donc, de ce côté-là, tout va bien!

Oui, tout va bien. Laurent a assez insisté pour que son père prenne cette sage résolution ; pourtant, cela le contrarie tellement qu'il en a mal partout. La vérité, c'est que Cyprien est gâteux.

Laurent entre chez lui, embrasse Huguette puis s'assoit sur le canapé. Il ouvre le bar et se sert un whisky. Huguette le regarde avec insistance.

– Mon père est parti à la maison de retraite! dit-il. Le voilà dans l'antichambre de la mort. Une vie de travail pour en arriver là. Je me demande à quoi ça sert!

– Si tu travailles en espérant une récompense, dit Huguette, tu risques d'être déçu. Le travail doit comporter sa propre satisfaction!

Laurent vide son verre. Huguette s'est assise en face de lui :

– En fait, Cyprien a eu assez de chance. Il a pris

la succession de son propre père et ne devait rien à personne, ce qui n'est pas le cas de tout le monde!

Huguette comprend l'allusion de Laurent. Elle grimace en le voyant se servir un deuxième verre.

– Toi non plus, chéri, tu ne dois rien à personne!

Il lève ses petits yeux sur sa femme :

– Et le cabinet ? Et cette maison ? Qu'est-ce que je suis, moi ? Rien d'autre qu'un fils d'ouvrier qui a eu la chance de plaire à la fille d'un notaire!

– Je crois surtout que tu es fatigué et qu'un peu de repos te ferait le plus grand bien!

– Les gens pensent que je suis fort, car il faut être fort pour avoir mauvais caractère. C'est faux! Seul mon père a eu le courage d'être lui-même. Moi, il faut qu'on me dicte ma conduite, même dans les affaires!

– Que racontes-tu ? Je crois surtout que tu as déjà trop bu de whisky.

Huguette pousse ses cheveux d'un geste qui lui est habituel. Elle penche la tête vers l'arrière, découvrant sa gorge blanche et son cou. Chaque mouvement de cette femme est gracieux, féminin. Caro n'a pas hérité de ce don : elle serait plutôt un garçon manqué.

Laurent pose son verre sur la petite table.

– Tu ne comprends pas que je suis fatigué! Que j'ai un siècle de fatigue à porter tous les jours, voilà la vérité! En fait, j'envie ma sœur qui a osé se séparer de son mari!

Huguette fronce les sourcils, ses yeux deviennent durs :

– Personne ne t'empêche de faire la même chose.

– Je ne parle pas de divorcer. Tu sais que je ne pourrais pas vivre sans toi. Je parle de créer quelque chose à moi...

– Tu dis n'importe quoi, chéri ! Maintenant, parlons sérieusement, papa s'occupera du cabinet pendant quelque temps. Si on prenait des vacances, ça fait bien cinq ans que nous n'avons pas bougé ! Pourquoi ne pas aller passer l'hiver dans les Alpes ?

– Dans les Alpes ? Et pourquoi pas à la Neuville ?

– Je t'en supplie, Laurent, arrête de dire n'importe quoi !

– Comprends-tu que je pense à mon père qui est seul dans une maison de retraite ? Ça te fait rien à toi, parce que mon père, tu ne l'as jamais aimé !

– Justement, il est dans la maison de retraite, maintenant. Nous sommes tranquilles. Je t'en conjure, cela nous permettrait de nous retrouver un peu, de souffler !

Laurent se verse encore un autre verre. Huguette se passe la main dans les cheveux ; elle a une peau très lisse, sans ride.

– Tu as assez bu ! Le whisky ne résoud pas les problèmes.

– Il endort et met la joie au cœur !

A cet instant précis, Laurent pense à la compagne de M. Couturier, cette jeune femme dont le regard profond est encore présent en lui.

Marthe tourne en rond dans sa chambre d'hôtel. Que fait-elle là, entre ce lit triste et cette armoire impersonnelle ? Elle a cru qu'il suffisait de partir pour se débarrasser d'un passé, pour se défaire d'un homme. Et finalement, Georges est toujours là, au centre de toutes ses pensées. Elle n'a pas revu Jérôme; quelque chose la retient ici, loin de son amant, une espèce de pudeur profonde : Marthe n'a pas quitté Georges pour Jérôme.

Toute la journée, elle a erré dans Brive au hasard des rues. Elle avait envie de voir son père, mais a fait demi-tour à mi-chemin : Cyprien l'a trop mal traitée l'autre jour pour aller l'embrasser.

Alors, Marthe a marché le long des trottoirs gris en se disant que la liberté n'est pas un vain mot : elle se mérite, mais pour en profiter il faut en avoir l'habitude. Comme il faisait froid, elle est entrée dans un bar et a commandé un jus de citron. Un homme désœuvré s'est assis à la table voisine, louchant vers elle, visiblement prêt à engager la conversation. Marthe a bu rapidement son jus de citron, puis est partie.

Ce soir, elle pense à ses filles. La nuit est tombée sur la ville, une nuit d'hiver, froide et immense. Sa belle-mère, Mme Bussière, est allée chercher les jumelles à l'école. Georges a dû passer les prendre vers sept heures. Il leur a peut-être dit que leur mère les avait abandonnées. Avant de s'endormir dans leurs lits jumeaux, Marie et Agnès parlent certainement de cette absence qui les préoccupe :

– Tu crois que c'est vrai que maman nous a abandonnées ?

– Non, je le crois pas ! Notre maman ne nous abandonnera jamais !

– Alors, pourquoi elle ne vient pas avec nous ?

– Parce que Papy Cyprien est malade et qu'elle doit le garder. Moi, je sais qu'elle reviendra !

– Et si elle divorce, qu'est-ce qu'on fera ?

– Si elle divorce... Et puis tais-toi, elle ne divorcera jamais, parce qu'elle nous aime !

Marthe soupire. Des larmes lui brouillent les yeux. Elle se mouche. Pourquoi faire tant de peine à deux fillettes de six ans ? Quelle est leur faute à ces jumelles à qui Mme Bussière met un ruban rose et bleu pour les reconnaître ? Seule Marthe n'a pas besoin de ce signe pour savoir que Marie a une petite fossette au coin de la paupière droite, visible d'elle seule.

C'est Noël dans quelques jours. Samedi dernier, les petites filles sont allées avec leur grand-mère acheter un sapin. Elles se sont disputées pour le décorer, puis Mme Bussière, qui est autoritaire, s'est fâchée...

Marthe prend son manteau et sort. La nuit froide est humide. Brive se prépare à la fête : des guirlandes clignotent dans les vitrines de la vieille ville. Marthe aime ce quartier central, ses maisons typiques. La pensée de Jérôme dont le magasin est tout proche lui fait ralentir le pas ; pourtant, elle s'éloigne, déambule jusqu'à la grande place devant la salle Georges-Brassens. En novembre dernier, toute la famille, Georges et Mme Bussière en tête, est venue à la foire du livre pour rencontrer les quatre écrivains brivistes, Claude Michelet, Christian Signol, Michel Peyramaure et Denis Tillinac dont les Bussière dévorent les livres. Il y avait tellement de monde que Georges, exténué par la bousculade, avait décidé d'écourter la visite... Ce souvenir l'émeut; elle fait demi-tour Bientôt l'argent va lui manquer, comment paiera-t-elle sa chambre ?

Ses pas l'ont conduite jusqu'à sa voiture garée sur le boulevard. Machinalement, elle s'assoit au volant, tourne la clef de contact. La voiture s'engage dans un dédale de ruelles pour rejoindre l'avenue de la Gare et l'ancienne route de Cahors. Elle prend, sur la droite, une rue étroite. Marthe frissonne : son cœur bat très fort. Entre Georges et elle, rien ne sera plus jamais comme avant; pourtant le visage de ses deux fillettes pleurant le soir avant de s'endormir ne cesse de la poursuivre. Elle arrive aux dernières maisons neuves et se gare dans une cour, à côté d'une grosse Renault rouge. Les volets sont ouverts : elle aperçoit les jumelles qui mettent la table. A la cuisine Georges prépare le repas; Marthe respire très fort une dernière fois cet air glacé de la nuit, puis entre.

– Maman!

Agnès et Marie se sont précipitées dans les bras de leur mère. Marthe, les yeux remplis de larmes, les serre à les étouffer.

Georges ne s'est pas retourné. Il a l'air ridicule avec son tablier de cuisine attaché sur les reins pour ne pas salir son pantalon. Il épluche une pomme de terre avec des gestes maladroits.

– Mon père est enfin à la maison de retraite de Noyac! dit Marthe, la tête basse, à l'intention de son mari.

– Tu vois bien que tout finit par s'arranger! répond Georges d'une voix neutre, sans lever les yeux de sa pomme de terre.

– On t'attendait tous les soirs! dit Marie. D'ailleurs, regarde, ton assiette est mise pour le cas où tu rentrerais!

Elle passe dans la cuisine :

– Pousse-toi, dit-elle à Georges, je vais finir de préparer le repas!

– Ce n'est pas utile. Je peux très bien le faire seul!

De gros sanglots soulèvent la poitrine de Marthe. La lumière se voile devant ses yeux. Elle se prend la tête entre les mains. Les fillettes la regardent, apeurées. Agnès ose :

– Mais pourquoi tu pleures, maman ?

Georges a fini de couper les pommes de terre. Il les vide dans l'huile chaude.

– Votre mère est très fatiguée, les filles. Voilà pourquoi elle pleure! Laissez-la tranquille.

21

A la maison de retraite de Noyac, le dîner est servi dans le réfectoire par deux employées aidées de pensionnaires valides qui donnent aussi un coup de main aux cuisines. Mme Lebel dit que l'oisiveté est la mère de tous les maux et, puisqu'il faut s'occuper, autant que ce soit à des tâches qui rendent service à la communauté.

Cyprien est assis à côté de Léon qui parle toujours autant. Mme Lebel s'approche de lui et rappelle :

– Vous passerez à mon bureau après le dîner, monsieur Mallorie !

Elle s'éloigne de son pas rapide, hautaine dans cette assemblée de vieux redevenus des enfants.

Cyprien dit à Léon :

– Elle commence à m'agacer, celle-là ! C'est moi qui toucherai ma retraite ! Il n'y a pas de raison que ce soit autrement !

– Là, mon vieux, tu te trompes !

La soupe de légumes écrasés est excellente. Cyprien, qui aime faire *chabrol,* demande :

– Et le pinard ?

– Tu as droit à un petit quart. Comme tout le monde n'en prend pas, il faut que tu ailles le chercher sur cette table près des cuisines. Et fais attention de ne pas en prendre deux quarts, Maurice, le cuistot, surveille et il a mauvais caractère !

– Qu'est-ce que c'est que cette histoire ? Voilà qu'on me rationne le vin, maintenant !

Il va chercher sa carafe, très mal à l'aise debout entre ces gens qui le dévisagent. Au milieu de ces têtes blanches, de ces hommes aux peaux qui pendent, de ces femmes qui parlent fort, il pense aux yeux noirs du gamin, à ses joues lisses comme des pommes. Sûr qu'Adèle a dû lui confisquer son harmonica !

A la fin du repas, Mme Lebel vient le chercher. Elle le précède dans le couloir de son pas sec. Au bureau, elle ouvre un dossier et tend à Cyprien une feuille qui était prête à l'avance :

– Je vous explique, dit-elle. Ici, il n'y a que des personnes âgées... Vous êtes bien aujourd'hui, et demain vous pouvez être malade... Pourtant, il faut bien que je fasse fonctionner la maison, et pour ça il me faut de l'argent. Je sais que votre retraite n'est pas très élevée ; les paysans sont mieux lotis que les artisans. Je me suis arrangée avec votre fils, il me versera ce qui manque. Pourtant, il faut que vous me signiez cette feuille pour la banque.

Cyprien baisse les yeux. Ce regard inquisiteur le gêne. Il a l'impression d'être un tout petit enfant dans le bureau du surveillant.

– Mais ma retraite, je peux la toucher moi, et vous payer après. Vous avez pas besoin de réclamer quoi que ce soit à mon fils. J'ai de quoi me nourrir ! Ça serait bien le diable si après toute une vie de travail...

– Vous ne comprenez pas, monsieur Mallorie. Si demain vous êtes incapable de signer votre chèque et que cela dure des mois, tout l'argent est bloqué sur votre compte, alors comment je fais ?

– Je sais pas ! dit Cyprien, agacé. Mais je signe rien du tout !

Mme Lebel pince ses lèvres fines d'un rouge très vif :

– Monsieur Mallorie, ne trouvez-vous pas que vous en faites trop ? Tout d'abord nous vous avons gardé votre chambre pendant plus de quinze jours, et maintenant vous refusez de signer ! C'est un comble !

– Vous n'aurez aucune signature de moi !

Il se lève et s'en va.

– Bon, je vais avertir votre fils !

– Avertissez le pape si vous voulez !

Cyprien revient à sa chambre et veut fermer sa porte, mais il n'y a pas de clef, pas plus qu'à l'armoire.

– Demain, je vais acheter des cadenas ! On n'est pas dans une caserne, ici !

Il ne réussit pas à s'endormir. L'air sec lui dessèche la gorge. Il a fermé le radiateur sous la fenêtre, mais la chaleur vient du plancher, du couloir, de partout. Et cette couverture est trop fine : il aime, au contraire, dans une chambre sans chauffage, sentir sur lui le poids de son gros édredon. Les pas dans le couloir, les chuchotements, l'eau qui gargouille dans les tuyaux du radiateur, tous ces bruits dont il n'a pas l'habitude résonnent dans sa tête. Par moments, les cris de la vieille Charias transpercent la nuit comme des lames. Cyprien n'arrive pas à faire le vide de ses pensées. Vers deux heures du matin, fatigué de se tourner dans tous les sens, il allume et s'assoit sur son lit.

– Je vais aller fumer une cigarette dans le parc. L'air frais me fera du bien, et après je pourrai peut-être dormir.

Cyprien s'habille lentement en poussant les pans de sa chemise dans son pantalon. La lumière est crue sur ces murs blancs, aveuglante. Une fois prêt, il ajuste sa casquette, vérifie que son briquet est bien dans sa poche droite avec son couteau.

– Si le gosse me voyait, en train de me pomponner pour aller faire un tour dehors, il rigolerait un bon coup!

Le couloir est désert. Il retient ses pieds pour ne pas faire de bruit. Des ronflements viennent des chambres voisines. L'air est vicié par une odeur de draps froissés et de sueur chaude. Des petites veilleuses au plafond diffusent une lumière suffisante pour se diriger.

Cyprien descend l'escalier, traverse le grand hall désert. La porte vitrée est fermée à clef. Un homme en blouse bleue arrive de l'aile Saint-Pierre, une lampe électrique à la main.

– Qu'est-ce que vous cherchez?

– Je vais faire un tour dans le parc. Je peux pas dormir!

– Personne ne va faire un tour dans le parc ! On ne sort pas à cette heure !

Cyprien sent la colère monter en lui. Il fronce les sourcils et se plante devant le gardien de nuit qui le dépasse d'une tête et dit en haussant le ton :

– Eh bien, moi je veux sortir ! Ce n'est pas une prison, ici, non ?

Le veilleur de nuit se fait conciliant. Il a l'habitude des vieux qu'il faut raisonner comme des enfants. Mme Lebel insiste assez sur ce côté humain que tous les employés doivent adopter avec les pensionnaires.

– Comprenez que c'est pas possible ! Si vous aviez un malaise au fond du parc, hein ? Qu'est-ce qu'on ferait ?

– Un malaise ! Et quoi plus ? Faut que je sorte !

– Si vous pouvez pas dormir, je vais vous envoyer Mme Branchon... Elle va vous donner un cachet !

– J'ai pas besoin de votre cachet !

Cyprien n'insiste pas et retourne en bougonnant dans sa chambre. A l'envie de fumer s'ajoute le goût du défi :

– Eh bien, je vais la fumer ici, ma cigarette ! Et gare si la grenouille me dit quelque chose !

Les premières bouffées lui procurent un plaisir infini, celui de l'enfant qui désobéit. Des pas se rapprochent ; la porte s'ouvre. C'est l'infirmière, une grosse femme aux cheveux blancs et aux yeux noirs comme du charbon. Elle voit la cigarette et fronce les sourcils :

– Vous savez pas que c'est interdit de fumer dans les chambres ? Si Mme Lebel voit ça, elle va se mettre en colère Comme vous êtes nouveau, je ne dirai rien, mais gare! Paraît que vous ne pouvez pas dormir? Buvez ça!

– C'est quoi, cette mixture?

– C'est votre médicament que vous avez oublié de prendre! Et puis, ça va vous aider à dormir!

– Vous voulez me droguer, hein?

– Mais non, c'est pour votre poitrine! Et puis, j'ai mis un cachet d'aspirine!

– Ah bon!

Il boit d'une seule gorgée ce liquide qui a l'apparence de l'eau, mais dont l'aigreur lui pique la gorge. Mme Branchon bâille:

– Maintenant vous allez éteindre cette cigarette et vous mettre sagement au lit. Vous voulez que je vous aide à vous déshabiller?

– Je suis assez grand! Foutez-moi la paix!

L'infirmière s'en va et ferme la porte. Cyprien pense à Rainette et au gamin qui n'a pas voulu lui dire au revoir.

– C'est que je suis son seul copain!

Au bout de quelques minutes, il se sent mou, sans force. Ses yeux se ferment; sa tête roule sur son épaule!

– Voilà que je m'endors debout, maintenant! Qu'est-ce qu'elle m'a fait avaler, la grosse?

Il se met au lit; ses gestes sont lents. Il s'endort en oubliant d'éteindre la lumière, sombre dans un sommeil sans rêve.

Lorsqu'il se réveille, le jour est levé depuis longtemps. Il jette un coup d'œil à sa montre de gousset posée sur la table de nuit. Comment est-ce possible ? Lui, qui toute sa vie s'est réveillé à six heures du matin, vient de dormir jusqu'à midi, d'un sommeil épais, désagréable. Sa tête lui fait mal. Le sang bat à ses tempes.

– Je te parie qu'elle m'a drogué !

Comme il l'avait prévu, le froid est revenu. La campagne étincelle de givre que le soleil allume. Les arbres flambent, l'herbe est parsemée de brisures de verre. Pas un souffle de vent ne fait bouger le jeune sapin.

– Les pièges, ça marcherait pas ce matin, parce que le gel garde les odeurs, et les merles, c'est plus malin que ça en a l'air. Le gosse n'y aura pas pensé, je parie ! Mais il peut en attraper avec des lacets de crin au milieu des pommes du verger. Du fil de pêche invisible et bien solide. Tu fais un nœud coulant et tu le poses entre les pommes. L'oiseau s'y prend une patte et le voilà attaché ! Tu n'as qu'à le cueillir !

Il s'habille lentement et, comme tous les matins, tâte ses poches. Son couteau et son briquet ont disparu. Cette constatation le laisse sans voix. Il regarde, hébété, le sapin brillant comme une hermine.

– Nom de Dieu ! Je les ai laissés où ?

Il réfléchit à ce qu'il a fait cette nuit :

– Je les avais quand l'autre m'a fait retourner. Ils sont peut-être tombés sous le lit.

Cyprien regarde sous le lit, sous l'armoire, derrière la corbeille à papier, rien.

Cela le tracasse. Le briquet est un cadeau de

Marthe, pas de la Marthe qui divorce sur un coup de tête, non, de l'autre, celle qui était une petite fille capricieuse qu'il aimait. Et le couteau, c'est un Laguiole qu'il avait acheté à une foire juste avant la guerre. Jamais, depuis, il n'en a trouvé d'aussi bon : un petit coup de pierre bien fine, et tu pouvais te raser !

Il sort, les membres lourds. Blavet et Noux qui reviennent du parc le voient serrer les poings. Léon lui tape sur l'épaule :

– Alors, on pouvait pas se lever, ce matin !

– Ils m'ont drogué, les vaches ! Et ils m'ont pris mon briquet et mon couteau !

Léon éclate de rire :

– Mais, couillon, faut lire le règlement. Tu n'as pas le droit d'avoir de feu ni de couteau dans ta chambre. Comme tu peux pas y fumer, ton briquet te servira à rien, et pour le couteau tu en as un à côté de ton assiette pour manger.

– Mais c'est mon briquet et mon couteau ! Je m'en fous de ton règlement !

Léon lui tape sur l'épaule :

– Écoute, c'est pas bien grave ! Si on n'avait que ça comme soucis sur la terre, qu'est-ce qu'on serait tranquille !

– Mais moi, j'ai que ça ! dit Cyprien en s'éloignant.

Il traverse le réfectoire où des femmes qui mettent le couvert le dévisagent et lui sourient. L'une d'elles s'approche de lui :

– Toi, je te connais...

– Peut-être! Pas moi.

– Je te connais! insiste la vieille femme avec un air absent et le retenant par la manche.

– Adrienne, laissez cet homme! dit une autre femme.

Adrienne obéit et revient vers la fenêtre. Son regard qui ne s'arrête pas sur les objets semble tourné vers un monde intérieur qu'elle seule peut voir. Cyprien traverse le hall encombré de pensionnaires qui bavardent en regardant dehors. Les frères Minguet se donnent la main, assis à l'écart. La porte du bureau est ouverte. Mme Lebel lève ses gros yeux vers lui.

– Bonjour, monsieur Mallorie. Vous voilà devenu sage! Enfin vous vous décidez à signer!

– Je signe rien du tout! dit Cyprien de sa voix forte. Je suis pas en prison, ici. Il faut me rendre mon briquet et mon couteau.

– Je ne vois pas de quoi vous voulez parler, monsieur Mallorie. Vous connaissez le règlement...

– Je connais rien du tout. Il me faut mon briquet et mon couteau!

– Vos effets personnels sont en bonne place et ne seront pas perdus, je vous le garantis! Vous pourrez les prendre quand vous sortirez, mais pas les garder dans votre chambre.

– Il faut me les rendre! Vous comprenez? hurle Cyprien en frappant du poing sur le rebord du bureau.

Mme Lebel dit d'une voix calme:

– Monsieur Mallorie, j'ai eu beaucoup de

patience avec vous. Vous comprendrez que ça ne peut pas durer. Supposez que les cent pensionnaires de cette maison fassent comme vous!

Un homme d'une trentaine d'années avec une belle moustache noire entre dans le bureau. C'est un colosse au regard d'un bleu froid. Cyprien l'a vu tout à l'heure en train de changer un néon dans le réfectoire.

– Je me moque des autres! dit Cyprien.

– Monsieur Mallorie, il vous faut être plus raisonnable, sinon nous allons nous disputer! Je vais avertir votre fils.

– Mais avertissez le préfet si vous voulez! Je veux simplement mon couteau et mon briquet!

– Il n'en est pas question!

Cyprien voit rouge, signe chez lui d'un accès de colère incontrôlable :

– C'est vous qui me les avez volés! dit-il en tendant l'index vers Mme Lebel. Parce que votre grosse infirmière m'a drogué aussi!

D'un geste violent, il fauche les dossiers qui se trouvent devant lui, sur le coin du bureau. Mme Lebel tourne la tête vers l'homme à la moustache, toujours appuyé au mur, les mains au fond des poches de sa blouse bleue.

– Robert, ramenez M. Mallorie dans sa chambre et dites à Mme Branchon de passer me voir.

Robert s'approche de Cyprien et lui prend fermement le bras.

– Je suis assez grand pour marcher seul!

L'autre le tire vers le couloir, Cyprien veut se

dégager, mais au premier effort la terrible douleur de sa poitrine le paralyse. Robert, qui a l'habitude, l'entraîne dans le réfectoire. Le vieux crie, se débat, frappe l'homme de ses poings noueux et sans force. Les femmes se sont arrêtées de mettre le couvert et le regardent avec curiosité. Robert pose Cyprien sur son lit, comme un paquet, puis s'en va. Le vieil homme est au fond du désespoir. Quelle idée a-t-il eue de venir dans cette prison ? La grosse Mme Branchon arrive avec un plateau et des fioles. Robert est avec elle.

– Monsieur Mallorie, je vais vous faire une piqûre. Baissez votre pantalon, je vous prie.

– Jamais de la vie!

Robert est immense dans cette petite pièce. Il ne dit rien, mais, à un signe de la femme, s'approche de Cyprien.

– Faut obéir! dit-il.

– Non! Jamais!

Il le renverse sur le lit comme il le ferait d'une botte de paille. Cyprien hurle, se débat de nouveau, fait tournoyer ses poings. L'autre pèse sur lui de son poids énorme, lui ouvre le pantalon qu'il baisse, comble de l'humiliation. L'infirmière remplit sa seringue d'un liquide qui ressemble à de l'eau. L'aiguille s'enfonce dans le gras de la fesse et le liquide brûlant pénètre dans la chair de Cyprien. Son esprit est noir : il n'est plus un homme, plus rien qu'une chose qu'on déplace à sa guise. Il voudrait mourir.

– Voilà, dit l'infirmière, vous allez être sage maintenant!

Derrière la fenêtre, le sapin ne bouge pas, le vent a dû s'en aller très loin de ce parc où tout obéit à Mme Lebel. Pauline Charias pousse son cri aigu. Tandis que les mots et les souvenirs se brouillent dans sa tête, Cyprien pense à Élise qui est morte à l'hôpital, seule, comme lui. Des larmes roulent sur ses joues maigres, un sanglot lui soulève la poitrine. Il n'avait pas pleuré depuis plus de cinquante ans...

22

Marthe embrasse ses deux filles, remonte leur couverture sur l'épaule et éteint la lumière. Elle tire doucement la porte de la chambre, descend. Georges fait la vaisselle dans la cuisine. Il n'a pas dit un mot de tout le repas. Marthe lui prend le torchon des mains :

– Je peux le faire ! dit-elle.

Il ne répond pas, va chercher l'autre torchon qui était mis à sécher sur le radiateur. Quand c'est fini, il passe l'éponge sur la table, ramasse les miettes dans sa main, va chercher le balai. Marthe le laisse faire et passe au salon. Enfin, Georges éteint dans la cuisine, s'installe sur le canapé devant la télévision, en face de Marthe qu'il ne regarde pas. La jeune femme baisse les yeux ; elle regrette d'être là. C'est pour Marie et Agnès qu'elle est revenue, pas pour Georges. Comment a-t-elle pu coucher avec lui, dormir dans son odeur ? Un frisson de répulsion la parcourt.

Le bruit de la télévision l'agace. Elle monte à l'étage en retenant ses pieds dans l'escalier pour ne pas réveiller les filles, entre dans la chambre où elle a dormi avec Georges pendant douze ans. La pièce n'a pas été aérée depuis plusieurs jours. L'envie de vomir lui soulève l'estomac. Comment ceci a-t-il pu arriver aussi brutalement ? Comme une fièvre, elle portait ce dégoût en elle depuis longtemps, depuis son mariage peut-être ; à la première occasion, il est devenu si fort que rien n'a pu lui résister, pas même le regard angélique de deux jumelles blondes.

Marthe passe dans la chambre voisine qui sert surtout de débarras, ferme la porte et s'enroule dans une couverture. Elle reste longtemps ainsi, les yeux grands ouverts sur la nuit, à guetter les bruits de sa maison qui lui sont devenus étrangers en quelques jours. En bas, Georges éteint la télévision. Son pas fait craquer l'escalier de bois. Marthe l'entend entrer dans sa chambre où le lit grince quand il s'allonge.

Elle s'assoupit, mais ne s'endort pas vraiment. Dans les jours prochains, elle va chercher un petit appartement à Brive et du travail. Elle a un diplôme de secrétariat ; mais, sans aucune expérience professionnelle, qui voudra d'une femme de trente-six ans qui ne sait rien faire ?

Vers sept heures, Georges se lève, passe directement dans la salle de bains. Le bruit de la douche crépite. Marthe se dresse, la tête lourde, allume. Dehors, la rue s'anime, des voitures passent devant le portail. Georges est descendu dans la cuisine où il prépare son petit déjeuner. Au bout d'un moment, il remonte, ouvre la porte des filles :

– Debout, les demoiselles ! dit-il d'une voix grave.

Marthe attend qu'il soit parti pour aller embrasser

Agnès et Marie. Une clef tourne dans la porte d'entrée; c'est Mme Bussière qui vient s'occuper des enfants. Georges lui parle à voix basse, puis prend son manteau et sort. Sa voiture manœuvre dans la cour.

– Mamie! crie Marie. Tu n'as plus besoin de nous garder! Maman est revenue puisque notre grand-père va mieux!

Mme Bussière est grande et osseuse, comme Georges. Très brune, la peau de son visage est piquée de grains de beauté. Elle a les lèvres fines, et parle à la manière de son fils, d'un ton sec qui n'admet pas de réplique. Quand elle aperçoit Marthe, elle dit :

– Ah! Vous revoilà, vous!

– Mon père n'a plus besoin de moi! dit Marthe. Il est entré à la maison de retraite de Noyac.

– Dépêchez-vous, les filles! crie la grand-mère. Je vais préparer votre petit déjeuner.

– Je peux le faire! dit Marthe en descendant l'escalier.

Elle n'a jamais aimé sa belle-mère, autoritaire et distante. Les Bussière ont un magasin de chaussures dans le centre de Brive et ont souvent dit que Marthe n'était pas un assez bon parti pour leur fils unique : une fille de menuisier sans situation! Georges pouvait espérer beaucoup mieux.

Marthe dispose deux bols sur la table et fait griller des tranches de pain. Les filles, heureuses du retour de leur mère, jouent dans la chambre. La voix tranchante de Mme Bussière les ramène au calme. Marthe a l'impression d'évoluer dans un rêve, où les gens et les objets n'ont pas de consistance. Quelques jours d'absence ont suffi à effacer un passé dont elle ne conserve que l'ennui. La voilà indifférente à ce qui se passe ici. Noël est dans six jours ; elle va rester jusque-là, s'occuper de ses filles ; après, elle repartira. Tout son être est désormais tourné vers un ailleurs, une autre vie.

Ce matin, Mme Lebel a appelé Laurent à son bureau :

– Votre père me cause beaucoup de soucis. Il s'est mis dans la tête de refuser de signer une procuration pour sa retraite.

Cette nouvelle rassure Laurent : Cyprien est toujours le père Culotte, celui qui se met en colère et qui est têtu comme la pire des mules.

– Ce n'est pas un problème, madame Lebel. Laissez-lui sa pension qui est d'ailleurs bien insuffisante. Je vais vous envoyer un pouvoir pour prélever directement sur un de mes comptes chaque début de mois le montant de sa pension.

Mme Lebel sourit derrière ses grosses lunettes : équilibrer le budget d'une maison de retraite est la principale difficulté à laquelle elle se heurte depuis le début de sa carrière.

Laurent ose enfin poser la question qui lui brûle la langue :

– Il n'est pas trop difficile ? Car enfin, il n'a jamais été tellement sociable...

– Ne vous en faites pas, monsieur Mallorie, nous avons l'habitude...

Cette dernière phrase tracasse Laurent une partie

de l'après-midi. Qu'a voulu dire Mme Lebel ? Quelle pratique cela cache-t-il ? Alors, il se décide : si dans les trois jours son père n'a pas fait quelque esclandre, il ira le voir.

En sortant de son bureau, il constate que le vent vient de nouveau de tourner à l'ouest. Cette manie de regarder les nuages lui reste de son enfance, Cyprien lui avait enseigné cette habitude paysanne. Et là, en ouvrant la portière de sa voiture, il sait que le froid sec de ces derniers jours va céder la place à de la brume. Encore cette année, Noël ne sera pas blanc!

Il s'assoit au volant de sa Mercedes et s'en va. Sa maison se trouve à l'Aiguille, sur une hauteur qui domine la Vienne avec un superbe panorama dont il ne profite pas.

En arrivant dans la cour, il s'étonne de voir une petite Peugeot garée sous le tilleul. Il pousse la lourde porte de cette grande maison construite au siècle dernier par un riche fabricant de porcelaine.

– Salut, papa!

Une fille très brune, aux cheveux courts, avec les petits yeux brillants de Cyprien, lui saute au cou et l'embrasse. Un jeune homme se lève et lui sourit, visiblement gêné. Huguette n'a pas bougé de son fauteuil.

– Caro! Mais qu'est-ce que tu fais là ?

– C'est les vacances de Noël, papa!

Elle se tourne vers le jeune homme :

– Je te présente Nicolas. C'est mon copain!

– Ton copain ?

– Oui, nous sommes ensemble depuis trois mois!

– Pardon ? Tu veux dire que...

Laurent fronce les sourcils et dévisage d'une manière désobligeante Nicolas, qui est plus grand que lui, très maigre, et porte un superbe collier de barbe noire. Gêné, le jeune homme se dandine d'un pied sur l'autre. Lui ne voulait pas venir, c'est Caro qui a insisté.

– Écoute, Laurent, dit Huguette qui voit le visage de son mari se durcir, ne dis pas n'importe quoi ! Caro a vingt-deux ans. Elle est libre de vivre avec qui elle veut...

– Nicolas, continue Caro qui ne sait pas rester en place, est luthier, spécialisé dans la restauration des instruments anciens. Nous allons nous installer au printemps !

– Je te sers un whisky ? demande Huguette à son mari qui n'a toujours pas ouvert la bouche.

Nicolas est debout devant Laurent, sombre. Caro se place à côté de lui :

– Mon petit papa, c'est comme ça ! Il fallait bien que ça arrive un jour...

Laurent prend le verre de whisky que lui tend sa femme.

– Viens t'asseoir ! dit-elle d'une voix douce.

Elle l'entraîne jusqu'au canapé. Caro pousse Nicolas sur le fauteuil.

– Papa, cesse de faire cette tête ! dit Caro. Tu es laid et vieux !

Elle s'est accroupie sur le tapis à côté de la table basse. Caro remue tout le temps et n'aime pas s'asseoir sur un siège.

Laurent regarde Nicolas et dit d'un ton froid :

– Donc, jeune homme, vous êtes luthier ? Un superbe métier qui ne doit pas rapporter grand-chose !

– C'est un métier d'art ! répond Nicolas d'une voix mal assurée. J'ai fait l'école de Mirecourt, comme Caro, puis j'ai travaillé trois ans chez Vatelot. Je songe à m'installer !

– A Paris ?

– Non. En province. La lutherie demande le calme. Nous allons chercher une maison dans une région où il y a des oiseaux. J'aime beaucoup les oiseaux !

– Mais vous serez loin de tout...

– Cela n'a pas d'importance pour ce genre de métier.

Caro est allée à la cuisine où l'on entend déplacer une chaise. Elle revient, s'accroupit à côté de Nicolas et regarde son père de ses petits yeux sombres, pleins de lumière.

Huguette annonce qu'elle a réservé une table au restaurant du Pont, et qu'il serait temps de se préparer. Nicolas, qui en fait trop pour plaire à Laurent, parle avec feu de son métier, des superbes instruments malmenés par de mauvais musiciens, et des violons de prix qui dorment dans les greniers.

– Un Stradivarius que l'on trouve dans un vieux coffre, c'est encore possible ? demande Laurent.

– Cela arrive tous les jours, mais ce sont des faux ! Savez-vous que les instruments de l'époque de Stradivarius n'ont pas le même manche que les violons modernes ? Tout simplement parce que le *la* de l'époque était plus haut. On a donc été obligé de changer les manches en conservant la volute et le cordier.

C'est un travail extrêmement délicat, surtout lorsqu'on opère un Amati, un Garnerius del Jesus...

Laurent n'écoute pas. Sa surprise passée, il se dit que Nicolas et Caro ne resteront pas longtemps ensemble. C'est un rêveur, un artiste. A Caro, il faut un conquérant, un bagarreur. Cela le rassure.

– Et Cyprien, comment va-t-il ? demande Caro.

C'est la question que se pose aussi Laurent. Que fait-il, ce vieux père, à cette heure où lui se prépare à aller au restaurant passer une agréable soirée ?

– Il est à la maison de retraite de Noyac.

– Et ses attaques, c'est fini ?

– Il en a eu trois. Maintenant, il est suivi sérieusement et ça devrait aller.

– A la maison de retraite ? fait Caro en ramassant les verres. Eh bien, ils ont pas fini de l'entendre ! J'irai le voir avant de repartir.

– Et c'est quand, ce départ ?

– Ah, tu ne vas pas nous gâcher la soirée ! dit Huguette. Ils sont là ce soir et on en profite !

Elle a employé un pluriel au lieu de nommer seulement sa fille, ce qui déplaît à Laurent. Ce soir au restaurant, il boira beaucoup ; il s'engourdira les pensées avec du vin et du whisky et, pour rentrer, c'est Huguette qui devra conduire. Demain, la tête lourde, il ira à son bureau. Me Fromel l'appellera vers dix heures, comme tous les matins, pour savoir si tout va bien. Une journée ordinaire commencera...

23

Midi sonne au petit carillon pendu à l'entrée du réfectoire dans la maison de retraite de Noyac. Le froid de ces derniers jours a cédé la place à l'humidité. Le parc s'enlise dans la tristesse d'un temps qui n'est même pas de saison. Le regard qui se promène sur ces arbres noirs, sur cette pelouse gorgée d'eau, a envie de blancheur, de neige qui redonne au jour sa lumière. Un Noël gris est quelconque, les images naïves d'enfant ont raison de montrer des toits blancs, des chemins où s'impriment des pas qui se perdent au loin, des oiseaux frileux sur des branches basses poudrées de cristaux brillants.

Cyrien est assis sur son lit. C'est là qu'il passe la plus grande partie de ses journées. Absent. Il regarde, sans le voir, le sapin derrière sa fenêtre. Les mains posées sur ses genoux, il reste ainsi des heures, la casquette sur les yeux. Il ne réclame plus son briquet ni son couteau, Cyprien ne réclame jamais rien. Aucun pensionnaire n'est plus sage que lui, et Mme Lebel ne manque pas de le féliciter devant tout le monde, de le citer en exemple. Si elle en avait, elle lui donnerait un bon point. Quand Cyprien allait à l'école, il en fallait dix pour avoir une image, le comble du bonheur!

Des pensées sans suite défilent dans sa tête. Un voile le coupe de la réalité, comme une épaisse buée persistant devant ses yeux. Ses membres sont mous, insensibles; il doit faire un gros effort pour marcher jusqu'au réfectoire. Son esprit est plein d'une immense lassitude; il n'a envie de rien. La mort grandit au fond de son cœur et le dévore jour après jour. Il ne pense à rien, même pas à Élise. Son souvenir a disparu dans le flou de sa mémoire. Il sait seulement qu'Élise avait toutes les qualités et ce nom lui met de la tendresse au ventre. Il sait aussi qu'une autre femme a compté pour lui, beaucoup plus tard, mais son souvenir aussi est parti en miettes, égrené au vent de l'oubli.

Et ses deux enfants? Certains jours, Cyprien ne saurait dire dans quelles villes ils habitent. Sa mémoire ne fonctionne que par bribes. Il pense pourtant à Caro, à son petit visage rond, ses cheveux noirs lisses et courts, ses yeux qui brillent...

La force de la colère l'a quitté. Le divorce de Marthe qu'il a renvoyée avec son fusil le laisse indifférent. Il ne reste dans cette carcasse vide, identique à celle du grillon de cheminée, qu'un vieux Cyprien Mallorie, incapable de faire un pas sans trembler et qui dit oui à tout le monde. Même sa douleur de poitrine est partie. Il ne sent rien de ce qui fait la vie, pas plus de joie que de peine; il se laisse aller comme un morceau de bois dans le courant. Tout l'indiffère, même s'il sait vaguement que cet état vient des minuscules comprimés qu'on lui fait prendre matin et soir.

Parfois, confusément, il croit entendre comme un bavardage d'enfant à côté de lui. L'idée qu'Olivier est finalement parti chez sa mère pour Noël lui met un léger sourire aux lèvres. Sacré gamin! Sa tête ronde, ses cheveux noirs qui s'ouvrent au vent en ailes de corbeau réveillent en Cyprien comme un regret, une envie de neige qui lui reposerait les yeux.

Il est midi. Léon entre dans la chambre. Il n'a pas son habituel béret et ses cheveux blancs mal peignés partent en épis secs au-dessus de sa tête.

– Alors, Cyprien, tu viens manger?

– Je viens!

Cyprien doit s'appuyer sur la table de nuit pour se mettre debout. Il avance en traînant ses pantoufles vers la porte que Léon referme. Dans le couloir, des groupes de pensionnaires se dirigent vers le réfectoire en bavardant. Là se retrouve, comme aux premières années de l'école, une génération du pays. Ils sont désormais frères et sœurs dans ces couloirs froids où la moindre parole résonne comme dans un tunnel. C'est ici que la mort les prendra, ces potaches de la dernière heure. Ils font chaque jour l'apprentissage de la déchéance et les plus valides soutiennent les vieillards incapables de marcher seuls. Pourtant, ils sourient: pourquoi ne pas profiter des derniers rayons de soleil? Le bonheur de respirer suffit quand on a perdu tout le reste! Cet après-midi, Léon Blavet va jouer aux cartes. S'il fait beau, il ira se promener dans le parc ou au village. A son âge, un rien satisfait.

A table, Cyprien s'assoit entre Blavet et Ménard. Des femmes apportent l'entrée. Maurice, le chef cuisinier, dirige le service en maître absolu qui connaît son affaire. Mme Lebel est très satisfaite de lui.

– Tu devrais demander à l'infirmière de te donner des médicaments moins forts! dit Léon à Cyprien. On dirait que tu dors tout le temps. Tu voudras que je lui en parle pour toi?

Cyprien, d'une main tremblante, se sert de carottes râpées. Il pose la cuiller d'un geste lent et imprécis.

– Paraît que j'ai les nerfs malades! dit-il.

– Peut-être, mais il faut qu'ils te trouvent un autre traitement! Tu peux même plus jouer aux cartes!

– J'aime pas jouer aux cartes. J'ai jamais aimé ça et c'est pas maintenant que je vais m'y mettre.

– Toi, tu as toujours eu un caractère à part! Faut bien passer le temps, non?

Passer le temps! Comme si c'était la hantise de ces vieillards. L'oublier pour arriver plus vite à l'ultime moment, voilà le souci des pensionnaires de Mme Lebel!

Cyprien mange avec application, sans parler, les yeux baissés. Les autres ne s'occupent pas de lui : il est bougon et peu sociable. Après le dessert, il se retire dans sa chambre. Seul, la casquette sur les yeux, il s'assoit sur le rebord du lit et regarde le sapin.

Le pas sec de Mme Lebel se rapproche dans le couloir.

– Monsieur Mallorie, j'ai de la visite pour vous! Devinez qui ?

Cyprien tourne lentement la tête, pousse sa casquette.

– Eh bien, Cyprien, on se laisse aller ? dit une voix jeune et gaie.

C'est Caro qui passe devant Mme Lebel et vient embrasser son grand-père sur les deux joues. Caro, sa petite fille qui aimait le bois, qui savait le toucher avec ses petites mains d'enfant.

– Vous savez, dit Mme Lebel en baissant le ton, son traitement pour son angine de poitrine le fatigue un peu. Mais tout ça va s'arranger, n'est-ce pas, monsieur Mallorie ?

Nicolas entre à son tour. Cyprien remarque d'emblée son beau sourire, ses dents très blanches au milieu de sa barbe fournie, luisante comme une toison de bête. Mme Lebel se dirige vers la porte :

– Je vous le laisse pour l'après-midi!

Debout à côté de l'armoire, Nicolas semble démesuré.

– Cyprien, dit Caro, je te présente Nicolas, Nico pour nous. C'est mon copain. Il est luthier!

– Luthier ?

– Oui, il fabrique des violons!

– En voilà une idée!

Cyprien parle d'une voix blanche, monocorde, sans aucune émotion. De nouveau, il baisse la tête, les mains posées sur ses genoux. Caro va de Nicolas à lui, s'assoit sur le lit, se lève, regarde à la fenêtre...

– C'est pas trop mal chez toi ; mais dis, tu n'es pas bien en forme ?

– C'est leurs drogues qui me fatiguent !

– Faut le dire au médecin ! Il te trouvera autre chose ! Bon, tu sais ce qu'on va faire ? Eh bien, Nico et moi, on va t'emmener à la Neuville, dans ta maison !

– Il va y faire froid et vous avez pas l'habitude !

– On allumera du feu ! Et toi, ça va te changer les idées !

– Oui, ça va me changer les idées ! dit-il sans conviction.

Caro prend le bras de son grand-père qui se dresse lentement. Elle l'aide à marcher jusqu'à l'armoire.

– Il faut ta canadienne, Cyprien. C'est que tu attraperais du mal avec ce temps humide.

Il se laisse habiller comme un enfant. Caro l'entraîne dans le couloir. Nicolas marche à côté. Cyprien a remarqué qu'il a de belles mains d'homme, assez robustes, mais fines, des doigts aplatis au bout. Il se dit que c'est dommage d'avoir de si belles mains pour fabriquer des violons qui ne servent à rien. Pourquoi ne fabriqueraient-elles pas des beaux meubles, ces mains-là, des tables, des chaises, des commodes incrustées de marqueterie ?

Ils traversent le hall où des pensionnaires les dévisagent. Nicolas tient la porte à Cyprien qui, soutenu par Caro, descend lentement les marches. C'est la première fois qu'il sort depuis une semaine. L'air humide le surprend, il frémit. Nicolas l'aide à s'asseoir dans la voiture.

– C'est Caro qui va conduire! dit-il d'une voix que Cyprien aime tout de suite, une voix douce et en même temps sûre et chaude.

Cyprien s'est toujours fié à des détails semblables pour aimer ou haïr les gens. Une intonation qui lui convenait et il donnait sa confiance. Un geste mal assuré, un regard qui ne lui plaisaient pas et c'était irrémédiablement fini. Ces jugements sommaires lui ont valu pas mal d'ennuis.

Nicolas se plie sur la banquette arrière et cherche à loger ses grandes jambes. Caro manœuvre devant le bâtiment et la voiture s'en va vers la Neuville. Cyprien regarde défiler les arbres et les maisons de cette campagne qu'il a parcourue toute sa vie. Ses pensées reprennent forme. Au bout de cette route se trouve sa maison, la grande cheminée où il fait bon se rôtir la figure, assis sur le banc de bois. Et Olivier? Est-il revenu de chez sa mère? Mais non, il n'y est pas allé...

Voilà la côte de Vimbelle et les noyers de la Neuville, la maison aux volets clos de Camille, celle de Jules, l'atelier. Rien n'a changé pendant cette longue absence. Le tas de bois d'Auguste couvert d'une bâche en plastique est toujours au même endroit, contre le pignon de sa grange. La voiture s'arrête. Nicolas descend le premier.

– Faut demander la clef à l'Adèle! dit Cyprien. J'ai oublié la mienne dans le tiroir de ma table de nuit.

Nicolas ouvre la portière. Caro est descendue de voiture et dit à Cyprien :

– On y va avec Nico! Attends-nous deux minutes!

Ils partent dans la route en se donnant la main. Caro dit :

– Je trouve qu'ils le droguent un peu trop, mon vieux grand-père, ou alors il est drôlement diminué. Cyprien, c'est pas le genre mou!

– Peut-être n'ont-ils pas encore réussi à doser son traitement...

– Non, je connais l'oiseau! reprend Caro. Je suis presque sûre qu'il a fait des siennes au début et qu'ils lui ont donné ce qu'il faut pour le calmer. La directrice ne m'inspire pas confiance. Et tu sais que ma première impression est presque toujours la bonne! Faut que j'en parle à papa!

Adèle s'étonne de voir Caro et lui demande des nouvelles de son grand-père. Elle salue Nicolas avec distance et dit qu'elle montera dans l'après-midi. De retour à la maison, Caro enfonce la clef dans la serrure tandis que Nicolas aide Cyprien à sortir de la voiture :

– Tu as vu le gamin? demande le vieux de cette voix faible et monocorde si différente de sa voix habituelle.

– Non. J'ai vu Adèle qui repassait du linge. Elle viendra te dire bonjour dans un moment.

– Je te parie qu'il est descendu à l'étang pour attraper le brochet!

A l'intérieur de la maison, il fait froid. Cyprien s'assoit sur le banc près de la cheminée. Adèle a fait le ménage; les cendres de l'âtre ont été ramassées, les chaises sont bien rangées autour de la table. Au fond, la pendule luit de cette lumière figée que Cyprien n'aimait pas. Caro, qui est allée chercher du bois dans la remise, froisse du papier qu'elle glisse sous les bûches.

– C'est un tombeau ici ! dit-elle.

Les flammes font craquer le papier et montent au cœur du petit fagot de genêt qui s'embrase. Cyprien tend ses mains ; Nicolas déboutonne son blouson. Caro est allée chercher une casserole qu'elle remplit d'eau à l'évier.

– On va se faire du café. Alors Cyprien, tu es heureux de retrouver ta maison ?

Le vieux tend toujours ses mains tremblantes aux flammes :

– Il fait froid ! dit-il. Ces maisons inhabitées mettent trop de temps à se réchauffer !

Des pas rapides se rapprochent. La porte s'ouvre brutalement, tape contre le mur ; Olivier entre en courant.

– Salut, Cyprien !

L'enfant prend la main du vieux et la secoue très fort, puis, apercevant Caro et Nicolas, il a un geste de recul.

– Bonjour ! dit-il d'une voix timide.

Cyprien sourit, mais cette fois c'est un vrai sourire qui lui ride les joues et allume ses petits yeux. Il recule sa casquette en regardant Olivier qui n'ose pas bouger. Le voile s'est brisé un instant, son cœur bat plus vite et il respire à pleins poumons.

– Eh bien, le gamin, dit-il, toujours souriant, voilà que tu te transformes en statue ? C'est la Caro qui te fait tant d'impression ?

– Tu sais, Cyprien, dit Olivier sans quitter Caro et Nicolas des yeux, le gros brochet qu'on a manqué, je l'ai retrouvé.

– Tu vas pas me dire que tu l'as attrapé ? Tu n'es pas assez fort !

– Non, je l'ai retrouvé mort au bord de l'étang. Sûr que c'était lui, il avait encore ton hameçon planté dans la gueule.

– Et tu l'as mangé ?

– Non, mon grand-père a dit qu'il était peut-être sale !

Il se passe une main rapide dans les cheveux noirs et raides.

– Tu restes quelques jours, dis ? On va aller chasser les merles ! Moi j'y arrive pas ; pourtant, il y en a plein ton verger !

– T'es un maladroit, le gamin ! Je te montrerai, moi, comment on les attrape ! C'est pas difficile. Et cet harmonica ?

Caro s'est assise près de Nicolas qui s'amuse à tisonner. Elle lui a passé un bras autour du cou. Olivier regarde ce jeune couple avec de grands yeux étonnés.

– Ouais, je sais jouer « Au clair de la lune » et « A la claire fontaine ». C'est déjà pas mal !

Caro va verser le café dans les tasses.

– Cyprien, dit-elle, on te laisse cinq minutes pendant que le café refroidit ! Nico veut voir ton atelier.

– Tu sais, continue l'enfant, ma maman m'a envoyé un gros cadeau. Je vais le recevoir par le facteur, peut-être demain matin !

Il chantonne, prend les pincettes et pousse une bûche cassée.

– Et puis, mon papa m'a écrit une très longue lettre. Il viendra me voir à Pâques. Je vais avoir une deuxième maman. Il me dit qu'elle est très gentille, mais moi, je crois pas qu'elle soit plus gentille que ma vraie maman ! Tu le crois, toi, Cyprien ?

– Non, je le crois pas !

L'enfant baisse les yeux. Son regard s'assombrit. Ses lèvres s'allongent en une moue de dépit :

– Moi, je la veux pas, cette deuxième maman. Quand elle viendra, je prendrai mon lance-pierre et je lui tirerai dans les jambes !

Olivier fait quelques pas en direction de la table.

– Dis-moi, Cyprien, ta Caro, je la connaissais pas ; moi, elle me plaît beaucoup ! Et le monsieur qui est avec elle, c'est son mari ?

– Oui, c'est son mari.

Olivier s'est rapproché de la porte. Il appuie sur la poignée.

– Je voudrais bien que ce soit mon papa et ma maman ! dit-il en ouvrant la porte.

Comme s'il venait de dire une monstruosité dont il a honte, l'enfant s'en va chez lui en courant. Cyprien reste seul. Là, en face de ce feu, dans sa maison qui se réchauffe, il a envie de remuer, de secouer son vieux corps pour échapper à cette torpeur qui lui alourdit les pensées. Il se frotte les yeux. Dehors, la nuit tombe. L'obscurité noie la table et les chaises. Seul le balancier de la pendule luit encore d'un éclat doré.

Caro et Nicolas entrent et s'assoient. Caro, qui n'y voit rien, va appuyer sur le bouton de la lumière :

– Dis donc, il est chouette ton atelier. Je me souvenais pas qu'il y avait tant de place! dit-elle.

– C'est que, quand je travaillais, il y avait du bazar!

Puis, se tournant de nouveau vers le feu :

– Pour ce que j'en ferais... Il n'a pas besoin d'être bien grand. Vous avez vu des merles sous les pommiers ?

– Quelques-uns, dit Nicolas.

– C'est ma tante Marthe qui a gardé la maison et l'atelier, dit Caro à Nicolas, poursuivant une conversation qu'ils avaient commencée dans le verger. Mon père a eu une autre maison, à Saint-Augustin, qui venait de ma grand-mère Élise, mais il n'y porte jamais les pieds. D'ailleurs, elle est en train de tomber en ruine. Saint-Augustin, c'est pas mal non plus!

– Et pourquoi ton père n'a pas gardé la Neuville ?

– Faut te dire qu'entre lui et Cyprien, c'était pas toujours rose. Cyprien, tu le vois là complètement absent, mais, dans son état normal, il n'est pas facile à manœuvrer!

La nuit est complète. Le feu s'éteint lentement. Cyprien a pris sa position habituelle, la casquette sur les yeux, les mains posées sur les genoux.

– Va falloir que vous me rameniez! dit-il. On dîne à sept heures et il faudrait pas que je sois en retard!

24

Noël se passe dans la grisaille et l'humidité. La terre gonflée d'eau est molle, les collines sont ternes. A la maison de retraite de Noyac, comme les personnes âgées se couchent tôt, le réveillon est fixé à huit heures du soir. Tous les pensionnaires sont invités à se rendre au réfectoire à part quelques grabataires qui sont servis dans les chambres. Quand tout le monde est réuni, Mme Lebel, en robe noire, fait un petit discours dans lequel il est question de pauvres, de gens seuls en cette soirée consacrée à la famille. Quand elle a fini, le cuisinier sort de sa chambre froide des bouteilles de mousseux et des femmes les portent sur les tables. On apporte du foie gras, puis la dinde rôtie accompagnée de châtaignes. L'année dernière, pour son premier Noël à Noyac, Mme Lebel, qui vient de Bordeaux, avait acheté des huîtres, des crevettes, du crabe. Elle en fut pour son argent : ces paysans qui ont toujours vécu loin de la mer faisaient la grimace devant ces plats de bourgeois qu'ils n'apprécient pas.

Cyprien est absent de ces réjouissances. Mme Lebel a dû le menacer pour qu'il accepte de se raser. Il descend au réfectoire avec Léon qui doit le soutenir dans l'escalier. Le vieil homme se laisse aller, il marche très lentement, traîne les pieds. Son dos s'est voûté; il ne parle à personne, pas même à Blavet qui vient le voir plusieurs fois par jour. Le voile qui le coupe de la réalité est toujours plus épais; pourtant, pendant les rares éclairs de lucidité, il sait que le véritable Cyprien Mallorie existe encore, au fond de lui, perdu dans les méandres de ce sommeil artificiel que lui procurent les médicaments. C'est d'ailleurs peut-être mieux ainsi : que ferait-il de ses colères ?

Caro et Nicolas sont partis pour Mirecourt où ils pensent rester jusqu'au mois d'avril, le temps pour Nicolas de trouver un atelier convenable. Il a su se faire apprécier des musiciens et des amateurs d'instruments anciens : le travail ne lui manquera pas. Caro va l'aider. On leur a proposé un local à Paris, rue de Rome, mais tous deux ont décidé de vivre à la campagne : Caro veut des chiens et des chevaux; Nicolas, qui se passionne pour les oiseaux, cherche un endroit où la faune est encore abondante. Ils en seront quittes pour aller à Paris une ou deux fois par mois.

Laurent et Huguette se rendent à Noyac juste avant leur départ en vacances et s'étonnent de la grande faiblesse de Cyprien auprès de Mme Lebel :

– C'est le docteur Bairt qui a établi le traitement. Son angine de poitrine est très grave. Elle nécessite des moyens importants...

– Peut-être, mais je ne comprends pas qu'il soit ainsi endormi, comme sous calmants.

– Je ne vous cache pas qu'il a des calmants, monsieur Mallorie. Vous savez comment est votre père ? Je ne peux pas laisser des pensionnaires gêner la vie des autres.

– Bien sûr !

Cyprien a demandé des nouvelles de Caro à Huguette puis n'a plus dit un seul mot de l'après-midi. Huguette, qui réfléchit toujours avant de parler, a suggéré de le faire examiner par un médecin ami de la famille dès leur retour de vacances.

– Cela ne lui resssemble pas. Je suis persuadée qu'ils le droguent au-delà du nécessaire pour avoir la paix !

Ils partent dès le lendemain pour les Alpes dans un luxueux hôtel où ils ont réservé un studio. Ils vont enfin se retrouver tous les deux, loin de l'emprise contraignante de Me Fromel. Huguette compte beaucoup sur ce mois de repos pour redonner un peu de tonus à Laurent.

Marthe passe Noël avec son mari, ses filles et ses beaux-parents. Le père de Georges est beaucoup plus jeune que Cyprien. Chauve, il a le nez en bec d'aigle et un regard de félin qui lui donnent l'aspect d'un homme redoutable. En réalité, il vit dans l'ombre de sa femme, plus grande que lui, et dont Georges a pris le corps osseux, les paroles tranchantes qui vexent. Depuis le départ de Marthe, elle passe ses journées chez son fils et veut tout diriger ; les filles doivent lui montrer leurs cahiers, et gare aux mauvaises notes ! Gare aussi aux taches sur la blouse ou sur les doigts :

– La propreté, dit la grand-mère, ça s'apprend et ce n'est pas à vingt ans qu'il faut le faire!

Mme Bussière a acheté des cadeaux pour tout le monde, sauf pour Marthe :

– Je ne pouvais pas prévoir que vous seriez de retour! explique-t-elle; alors, dans le doute...

Marthe sait qu'elle ne restera pas et se tait. Tout ceci est de sa faute, mais elle ne regrette pas d'être venue passer Noël avec ses filles qui la récompensent du mépris des autres. Et le seul cadeau qui lui est destiné sous ce sapin lui met les larmes aux yeux. C'est un dessin fait par quatre petites mains maladroites, un superbe dessin avec un arbre et ses racines qui ressemblent à des branches, une maison aux fenêtres peintes en jaune, un soleil qui darde ses rayons noirs dans un ciel bleu comme de l'encre. En rouge, d'une écriture maladroite, les jumelles ont écrit : « Joyeux Noël, maman chérie. »

Elle partira demain. La paix l'attend dans le petit studio qu'elle a loué à la Guierle avec de l'argent qui lui vient de son père. A l'agence pour l'emploi, on l'a assurée de lui trouver quelque chose à partir du 15 janvier chez un expert-comptable... Ses filles lui pardonneront plus tard.

Le lendemain de Noël, Mme Bussière et Georges bouclent les valises. Marthe apprend de Marie qu'ils partent à la neige dans les Pyrénées. Agnès demande, naïvement :

– Pourquoi que maman ne vient pas avec nous au ski ?

– Parce qu'elle doit rester pour s'occuper de papy! tranche Georges d'une voix sèche.

Les filles se pendent au cou de Marthe. Georges n'a pas un regard pour sa femme, il embrasse sa mère, puis s'en va.

De nouveau seule, Marthe décide d'aller rendre visite à son père. Elle sait par Laurent qu'il ne va pas bien.

Mme Lebel l'accueille avec beaucoup moins de gentillesse et d'égards que son frère. Elle charge une femme en train de laver le carrelage de l'accompagner jusqu'à la chambre de Cyprien. Le vieux est assis sur son lit, les mains sur les genoux. Il tourne la tête vers sa fille, la reconnaît, son visage se durcit. Ses joues blêmes se colorent :

– C'est toi, la Marthe ?

L'instant d'un éclair, il voit un gamin aux cheveux très noirs qui lance des pierres dans les jambes de sa deuxième maman. Un gamin qui ne sait pas tendre les pièges à merles ni pêcher le brochet. Il joue « Au clair de la lune » et « A la claire fontaine » avec l'harmonica que Cyprien lui a rapporté.

Marthe fait un pas vers lui, il la repousse :

– Je t'ai dit que je voulais plus te voir !

La jeune femme pince les lèvres, tourne les talons :

– Comme tu voudras ! dit-elle en claquant la porte.

La nuit est déjà tombée. Malgré sa colère, Marthe éprouve un grand soulagement en quittant cette maison de vieux, comme si elle échappait elle-même à son destin. « Pour finir là, pense-t-elle, à quoi bon se refuser ce qu'on désire ? Les bons comme les mauvais se retrouvent ici, et avec le temps, se ressemblent ! Tout s'oublie, même le mal qu'on a fait ! »

L'obstination de son père lui fait très mal, mais ne la fera pas changer d'avis. Elle se rend à son studio. En arrivant dans cette pièce bien aménagée, elle éprouve un soulagement profond, l'impression d'être enfin vivante.

Le début du mois de janvier est humide. A la Neuville, Jules n'aime pas ce temps brumeux et doux. Les limaçons pullulent dans son jardin et il sait bien que, si un grand coup de froid ne vient pas geler la terre, ses légumes ne seront pas beaux au printemps. En grattant son crâne chauve, planté sur sa jambe raide, l'homme se dit que les saisons doivent se suivre et que le moindre écart se paie le prix fort. Un hiver doux entraîne souvent un été pourri avec des fruits piqués de rouille, de la vermine partout dans le potager. Un hiver trop froid fend les noyers et les chênes. Des coups de gel durs suivis de brusques remontées de la température ne valent rien pour le blé. Il faut, au contraire, que les saisons s'écoulent tranquillement, avec leur régularité cyclique, mais depuis quelques années tout est détraqué, même le temps.

Dans sa chambre, Cyprien regarde sa montre tous les soirs, et constate avec satisfaction que la nuit tombe plus tard. Le fait de voir que la terre obéit encore aux lois dont il se souvient le rassure. Il conserve au fond de lui cette vie profonde qui est liée aux jours, aux saisons, à la poussée des feuilles sur les arbres.

Le 12 janvier, le vent tourne au nord. De sa fenêtre, Cyprien le constate aussitôt. Il aimerait sortir pour sentir l'air comme il le faisait tous les matins à la Neuville, mais c'est trop loin. Ses jambes lui font mal. Descendre trois fois par jour au réfectoire lui coûte un effort considérable ; pourtant, le voile de sa torpeur se déchire par moments, comme si sa vieille carcasse prenait le dessus sur les médicaments, et il sent des bouffées de chaleur lui monter dans la poitrine. Son cœur accélère et il a envie de se mettre en colère.

Ce matin du 12, tout est gelé, immobile, superbe sous un soleil qui sort des collines. Le sapin étincelle, l'herbe scintille, aveuglante. Cyprien sait que le vent souffle d'en haut, un vent polaire. Il sait aussi que lorsqu'il va faiblir les nuages de l'ouest qui viennent des plaines d'Aquitaine vont se plumer en neige légère et poudreuse...

Le froid dure jusqu'à la fin janvier. La terre s'effrite sous les rafales en une poussière gelée. C'est le plus mauvais temps, l'ennemi de tout ce qui bouge, de tout ce qui vit. Les prés prennent cette couleur rousse qu'ils ont à la fin d'un été trop sec. Cyprien se terre dans sa chambre chaude. Autrefois, ce froid tardif lui rapportait quelques lapins de garenne. Il repérait une langue d'herbe restée verte dans un repli de terrain bien abrité et, le soir, à la tombée de la nuit, il se dissimulait derrière un vieux châtaignier. Tino connaissait son affaire : quand le lapin était sorti brouter, il l'empêchait de retourner au gîte. Que de bons moments le vieil homme a-t-il ainsi vécus !

Il pense à tout cela avec un sourire pincé. Et le gamin ? A-t-il vu sa deuxième maman ? Cyprien croit se souvenir que son père ne devait venir qu'à Pâques... Et son voisin, M. Couturier, est-il parti une fois son livre terminé ? Curieux homme ! S'il était moins savant, s'il avait l'accent d'ici et les idées d'ici, Cyprien aimerait lui apprendre à braconner...

25

La neige arrive le premier jour de février. En se réveillant, Cyprien comprend, à la couleur de la nuit, que le temps a changé. L'ombre est translucide, comme enduite d'une poussière blanche. Ce signe ne trompe pas : le vent ne souffle plus, le ciel touche la cime du marronnier. Les premiers flocons tombent au lever du jour. Cyprien les voit tournoyer dans l'air gris avec un réel plaisir. Sur la terre gelée, il ne s'en perd pas un seul. Si ça veut tomber fort, à midi il y en aura déjà une belle couche, bien uniforme, aussi propre qu'une feuille de cahier.

Cette fin d'hiver n'est pas bonne pour les personnes âgées. Une épidémie de grippe cloue au lit la moitié des pensionnaires de la maison de retraite de Noyac. Mme Branchon est obligée de se faire aider. C'est une femme de Saint-Augustin, une certaine Marguerite Piasse, qui fait la tournée des médicaments. Cette ancienne serveuse de bistrot se prend très au sérieux. Elle entre dans la chambre de Cyprien, pose sur la table de nuit un verre rempli d'un liquide qui ressemble à de l'eau, mais qui a l'aigreur du vinaigre. Elle pose aussi à côté un comprimé minuscule.

– Voilà pour vous, père Mallorie.

Il regarde toujours la neige, assis à sa place habituelle. Déjà, une pellicule blanche couvre les dalles de la terrasse. Le sapin est poudré de sucre.

– Alors, père Mallorie, vous m'écoutez ? C'est que j'ai pas fini, moi !

– Oh ! La Marguerite, vous vous prenez pour le médecin ?

La neige le préoccupe. Il pense aux merles qui sont, maintenant, bien appâtés par les pommes de son verger. Sûr qu'Olivier doit penser la même chose !

– Je vous fais confiance ! dit Marguerite en tournant les talons.

La porte se ferme. Ce matin, à cause de cette neige qui tombe, et des merles affamés, Cyprien a les jambes moins lourdes et l'esprit plus vif. Ses yeux se posent sur le verre et le comprimé. Sans réfléchir, il jette le tout dans le lavabo, ouvre en grand le robinet pour rincer le verre. Une vague de chaleur lui monte à travers le corps, comme s'il venait de commettre une faute très grave dont il avait envie depuis longtemps. Il retourne s'asseoir sur son lit et contemple de nouveau les flocons qui tournoient dans l'air froid du matin. Les bruits de pas du couloir, les éclats de voix lui semblent plus forts que les autres jours. D'habitude, il les entendait à peine.

– Sûr que le gamin doit regarder à la fenêtre lui

aussi, et sûr qu'il se demande si je vais tenir ma promesse !

Il a parlé à haute voix, ce qu'il n'avait pas fait depuis le début de son traitement. A midi, Léon vient le chercher pour l'aider à descendre au réfectoire. Il constate que Cyprien se lève plus facilement et qu'il traîne moins les pieds en marchant.

– On dirait que tu as plus de forces, aujourd'hui !

– Bah, c'est peut-être le temps ! dit Cyprien de sa voix monocorde.

Il mange rapidement comme d'habitude et remonte dans sa chambre. Son corps est parcouru de frissons désagréables. Un besoin indéfinissable lui creuse l'estomac, un manque. Sa main gratte le bois de la table de nuit. Il a envie d'une cigarette, ça fait plus d'un mois qu'il n'a pas fumé. Le besoin de tabac s'était évanoui avec cette torpeur qui engluait ses pensées.

– Non, dit-il entre ses dents, la grenouille se rendrait compte de quelque chose.

Au fil des heures, les frissons se transforment en picotements désagréables. Il se lève et va jusqu'à l'armoire. Ses mollets sont parcourus de crampes, mais il peut marcher. Ses épaules sont moins lourdes.

– C'était ce foutu cachet qui m'endormait. Moi, j'ai bien compris que la grenouille veut me faire taire. Attends un peu et tu vas voir !

Une sourde douleur s'est réveillée au fond de lui, mais l'idée de la révolte le conforte dans sa résolution et lui donne la force de dissimuler. Il s'assoit de nouveau sur le rebord de son lit : Mme Lebel ou l'infirmière ne doivent se rendre compte de rien. Cyprien va se montrer docile comme d'habitude, même s'il a envie de tout casser. Des tics animent son visage; ses yeux retrouvent leur étincelle de malice, mais il les cache sous l'ombre de sa casquette. La neige tombe toujours.

Le soir arrive sans apporter une véritable nuit. Marguerite Piasse fait de nouveau la tournée des médicaments et tend deux petits comprimés à Cyprien.

– Ce soir, il faut les prendre devant moi! dit Marguerite, c'est que je me suis fait attraper par Mme Lebel. Elle a dit que votre état est grave et que sans les comprimés vous pouvez avoir une attaque et en mourir!

Même s'il n'est pas redevenu complètement lui-même, le vieux a retrouvé assez de roublardise pour tricher. Les comprimés sont si petits qu'ils disparaissent complètement entre son pouce et son index.

– Donnez-moi un peu d'eau!

Marguerite prend un verre et se tourne vers l'évier tandis que, d'un geste brusque, Cyprien fait glisser les comprimés dans sa poche. Au moment où Marguerite se retourne, il enfonce ses doigts pincés dans sa bouche et prend le verre qu'elle lui tend de l'autre main. Il boit l'eau d'un trait, Marguerite n'a rien vu. Il exulte.

– Bon, le bonsoir, père Mallorie. Léon va passer vous prendre pour descendre à la soupe.

C'est la première fois depuis son arrivée que Cyprien est joyeux. Un gros rire lui secoue l'estomac.

Même si la douleur de sa poitrine s'est réveillée, il éprouve une grande satisfaction à l'idée d'avoir triché.

– Je suis pas un merle, moi! dit-il entre ses dents. On me prendra plus à ce piège. C'est que j'allais crever!

Vers sept heures, Blavet entre dans la chambre. Cyprien qui l'attendait a baissé sa casquette sur ses yeux.

– Eh bien, ça n'a pas l'air d'aller fort, ce soir!

– J'ai les jambes comme du bois! dit Cyprien d'une voix lente et caverneuse dont il force le ton monocorde et résigné.

Il se dresse difficilement en s'appuyant sur la table de nuit. Léon le soutient par l'épaule.

– C'est la neige, dit-il, qui réveille mes rhumatismes!

A table, Cyprien s'amuse beaucoup de voir Mme Lebel passer entre les chaises et demander des nouvelles de tout le monde. Il contient une colère terrible, cette belle colère du premier jour, quand Robert l'a ramené à sa chambre, en le portant sous son bras, comme un enfant désobéissant. « Nom de Dieu, pense-t-il, toi, la grenouille, si je te retrouve un jour à la Neuville, tu feras bien de courir et plus vite que moi! » L'idée de se venger lui fait beaucoup de bien. Le père Culotte se démène en lui et imagine des tortures irréalisables, toutes aussi atroces les unes que les autres. On l'avait endormi, lui, Cyprien Mallorie, comme s'il était une bête féroce! Sa hargne de vieux grincheux lui brouille les pensées. Même jeune, il se disputait avec les autres, surtout avec ceux qu'il aimait.

– Ben, mon cochon, ça t'a ouvert l'appétit! constate Léon.

Cyprien se force à bâiller et demande à Léon de l'accompagner. L'envie de fumer lui pique les poumons. Ses jambes sont parcourues de douleurs qui lui triturent les muscles. La sueur perle à son front. Une crampe lui arrache un cri.

– Tu veux qu'on appelle l'infirmière pour qu'elle te donne quelque chose!

– Non, c'est rien!

Dans sa chambre, il s'assoit de nouveau à sa place tandis que Léon rejoint ses copains au réfectoire pour une partie de belote. La neige tombe toujours. A la Neuville il doit y en avoir dix centimètres, l'épaisseur idéale pour tendre des pièges.

Même s'il a retrouvé ses idées et la manie de parler seul, des trous sombres entachent sa mémoire. Il n'a plus très bien la notion du temps et se demande tout à coup si cette nuit qu'il voit à travers la fenêtre est celle du matin ou du soir. Il n'a qu'une certitude :

– Va falloir trouver le moyen de s'évader de cette prison! Et surtout de plus reprendre leurs saloperies!

Cette perspective de devoir tricher, cette idée de résistance sournoise le mettent de bonne humeur. L'évasion, c'est un peu la grande affaire de sa vie. Il s'est évadé d'Allemagne, de l'hôpital, alors pourquoi pas d'ici ?

– Et puis, je voudrais bien récupérer mon couteau et mon briquet!

Il se met au lit sans avoir aucune idée de l'heure. Sa montre de gousset est arrêtée; il la range dans le tiroir de la table de nuit. Les bruits de pas du couloir sont moins nombreux. Pauline Charias crie sa détresse à la nuit. Les joueurs de cartes regagnent leur chambre en bavardant à voix basse.

Si Caro avait l'idée de venir le voir, il se ferait conduire à la Neuville; mais elle doit être repartie, et Laurent n'est pas rentré de vacances. Quant à Marthe, qu'elle ne s'avise pas de se présenter devant lui!

Cyprien ne dort presque pas de la nuit. Les tremblements de son corps l'agitent toujours. Des vagues de chaleur le submergent. Un grand creux s'est formé dans son estomac et il ne sait pas comment le combler : une cigarette guérirait tout ça, mais comment fumer sans risquer de se faire prendre? Il pense un moment à mettre Léon dans la confidence, mais non : Léon ne sait pas être discret et finirait par parler.

Une foule d'images défilent devant ses yeux. Élise bien sûr, Rainette, deux visages qui se confondent un moment, et Caro, surtout Caro. Pourquoi pense-t-il tant à sa petite-fille cette nuit de neige? Parce que son compagnon Nicolas a des mains faites pour travailler le bois? Peut-être! Cyprien a toujours été un homme d'obsessions. Parfois, il allait se coucher avec un air dans la tête, un bout de récitation apprise autrefois à l'école, et il le gardait des heures au point de ne pas pouvoir dormir. Cette nuit, c'est Caro qui hante ses pensées, Caro qui lui ressemble, qui est venue le voir... Au petit matin, il s'assoupit un peu et rêve à un petit garçon aux cheveux noirs et raides comme des ailes de corbeau. Sa mère lui a envoyé un train électrique qu'il a posé sur le meuble de Cyprien. Pour l'instant, Olivier regarde la neige et les merles, taches noires dans le verger tout blanc.

C'est encore Marguerite qui fait la tournée des médicaments. Cyprien réussit à la tromper de nouveau. Il se sent déjà mieux qu'hier. Les tremblements de ses muscles ont presque disparu. La force est revenue dans ses jambes, mais la douleur lancinante a repris sa place sous ses côtes.

Il ne neige plus. Une couche uniforme de plus de dix centimètres recouvre le parc. Des plaques gelées plient les branches du sapin. Les pensionnaires restent à l'intérieur, regardent la télévision ou jouent aux cartes dans la salle de réfectoire. Cyprien passe la matinée dans sa chambre en cherchant le moyen de s'évader : un jour ou l'autre, Mme Branchon va s'apercevoir qu'il ne prend plus ses médicaments, et la Lebel ne plaisante pas avec les insoumis! Une piqûre, et le voile se reformera devant ses yeux; il aura alors l'impression désagréable d'être quelqu'un d'autre, en dehors de son corps, d'assister passivement à sa propre déchéance.

Léon Blavet entre. Cyprien, qui ne l'a pas entendu arriver, se fait surprendre debout. Il a une brusque inspiration :

– Je voudrais aller faire un tour dans la neige.

– Qu'est-ce qui te prend ? Tu dérailles complètement! Tu vois bien que tu tiens pas debout. Sortir par ce temps, en voilà une idée!

– Avant de mourir ! C'est sûrement la dernière neige que je vois !

– Allez, viens manger, on verra après !

Cyprien ne dit rien de tout le repas. Il mange ce que Léon lui sert en évitant de lever la tête de son assiette. Il se délecte de jouer la comédie. Jean Ménard dit à Léon :

– Tu trouves pas qu'il baisse, le Cyprien, depuis quelques jours ?

A la fin du repas, Cyprien se lève lentement de sa chaise et avance seul jusqu'à la grande baie en traînant ses pantoufles :

– Aide-moi, Léon, je veux aller marcher dans la neige !

– Tu es vraiment têtu, toi !

Léon, qui ne fait rien sans permission, va voir Mme Lebel :

– Il en a une idée ! Croyez-vous qu'il ait besoin d'aller marcher dans la neige, lui qui ne peut même pas marcher dans le couloir !

Mme Lebel remonte ses épaisses lunettes qui ont tendance à glisser sur son nez minuscule.

– Faites-lui donc faire sa promenade dans la neige ! Vous voulez que je dise à Robert de venir vous donner un coup de main ?

– Non ! Je suis assez grand pour l'aider seul, mais je trouve que c'est une idée bizarre.

Cyprien regarde toujours la neige, le nez collé à la vitre.

– Viens, on va d'abord dans ta chambre chercher ta canadienne et tes chaussures !

Ils remontent lentement l'escalier :

– Tu m'en fais bien, le Cyprien ! dit Léon, content lui aussi d'aller se promener. Je vais te la faire manger, la neige !

– J'ai besoin de te parler ! explique Cyprien. La fin arrive, mon pauvre Léon. J'ai un gros secret. On sera plus tranquilles dans le parc.

– Et tes enfants, tu peux pas leur parler à eux ?

– Non, surtout pas à mes enfants. Je vais te le dire à toi !

Dans le couloir, ils croisent Noux et Ménard qui veulent les accompagner. Léon prend un air mystérieux :

– C'est pas possible. Faut qu'on soit tous les deux !

Sous sa casquette, les petits yeux de Cyprien brillent de malice. Il a tout prévu, et son porte-monnaie se trouve dans la poche intérieure de sa canadienne. Jamais il ne s'est senti aussi fier de lui.

Dehors, en descendant les marches glissantes, l'air vif lui frappe le visage. Il a envie de courir. Léon remarque :

– Mais dis donc, tu marches drôlement bien !

– Faut que je te parle, Léon, mais on va plus loin, personne ne doit entendre...

Ils s'éloignent en suivant l'allée vers le portail blanc grand ouvert sur la route de Tulle. La lumière intense allume les collines blanches.

– Faut peut-être faire demi-tour ? propose Léon.

– Non. Je veux te parler, mais d'ici, n'importe qui peut entendre. Sortons sur la route.

– Mme Lebel va se fâcher.

– Tu crois qu'elle n'a rien d'autre à faire qu'à nous surveiller ?

Ils franchissent le portail. Maintenant, Cyprien marche seul. Il a lâché le bras de Léon qui s'étonne :

– Toi, mon cochon, la neige te fait de l'effet. Alors, ce secret...

Cyprien se tourne, pousse sa casquette vers l'arrière et regarde Léon bien en face :

– Je m'en vais chez moi, Léon ! Je peux plus rester ici !

Léon fronce les sourcils. Une voiture passe lentement et se dirige vers le village distant de quelques centaines de mètres.

– Qu'est-ce que tu racontes ? Tu y penses pas ?

– Si, j'y pense. C'est parce qu'elle me droguait, la grenouille, que j'étais fatigué. Maintenant, je suis redevenu aussi fort qu'avant !

Cyprien s'éloigne d'un pas rapide en faisant voler la neige devant lui. Léon se précipite :

– Cyprien, tu vas pas faire le con ! Tu sais bien que tu peux pas t'en aller !

Il le prend par le bras. Cyprien se tourne :

– Et pourquoi que je pourrais pas m'en aller ? Je suis en prison, peut-être ?

– Mais tu es malade ! Tu es vieux, Cyprien ! Tu es mieux à la maison de retraite, dans ta chambre bien chauffée...

– Je suis nulle part mieux que chez moi ! Dis à la grenouille que je préfère crever dans la neige que revenir dans sa prison !

Il tourne les talons et s'en va d'un bon pas. Léon

reste un moment, en clignant des yeux incrédules, à regarder cet homme qui, il n'y a pas une demi-heure, avait une allure de moribond. Cyprien a sûrement surestimé ses forces et va tomber d'un moment à l'autre ; Léon sera accusé de l'avoir laissé sans assistance ! Il traverse le parc en courant, entre sans taper ses chaussures sur les marches. Mme Lebel n'est pas dans son bureau. Il la trouve à l'étage en train de parler avec Marguerite Piasse qui porte un plateau de médicaments.

– Mme Lebel..., dit-il, essoufflé.

– Voyons, Léon, que se passe-t-il ? Et cette promenade avec M. Mallorie ?

– Justement, il s'est évadé !

Mme Lebel fronce les sourcils :

– Évadé ? Qu'est-ce que vous me racontez ? Le docteur Brun m'avait dit que c'était un cas, mais tout de même...

– Il trotte comme un lapin ! C'était de la comédie, sa faiblesse !

Mme Lebel descend à son bureau de son pas décidé. Elle appelle Robert, son homme à tout faire, et dit à Léon :

– Vous allez suivre Robert. Il faut le retrouver coûte que coûte ! C'est un grand malade ! Imaginez le scandale s'il avait une attaque dans la neige !

26

Cyprien marche très vite. Il a le souffle court, rapide ; son cœur bat très fort et c'est tout ce qu'il entend dans cette campagne figée. La douleur lui brûle les poumons. Pour ne pas laisser d'empreintes, il suit un moment les traces des voitures où la neige est tassée, puis tourne dans un chemin de traverse qui s'enfonce au milieu d'un taillis. Le ciel est voilé par une fine couche de brume qui laisse passer une lumière intense. Une voiture bleue passe sur la route, c'est Robert qui doit être à sa recherche. La voiture s'éloigne, le vieux se laisse emporter par la pente. Ses jambes lui font mal, mais il n'y pense pas.

Dans le sous-bois, la neige est peu épaisse. Par endroits, il n'y en a pas du tout. Des murs de brume courent sur les collines. Le fugitif frissonne ; l'air humide s'infiltre sous sa canadienne. Il grimpe un raidillon qui finit de lui couper les jambes.

– J'ai toujours été un bon marcheur, dit-il en s'adossant à un chêne, mais toute cette saloperie qu'ils m'ont fait avaler m'a coupé les forces.

Pourtant, il doit continuer, même s'il ne sait plus où il est. Un silence d'église règne dans le sous-bois. La route de Tulle oblique à gauche et Cyprien n'entend plus le bruit des voitures. Il connaît un peu le pays pour y être venu plusieurs fois acheter des chênes ; un village doit se trouver derrière cette colline. Peut-être vaut-il mieux l'éviter ; les gens comprendraient vite qu'il est un proscrit, un évadé. Mme Lebel est capable de le faire rechercher par les gendarmes : « Vous comprenez, brigadier, il peut tomber d'un instant à l'autre ; et puis, il n'avait plus toute sa tête ! »

Dans le vallon, la neige est plus épaisse. Le soir tombe déjà, malgré un peu de lumière qui reste suspendue en équilibre sur les branches. Cyprien se dit qu'il n'arrivera jamais chez lui. La Neuville se trouve de l'autre côté de la vallée profonde de la Vimbelle. Il doit traverser le ravin de la Combotte, remonter par la route de Croussac... La ferme de Chassanac ne doit pas être loin, mais il a de plus en plus mal aux jambes.

La nuit s'est épaissie. Des bruits étouffés parcourent la lande. Au loin, un chien aboie. La ferme devrait être sur sa droite, après la grande prairie dont la blancheur semble infinie. Cyprien a froid. Sa poitrine éclate à chaque respiration. Quelle idée a-t-il eue de s'évader de Noyac alors qu'il pourrait être au chaud dans sa chambre ?

Dans le pré, la neige est molle sous ses pas qu'elle freine. Il traverse lentement cette bande claire, arrive à une route où les traces des voitures font deux sillons sombres et réguliers. Et la ferme ? Elle devrait être au bout de cette ligne droite et il n'y a rien, même pas une vieille grange. La nuit est immense. Du fond de la vallée monte le bruit aérien d'un torrent. Cyprien aurait-il fait plus de chemin qu'il ne le pense ? Cette route ressemble étrangement à celle qui passe devant la maison de retraite. Serait-il revenu sur ses pas ? Il franchit un dos d'âne et découvre avec joie une lumière en contrebas. C'est une maison aux volets clos. Un chien aboie dans la cour. Cyprien a la tentation d'aller demander qu'on le conduise chez lui, puis finit par y renoncer. Comment, lui qui est revenu d'Allemagne à pied, ne pourrait-il pas aller de Noyac à la Neuville ? Tant pis pour la douleur des jambes ; maintenant qu'il a trouvé une route, il préfère mourir dans cette nuit froide que retourner à la maison de retraite.

Les phares d'une voiture allument les arbres au bout de la ligne droite. Cyprien saute précipitamment dans le fossé profond que la neige a comblé. Il roule dans une pente entre des fougères sèches. La voiture passe et son bruit se perd dans la nuit. Cyprien veut se relever, une terrible douleur au genou lui arrache un cri. S'agrippant aux buissons, il réussit cependant à remonter en haut du talus. Le cœur battant, les doigts gelés, il reste un long moment assis sur la neige pour reprendre son souffle.

– Qu'est-ce que je me suis fait au genou ! Manquait plus que ça !

Le froid est plus vif. Des étoiles gelées brillent au-dessus des arbres. Un peu de vent coule du nord.

Cyprien enfonce ses mains au plus profond de ses poches, mais ne réussit pas à les réchauffer.

Il ne tiendra pas toute la nuit, c'est certain. Demain matin, on le retrouvera dans la neige, morceau de bois dur, vaincu par l'hiver, son ancien ami. L'air glacé s'infiltre sous sa canadienne, gagne ses épaules, ses jambes. Il se force à marcher jusqu'au bas de la vallée, certain d'arriver à la rivière. Mais quelle est cette route sans visage qu'il suit depuis plus d'une heure ? Celle de la Combotte qu'il a parcourue des milliers de fois ? Celle de Tulle, du Maugein ? Impossible de le dire ! Alors, Cyprien marche ; tout son être est occupé par cette seule nécessité : marcher. En Allemagne, on recommandait aux soldats égarés de ne jamais s'arrêter dans le froid qui fait mal au début et plonge par la suite dans une sorte d'ivresse euphorique. La mort guette l'homme isolé, tapie sous la neige comme dans un grand lit moelleux.

Ses pieds sont de plus en plus lourds. La route n'en finit pas, toujours déserte. A croire que cette nuit a gommé toute trace humaine. Pourquoi s'est-il caché quand a passé la voiture, tout à l'heure ?

Cyprien chancelle à chaque pas. Jamais il ne tiendra jusqu'au bout. Si elle était là, Élise saurait lui donner du courage. Mais non, si Élise vivait, ils seraient tous les deux dans leur maison à manger de la soupe bien chaude, et le restant du monde n'aurait pas d'importance.

Il entend un bruit de moteur, des phares allument la cime des arbres. Tant pis si c'est Robert et Mme Lebel, tant pis si les gendarmes l'embarquent comme un voleur! Il se rend, vaincu par l'hiver et l'âge. La voiture approche, arrive à sa hauteur et s'arrête. Cyprien, qui s'attend à sentir la poigne de Robert sur son épaule, baisse la tête, honteux.

– Je peux vous déposer quelque part? demande une voix de femme.

Cyprien se penche à la vitre ouverte.

– Je vais chez moi, à la Neuville...

– A la Neuville... Mais montez donc, je vais vous y déposer, c'est encore loin!

Cyprien fait le tour de la voiture. De l'intérieur, la femme lui ouvre la portière. Il monte lentement, plie ses jambes dont les articulations craquent.

– Ma camionnette est tombée en panne sur une petite route, après la ligne droite! ment-il. Je cherchais une maison pour téléphoner.

– Vous voulez que je vous emmène chez un dépanneur?

– C'est pas la peine. Je me débrouillerai demain. Ce soir, il fait trop froid.

– Comme vous voulez! Et puis, faut faire attention, ça glisse un peu!

– C'est la neige qui gèle!

Les phares allument une route que Cyprien reconnaît enfin. Voilà le pont de Vimbelle et la côte d'Orliac-de-Bar. Son sens de l'orientation ne l'avait pas trompé, il s'était seulement éloigné de la route de Vimbelle, mais aurait pu rentrer en passant à travers bois si la neige qui transforme tout ne l'avait pas empêché de reconnaître les collines. Quelques minutes plus tard, la voiture s'arrête devant son atelier. Il remercie la jeune femme qui repart aussitôt. Cyprien est tellement content d'être arrivé chez lui qu'il en oublie l'onglée. Il trouve tout de suite la clef de sa maison dans la poche intérieure de sa canadienne, pousse la porte, appuie sur le bouton de l'électricité.

– Et maintenant, je vais faire du feu! Attends un peu que je me chauffe et tout ira bien.

Il va chercher du petit bois dans la remise, allume la cheminée et tend ses mains aux flammes.

On frappe, il sursaute. Si c'était les gendarmes ou Mme Lebel... Non, aucune voiture n'est arrivée, c'est donc quelqu'un d'ici... M. Couturier entre et s'approche du feu. Cyprien remarque ses yeux plissés qui semblent bons. Avec lui, il se sent en confiance.

– Ils vous ont donc lâché? demande M. Couturier. Vous devez être mort de froid! Venez donc prendre quelque chose chez nous en attendant que ça chauffe ici!

– Pourquoi pas? dit Cyprien en se levant.

Chez le Parisien tout lui semble bizarre. Cette maison, il la connaissait du temps où la vieille Lisette l'habitait, mais le notaire qui l'a achetée pour la louer a fait faire des travaux. La grande pièce du rez-de-chaussée donne sur une superbe cheminée en pierre taillée. Le chien dort sur un fauteuil profond. Il y a, au fond, une table avec une petite télévision et un clavier de machine à écrire. Derrière, sur des étagères, s'entassent des centaines de livres. Jamais Cyprien n'en avait vu autant. A quoi cela peut-il servir à un homme dont le métier est, justement, de les écrire?

A cette heure, sa jeune femme a des yeux de chat. Elle a dénoué ses cheveux qui tombent libres sur ses épaules. Ses mouvements aussi sont félins dans cet intérieur chaud. Dehors, lorsqu'elle promène le chien, elle ne marche pas avec autant de souplesse. Elle invite Cyprien à s'asseoir.

– Je croyais que vous étiez parti à la maison de retraite de Noyac jusqu'au printemps..., dit-elle.

M. Couturier bourre sa pipe en face de lui avec une grande attention.

– C'est vrai! dit Cyprien. Mais je me suis évadé. Ils me droguaient et je restais toute la journée assis à tourner des idées noires dans ma tête.

– Mais ils vont vous chercher!

– Tant pis pour eux. La directrice m'a volé mon briquet et mon couteau, un Laguiole que j'avais depuis quarante ans!

– Faudrait peut-être les avertir ? Voulez-vous que je leur téléphone ?

Cyprien n'arrive pas à détacher son regard de ce petit écran de télévision sur la table à côté d'une grosse pile de feuilles. M. Couturier le remarque et sourit :

– C'est mon ordinateur. Je ne peux plus m'en passer pour écrire!

Cyprien fait un « ha » inspiré, mais il ne comprend pas comment on peut écrire avec une télévision. Il ne pose pas de question pour ne pas montrer son ignorance.

– Voulez-vous un peu de bouillon ?

– Ça sera pas de refus! Vous aimez les merles ?

N'ayez crainte, je vais vous en donner un plein panier demain soir!

– Des merles? s'étonne la jeune femme. C'est monstrueux de tuer ces pauvres petits oiseaux!

– Bah, il y en a bien toujours assez!

Cyprien remercie et rentre chez lui. La cheminée a réchauffé la grande cuisine. Le bouillon lui a redonné du cœur au ventre. Il ajoute des bûches et s'assoit sur son banc. A la porte, quelqu'un tape des pieds. C'est Adèle.

– Eh bien, vous! Qu'est-ce que vous faites là à cette heure? J'ai vu la lumière, alors j'ai dit: faut monter voir ce qui se passe!

– Je me chauffe, l'Adèle. Vous le voyez pas!

– Mais vous avez pas mangé! Comment se fait-il qu'il vous aient lâché un soir avec ce froid en sachant qu'il n'y a pas de chauffage chez vous! Attendez, je vais aller voir s'il me reste quelque chose!

Elle repart. Cyprien pense au gamin:

– La tête qu'il va faire demain, en me voyant!... Au fait, on avait bien une couverture électrique. Faut que je la recherche.

Adèle lui rapporte un morceau de salé et de chou dans une casserole. Quand elle soulève le couvercle, une fumée blanche s'élève jusqu'au plafond.

– Et le gamin, comment qu'il va?

– Pour faire des bêtises, croyez-moi qu'il s'y connaît, celui-là! Heureusement que je suis là pour donner quelques taloches. Jules lui passe tout! Vous allez rester longtemps, avec ce froid?

– Oui. Je suis revenu pour aller piéger les merles!

Adèle pousse ses cheveux qui sortent du foulard.

– Vous aurez toujours de drôles d'idées, Cyprien! Mais faites attention, on pourrait vous dénoncer au garde!

– Le garde? Mais je fais pas de mal à piéger quelques merles!

Adèle lui souhaite une bonne nuit et s'en va. Cyprien prend une bouteille de vin dans le cellier et se met à table, le dos tourné à la cheminée. Il commence à manger quand une voiture s'arrête devant chez lui. Son sang se glace dans ses veines. Il pense à son fusil resté appuyé sur la table de nuit. Des hommes parlent devant la maison du Parisien dont il entend la voix tranquille. On frappe. M. Couturier entre avec deux gendarmes.

– Eh bien, monsieur Mallorie, on s'en va de Noyac sans rien dire à personne? C'est qu'on s'inquiétait! dit un gendarme, un gros homme au visage rouge sous son képi. Faut venir avec nous!

– Je vous répète, dit M. Couturier qui s'est avancé sous la lampe, que vous n'avez aucune raison de ramener cet homme à la maison de retraite.

– Écoutez, on nous a dit qu'il était malade! Et s'il a un malaise seul cette nuit?

– Je veux rester chez moi! dit Cyprien en regardant M. Couturier.

– Laissez-le tranquille! dit M. Couturier. Je veillerai sur lui.

Le gros gendarme se tourne vers son collègue, perplexe :

– Bon, on l'a trouvé : il n'est pas en danger

puisqu'il est en train de manger. On s'en va dire ça à la directrice de la maison de retraite. Le reste ne nous regarde pas !

– Voilà qui est bien parlé, fait M. Couturier en tirant sur sa pipe qui s'est éteinte.

Les gendarmes saluent et s'en vont. Le tabac de M. Couturier a une odeur de miel, très sucré. Cyprien le remercie.

– Si vous avez besoin de quelque chose, n'hésitez pas à demander ! dit-il en sortant.

La porte se ferme, Cyprien savoure son salé et les choux dont les goûts se marient à la perfection. Par moments arrivent, atténués, de lointains hululements.

– Attends un peu les pleines lunes de février et mars, et il y en aura partout, de ces saletés de chats-huants !

27

Cyprien qui a branché sa couverture chauffante se glisse entre les draps brûlants. Il se sent un peu étranger dans sa propre maison. Les bruits de la charpente, le poids souverain du silence, qui n'était jamais complet à la maison de retraite, le surprennent. La campagne enveloppée dans la neige se tait. Le froid lui avive les joues.

Il passe quand même une excellente nuit, bien que la douleur de sa poitrine lui rappelle que la rémission ne sera que de courte durée. Il pense un peu à Élise et beaucoup à Rainette. Il va laisser pousser sa moustache et, quand la neige aura fondu, quand les routes seront dégagées, il repartira à Gimel ; cette fois, elle le reconnaîtra.

Il se lève vers huit heures, en pleine forme. Le froid de la chambre le surprend :

– Je devrais faire installer le chauffage ! dit-il, ça serait pas mal pour me lever. Personne ne m'obligerait à l'allumer le reste du temps !

Il enfile son pantalon glacé, sa chemise, son gilet et

sa veste, tout ça très vite, en claquant des dents. Dans la cuisine, le feu est mort, il faut aller chercher du petit bois dans la remise :

– Si j'y avais pensé hier au soir...

La neige scintille aux lueurs rouges de l'aube. Le soleil monte lentement au-dessus d'une campagne figée et superbe. Il n'y a pas un nuage. Une dernière étoile se noie dans la clarté du ciel. Cyprien marche sur cette croûte qui craque sous ses galoches.

– Un jour à merles, ça!

Puis, se tournant vers la maison d'Adèle dont on voit le toit pointu au-dessus des noyers :

– Mais ça vaut rien pour le brochet!

Cette constatation le rassure. L'étang doit être gelé, entièrement lisse comme une vitre et plein de pièges :

– Va falloir que je dise au gamin de pas y aller s'y promener. C'est traître, la glace! Il se noierait comme un petit galopin qu'il est!

Il prend son fagot de petit bois et revient chez lui. Quelques instants plus tard, de grandes flammes montent dans la cheminée.

Adèle arrive vers neuf heures, renfrognée comme toujours. Elle rouspète contre Jules qui reste toute la journée dans les tisons :

– Vous croyez pas qu'il pourrait aller faire quelque chose? Au fait, qu'est-ce qu'ils voulaient, les gendarmes?

– Ils sont venus me chercher parce que je me suis évadé de la maison de retraite!

Adèle tourne vers lui sa large figure rouge. Ses mèches grises partent dans tous les sens :

– Ben vous... Vous êtes un champion !

– Même que j'en suis rudement content ! Plus jamais j'y reviendrai !

– Vous serez tout le temps... Je croyais que vous étiez venu pour quelques jours, seulement ! Mais ça change tout ! J'ai pas le temps de m'occuper de vous tous les jours...

Cyprien se sent devenir Culotte ; il baisse sa casquette sur ses yeux :

– Je vous ai rien demandé, l'Adèle ! dit-il d'une voix sifflante. Je suis assez grand pour me débrouiller seul !

Adèle a l'habitude de Cyprien, mais ce matin elle prend mal l'altercation :

– Eh bien, si c'est comme ça !

Elle pose le verre qu'elle était en train de laver sur l'évier, s'essuie les mains et sort.

Cyprien ne la retient pas. L'aide d'Adèle lui a toujours pesé ; il l'accepte par faiblesse, parce qu'elle lui fait des corvées qu'il n'aime pas, la vaisselle, son lit et un peu de ménage...

– C'est vrai que le meuble du gamin vaut quelque chose..., dit-il pour se convaincre qu'il n'a aucune dette envers ses voisins.

Maintenant, il fait chaud dans la cuisine. Cyprien va chercher des cigarettes dans le tiroir de sa table de nuit. Il en trouve deux paquets, de quoi tenir trois ou quatre jours.

– J'en ferai porter par le facteur !

Le soleil illumine la fenêtre. Cyprien allume une cigarette aux tisons. Comme il n'a pas fumé depuis plus d'un mois, la première bouffée lui fait tourner la tête et lui donne envie de tousser. Il se force.

– Si la grenouille voyait ça.... Tu dirais un gamin derrière une haie !

Il sourit, pense à Robert :

– Qu'il vienne, celui-là, et on pourra parler tous les deux ! Je lui fous un coup de fusil !

Pourtant l'idée que Robert pourrait venir le chercher le tracasse. Comment résister à ce colosse entièrement dévoué à Mme Lebel ? Pour se rassurer, Cyprien pose son fusil à côté de lui, près du banc. Quand la cigarette est terminée, il va chercher ses pièges à merles dans la remise.

– Bon, j'en prends six, c'est plus qu'il m'en faut ! Je voudrais bien que le gamin vienne avec moi !

Il s'en va au verger. Le soleil monte dans un ciel très pur, léger comme un tissu de soie. Les jours grandissent. Encore une fois, l'hiver sera vaincu. Le froid de ces dernières nuits ne peut empêcher la lumière d'être toujours plus forte chaque matin. C'est elle qui va gagner, et dans quelques jours, quand la neige aura fondu, Cyprien ira voir dans les pentes abritées les langues vertes de l'herbe nouvelle.

En revenant chez lui, il croise M. Couturier qui lui demande des nouvelles de sa santé :

– Aussi bien qu'à vingt ans ! plaisante Cyprien. Au fait, merci pour hier au soir. Moi, je me serais laissé embobiner !

– J'ai assez l'habitude de ces méthodes ! Je suis avocat !

Cyprien se gratte la tête, recule sa casquette comme chaque fois qu'il est perplexe :

– Je croyais que vous faisiez des livres!

– Mais je suis aussi avocat!

Cyprien est enfin rassuré de découvrir qu'écrivain n'est pas un métier, mais un passe-temps pour oisifs.

– D'ailleurs, continue M. Couturier, les vacances sont finies. Il est temps pour nous de repartir à Paris.

– Alors vous n'allez plus revenir ?

– Si, nous reviendrons très souvent. L'endroit nous plaît et nous allons probablement acheter la maison à Me Letoureux. L'air d'ici, la lumière, nous ont séduits! Si vous avez des courses à faire, c'est le moment d'en profiter : Armande va à Tulle, ce matin.

– Il me faudrait du pain, parce que le boulanger ne passera qu'après-demain. Pour le reste, je dois avoir ce qu'il me faut au congélateur.

Cyprien rentre chez lui, dépité. Le départ des Parisiens le contrarie beaucoup. Il sentait en M. Couturier un allié, un de ces hommes forts capables de prendre sa défense.

– J'ai un fusil! fait-il pour se rassurer.

Avant de fermer sa porte, il regarde longuement du côté de chez Adèle.

– Quelle bête je fais! Le gamin est à l'école!

Il attise le feu; les flammes allument une ligne de lumière qui palpite sur le canon du fusil.

– Les jours sont grands, maintenant. On ira poser les pièges ce soir, quand il va revenir. D'ailleurs, en pleine journée ça vaut pas grand-chose.

A la maison de retraite de Noyac, Mme Lebel ne cache pas sa mauvaise humeur. Tout ceci n'est pas bon pour la réputation de son établissement. Elle s'en est prise à Robert qui n'a pas été capable de rattraper le fugitif, à Léon qui s'est laissé berner... Inspectant la cuisine, elle trouve les marmites mal nettoyées. Les femmes qui épluchent les légumes n'échappent pas à ses reproches :

– Comment voulez-vous qu'un établissement comme le nôtre soit pris au sérieux si les cuisines sont sales ?

Son pas sec s'éloigne en direction de la lingerie puis de l'infirmerie :

– On m'avait averti que c'était un homme à histoires ! dit-elle à Mme Branchon. Mais à ce point... C'est la première fois que ça m'arrive en vingt ans de carrière ! Que vont penser les gens ? Parce que, ce Mallorie, je le vois déjà raconter n'importe quoi sur nous !

– Mais personne ne le croira ! C'est un vieux et il est gâteux !

– Il reste toujours quelque chose de la calomnie.

Elle traverse le hall sans voir le soleil souverain sur les marches de l'entrée, entre dans son bureau et appelle Laurent qui est revenu de vacances la veille, bien reposé. Huguette et lui ont fait de longues promenades dans la montagne. Il a beaucoup pensé à un ancien projet. Une occasion se présente avec la mise en vente, à quelques kilomètres de Vigeois, d'un vieux château et ses dépendances. Laurent a accepté l'affaire après avoir visité ce domaine qui l'a enchanté. Huguette et lui vont le transformer en hôtel de luxe :

– Je déverserai de très grosses truites dans l'étang pour la pêche à la mouche. Il y aura un tennis, un golf, des chevaux, bref tout ce qu'il faut pour distraire de riches Anglais que le tunnel sous la Manche mettra à quelques heures de ce paradis vert!

Cette décision prise, Laurent n'a eu qu'une hâte, rentrer pour préparer la restauration de la vieille bâtisse, créer de nouveaux bâtiments dans le style des anciens. Laurent dessinera tout, il se sent une vocation d'architecte.

Ils sont de retour à Limoges une semaine plus tôt que prévu. L'appel de Mme Lebel le trouve en pleine effervescence. La nouvelle qu'il apprend ne le surprend pas : il l'attendait, il en est presque satisfait.

– C'est un grand malade, plaide Mme Lebel. Il a besoin d'un traitement suivi, sinon son angine de poitrine va l'emporter! Faudrait le convaincre!

– Mon père n'a toujours fait que ce qu'il a voulu. C'est un animal sauvage qui ne connaît que son gîte. Il reviendra de lui-même quand il aura compris que la vie à la Neuville est trop dure pour lui.

– Mais sa chambre... Vous ne comprenez pas que nous sommes déjà en surnombre.

– Il faut la lui garder, madame. Je vous dis que nous la payons... Je passerai le voir ce soir, j'ai à faire à Vigeois.

– Tâchez de le convaincre!

Mme Lebel n'est pas satisfaite de cet entretien. Elle appelle Robert :

– Nous allons monter le voir!

Elle prend son manteau de velours noir et sort.

Robert l'attend dans la voiture bleue. Le soleil illumine les collines.

– Vous savez où c'est ?

– Oui, c'est sur la route d'Orliac-de-Bar.

– Alors, on y va.

Quand la 4L bleue arrive, Cyprien est en train d'éplucher ses légumes pour la soupe. Il entend la neige craquer sous les pneus et croit que c'est le facteur. On frappe; Mme Lebel entre tout auréolée d'une lumière aveuglante.

– Ah, monsieur Mallorie, fait-elle, vous nous avez fait passer de bien mauvais moments !

Robert entre à son tour. Dans cette cuisine trop petite, on ne voit que ses épaules et sa tête carrée. Cyprien sent la colère monter en lui. Il tente cependant de se contenir :

– Je veux rester chez moi ! Vos drogues me réussissent pas !

– Mais, monsieur Mallorie, c'est pour votre bien. Je vous conjure de prendre vos gouttes pour votre angine de poitrine, sinon vous allez avoir une autre crise.

– On verra. Vous m'avez rapporté mon couteau et mon briquet ?

– Il ne s'agit pas de ça... Il s'agit de votre santé et de votre bien-être !

– Je suis assez grand pour décider ce que je veux. Maintenant, foutez le camp, sinon je prends mon fusil !

– Rassurez-vous, nous allons partir ! Je vous pose vos médicaments sur la table. Mme Branchon a écrit comment les prendre. Venez, Robert, cette tête de mule ne mérite pas que nous nous fassions de la bile pour lui!

Elle ferme la porte. Cyprien grimace : la douleur enfonce sa lame dans sa chair à chaque battement de cœur.

– On est quel jour aujourd'hui ? Mardi! Alors demain c'est mercredi. Le gamin va pouvoir venir poser les pièges ce soir et les ramasser demain au jour! Faudra que je me réveille assez tôt!

28

– Et si la grenouille avait mis son poison dans mes gouttes ? se dit Cyprien en posant son verre sur la table.

Il doute. Le médicament guérirait certainement son mal, mais va aussi l'endormir de nouveau, et Mme Lebel pourra venir le cueillir comme une pomme bien mûre. Donc, il ne se laissera pas prendre au piège : jusque-là, la douleur est supportable.

– Si je me trompe pas, on est mercredi !

Le soleil brille toujours sur la neige gelée. Cyprien se dépêche de boire son café et met ses pièges dans sa musette. Adèle n'est pas montée et la vaisselle s'entasse sur l'évier, mais cela n'a pas d'importance. D'un pas allègre, il traverse la route, et va se poster dans son potager. De là, il peut surveiller les merles sous les pommiers sans les apeurer. Quelques taches noires se déplacent sur la neige.

– Ah, les vauriens ! Tu les vois manger les

pommes! Et regarde comme ils sont gros! Tu dirais des oies!

Il sourit. Les oiseaux ne l'ont pas vu et continuent de picorer les fruits. Malgré le froid, Cyprien prend le temps de fumer une cigarette. Si le gamin sort de la maison, il le verra et comprendra.

– J'irais bien chercher la carabine, mais je risque de leur faire peur. Les pièges, ça fait moins de bruit!

– Cyprien! Cyprien! crie une petite voix dans le chemin.

Le vieux fait semblant de ne pas avoir entendu et ne bouge pas la tête. Olivier arrive, essoufflé. Il tape des pieds pour faire tomber la neige. Les merles s'envolent en poussant leur cri strident.

– Tu vois ce que tu as fait, corniaud? A la chasse, faut apprendre à marcher comme les chats!

– Ça fait rien puisqu'on va tendre les pièges. Allez, tu viens?

Ils traversent le potager où des poireaux dépassent de la neige. Comme à son habitude, Olivier court dans tous les sens.

– Arrête de bouger! Tu me fais tourner la tête!

– Alors, la maison de retraite, c'est pas bien? T'as voulu t'en aller?

– Non, c'est pas bien! Il y avait pas de merles et pas de pièges!

– Moi c'est pareil, mon papa veut me mettre en pension. Mais je veux pas! S'il le fait, je m'évaderai aussi!

– Qu'est-ce que tu racontes? Tu t'évaderas pas, c'est très mal de s'évader!

– Et toi, tu l'as bien fait!

– Moi, c'est pas pareil!

– Il a dit qu'il viendrait me voir pour les vacances de février. Et puis ma maman aussi! Mais ils pourront pas venir ensemble! C'est à cause de leur travail... C'est bête qu'ils viennent pas ensemble!

– Arrête de parler, tu fais peur aux merles!

Ils arrivent dans le verger. Cyprien ramasse un morceau de pomme à la chair rougie par le gel. Les collines miroitent; le ciel, très haut, est toujours aussi léger.

– Tu comprends, ça fait quelques jours que la neige tient. Les oiseaux n'ont pas eu beaucoup à manger. Aujourd'hui, ils vont venir toute la journée, c'est un temps à merles, ça!

Il pose sa musette :

– Maintenant, regarde comment je m'y prends. Tu enfonces la pomme dans cette pointe de fil de fer. Tu ouvres le piège comme ça, mais attention de pas l'échapper parce que, s'il te pète sur les doigts, ça fait mal. Ou alors, si tu as peur de l'échapper, tu l'ouvres par terre avec tes pieds. Une fois ouvert, tu mets cette tige sous l'arrêtoir, juste en bordure, pour que le moindre coup de bec sur la pomme le fasse lâcher! Tu comprends?

Olivier s'est agenouillé dans la neige et regarde attentivement.

– Après, tu laisses tomber le piège dans la neige d'un peu haut pour qu'il s'y enfonce et puis, avec tes doigts, tu recouvres les traces pour que l'oiseau ne voie que la pomme!

– Tu l'attaches pas ?

– Pour le merle, c'est pas la peine... Ça n'a pas de vie ! Si c'était le corbeau ou le pigeon, je dis pas...

Cyprien dispose plusieurs pièges sous l'arbre. Quand il se penche vers l'avant, le mal de poitrine l'empêche de respirer.

– Tu sais, Cyprien, si mon papa veut me mettre en pension, c'est pas pour se débarrasser de moi ! C'est ce que tu pensais, hein ?

La voix d'Olivier est devenue hachée, mordante. Cyprien, qui connaît ses sautes d'humeur, lui souffle :

– Fais pas de bruit ! Viens, on va se cacher dans le potager pour les voir se faire attraper !

– Tu me réponds pas, Cyprien ? C'est que tu le pensais ! crie Olivier, les larmes dans ses yeux noirs, et tu le pensais parce que tu n'aimes pas mon papa !

– Arrête de dire des bêtises !

– Tu es méchant, Cyprien ! Si j'avais un fusil, je te tuerais !

Olivier s'éloigne en sanglotant. Cyprien l'appelle :

– Viens, je te dis, tu vas voir les merles !

– M'en fout de tes merles !

Olivier s'en va en courant. Le silence de ces arbres couverts de neige pèse très lourd sur les épaules de Cyprien.

– Bah, on a bien tous ses affaires ! D'être jeune, ça ne change pas grand-chose ! Et quand tu es vieux... Regarde, moi qui peux pas mettre un pied devant l'autre !

Il va se poster dans le potager, dépité, et surveille les oiseaux. Une mésange s'est approchée :

– Faudrait pas qu'elle se fasse attraper, celle-là!

Un bruit attire son attention, il se retourne. Olivier revient vers lui, la morve au nez, les yeux encore pleins de larmes.

– Je veux pas aller chez ma grand-mère, elle me donnerait une taloche!

– Viens; moi, je te frapperai pas!

– Ma grand-mère dit que quand je fais mes comédies il me faut des taloches!

– Tais-toi un peu et regarde.

Deux merles sont venus se poser sur la branche basse du pommier. Ils hésitent un moment, puis descendent au sol.

Les yeux d'Olivier brillent d'impatience. Cyprien lui pose une main sur l'épaule pour lui faire comprendre qu'il doit se taire.

Le premier merle sautille jusqu'à une pomme piégée, regarde autour de lui. Un peu de vent soulève ses plumes du dos. L'autre s'approche à son tour, et se précipite sur le fruit comme pour l'avoir pour lui seul. Il plante son bec jaune dans cette chair rouge et sucrée. Les mâchoires de fer claquent. L'oiseau pris au cou roule sur la neige, agite ses ailes de battements désordonnés, puis s'immobilise. Olivier a une lueur froide dans ses yeux secs :

– Dis-donc, c'est vachement bien!

– Attends, c'est pas la peine d'aller le chercher. Les autres sont bien contents qu'il soit mort. C'est un candidat de moins pour manger leurs pommes. Il va s'en prendre d'autres!

Le deuxième merle s'est écarté, prudent, tandis que

d'autres oiseaux se posent sur les branches basses; il s'avance vers une autre pomme. Olivier retient son souffle. Cyprien ne sent plus aucune douleur, jamais il n'a été aussi heureux.

Le merle se méfie, regarde autour de lui, observe la pomme. Enfin, la tentation est la plus forte : un léger coup de bec sur le fruit libère les mâchoires. L'oiseau pris par la patte se met à battre des ailes, mais ne réussit pas à s'envoler. Il traîne le piège sur la neige.

– Cours vite! dit Cyprien. Il va nous emporter le piège.

Olivier traverse le chemin à toutes jambes et arrive au verger. Cyprien marche aussi vite qu'il peut.

– Ça y est, je l'ai! crie Olivier.

Il revient vers le vieux avec le merle vivant dans ses mains. Sans rien dire, l'enfant le prend par le cou et le serre très fort. L'oiseau se débat, tape des ailes, mais les petits doigts ne desserrent pas leur étau. Olivier a un rire sec. Au bout de quelques secondes, les battements d'ailes perdent leur force, les pattes tombent, tirées par le piège, les yeux noirs de l'animal se voilent.

– Ben toi! dit Cyprien. Qui t'a appris à tuer les merles ?

Olivier baisse la tête, comme s'il venait de montrer un travers dont il se cache :

– J'ai déjà tué des pigeons. Au début, tu sens toute leur force dans tes mains. Et puis, tout doucement, ça s'arrête de bouger, et ça devient tout mou...

– J'aime pas t'entendre parler comme ça! dit

Cyprien, renfrogné. On a assez chassé pour aujourd'hui ! On rentre.

Olivier porte les deux merles en les tenant par les pattes.

– Tu vas les donner à ta grand-mère, tu lui diras de te les faire cuire !

L'enfant détale chez lui à toutes jambes. Une voiture se gare devant le tilleul. Cyprien reconnaît la Peugeot blanche de Marthe. Une boule de colère gonfle sa poitrine.

Marthe vient l'embrasser. Le vieil homme, la casquette sur les yeux, demande :

– Qu'est-ce que tu fous là ?

– Je viens prendre de tes nouvelles...

– Tu as fini avec tes conneries ?

– Fini quoi ?

Il monte le ton :

– Tes conneries !

Marthe hésite un moment, puis, baissant la voix :

– J'ai loué un studio à la Guierle et j'ai trouvé du travail dans une entreprise de construction métallique.

Cyprien prend les pincettes et agace le feu dont les bûches consumées par le milieu s'écroulent en libérant une gerbe d'étincelles.

– Ça veut dire que...

– Papa, comprends-moi. C'était plus possible... Il faut que je t'explique !

Cyprien s'anime :

– Et tes filles, nom de Dieu, tu y penses, à tes filles ?

Marthe éclate en sanglots. Elle était venue ici chercher un peu de réconfort, et voilà qu'elle se trouve en face d'un père toujours aussi buté.

– Avec moi faut pas faire de manières! Ça sert à rien. Tu vas foutre le camp, la Marthe, tu entends, tu vas foutre le camp. Je t'ai dit que je voulais plus jamais te voir!

Il crie et reçoit un coup de poignard en plein cœur.

29

Laurent consacre de plus en plus de temps à sa nouvelle passion, le château de la Faurie, près de Vigeois, qu'il veut transformer en hôtel de luxe. Il se découvre une vocation d'architecte. Huguette est satisfaite en le voyant rester jusqu'à deux heures du matin devant ses plans qu'il modifie sans cesse. Tout ceci vient à point pour le sauver de la dépression qui s'annonçait. Huguette s'occupe du cabinet immobilier. Laurent va souvent en Corrèze et passe voir son père deux fois par semaine. Même s'il ne le dit pas, Cyprien supporte mal le manque de traitement. Son visage s'est encore creusé.

Le divorce de Marthe le tracasse, un boulet qu'il traîne et auquel il pense à longueur de journée. Laurent a beau lui expliquer que c'est peut-être mieux ainsi, le vieil homme ne l'accepte pas. Il pense aux jumelles et ça suffit pour le mettre en colère :

– Les gosses n'ont rien demandé ! Faut pas les faire, si on veut pas s'en occuper !

Adèle continue de l'aider de son mieux jusqu'à ce qu'elle se casse une jambe, le 15 février, en glissant sur une plaque de verglas. L'ambulance la transporte à l'hôpital où elle reste deux jours. Le pauvre Jules est bien en peine, lui qui ne sait même pas se faire cuire un œuf. Adèle lui donne des ordres de son fauteuil avec sa jambe plâtrée posée sur un tabouret. Comme Cyprien ne peut espérer d'aide de personne, Laurent lui apporte des plats préparés ou l'emmène au restaurant où le vieux, qui est difficile, mange mal.

Le père d'Olivier vient à la Neuville aux vacances de février. Après son départ, l'enfant pleure beaucoup. Même Adèle, qui a le cœur dur, en a de la peine. Le lendemain, le gamin monte chez Cyprien et ils vont se promener au bord de l'étang pour voir frayer les brochets près de l'herbier. Olivier est sombre. Il s'intéresse peu aux poissons et reste silencieux à côté de Cyprien, alors que d'habitude il ne cesse de courir partout et de raconter n'importe quoi.

– Je veux pas aller en pension au mois de septembre! Je m'évaderai, répète-t-il.

– Tiens, reprend Cyprien, on est dans la lune de février! C'est celle des hiboux.

Le gosse lève ses yeux noirs sur Cyprien.

– La lune des hiboux?

L'étang luit au soleil. Les joncs près des bordures bougent, bousculés par les brochets dont on devine parfois les dos sombres.

– Oui, continue Cyprien. Le hibou chante toutes les nuits d'hiver pour appeler sa belle. Et la nuit de la pleine lune de février, ça doit être leur mariage. Tu entends des hiboux partout dans le vallon! Un raffut!

– Tu les as déjà entendus?

– Bien sûr! Tu veux que je te les fasse entendre? Avec ce temps clair, je serais pas étonné que ça commence!

La perspective d'aller écouter les oiseaux de nuit avec Olivier met Cyprien de bonne humeur pour toute la journée. L'après-midi, le soleil est chaud; des moustiques volent dans l'air limpide. Au coin de la maison, les jonquilles sortent de terre. Olivier arrive en courant:

– Ma grand-mère veut pas que j'aille écouter les hiboux! Elle me dit que c'est encore une de tes idées bizarres!

Cyprien est aussi contrarié que l'enfant. Il tire sa casquette sur ses yeux:

– Ta chambre, c'est bien celle qui est derrière la maison et donne sur le pré à côté de mon verger?

– Oui. J'ai déjà sauté par la fenêtre une fois que ma grand-mère m'avait puni...

– Alors, c'est ce que tu vas faire ce soir! Tu attendras que j'arrive et on ira tous les deux! Faut que tu les entendes, ces hiboux!

– Si je me fais attraper, ça va barder!

– Tu te feras pas attraper, c'est moi qui te le dis!

Cyprien passe le restant de l'après-midi à tourner en rond. Il inspecte son atelier, sa remise, apporte du bois pour le feu, mais le temps ne passe pas. Vers dix heures enfin, il prend sa canadienne, enfonce sa casquette sur sa tête et cherche la lampe de poche. La nuit est radieuse. Une infinité d'étoiles couvre les collines. La lune n'est pas encore levée pourtant, sa lumière découpe, à l'est, la butte d'Orliac-de-Bar. Cyprien marche vite, léger, heureux. Quelques oiseaux hululent déjà dans la vallée.

– Attends que la lune se lève! dit-il. Tu vas voir!

Il traverse son verger et contourne la maison de Jules pour ne pas faire aboyer le chien. Olivier l'attend à la fenêtre entrouverte. Cyprien allume sa lampe de poche et l'enfant enjambe le mur, leste comme un chat. Ils s'éloignent en silence. Olivier qui n'est pas rassuré se serre près de Cyprien.

– Tu crois qu'ils vont chanter?

– Laisse sortir la lune et tu vas voir!

– On va loin?

– Juste au bas du pré. Ça va commencer par un ou deux qui se racontent des histoires, et après ils s'y mettront tous!

Olivier frissonne:

– J'ai un peu peur! dit-il.

– T'es un homme ou quoi?

– Si ma grand-mère trouve le lit vide, qu'est-ce que je vais me ramasser!

– Avec sa jambe dans le plâtre, elle risque pas de courir aussi vite que toi.

Ils s'assoient contre le talus, juste en face du bois. La lune est sortie, énorme, luisante. Olivier qui ne l'avait jamais vue ainsi ne peut en détacher son regard:

– On dirait le balancier de ta pendule!

Les arbres se découpent avec netteté dans la pénombre. Le pré est jaune; une lumière crue flotte au ras de l'herbe. Olivier glisse sa main dans celle de Cyprien.

– Ouais! fait le vieux, quand tu regardes vivre tout ça, tu sais qu'on n'est pas chez nous. La nuit, c'est la place des bêtes et des choses qui restent cachées et qui nous aiment pas!

Il fait presque jour, mais sans cette netteté franche du soleil. La lune triche avec chaque branche, chaque brindille qui apparaissent énormes, comme animées d'un mouvement lent et régulier. Tout à coup, un chat-huant se met à hululer sur un arbre proche. Un autre lui répond un peu plus loin, puis un troisième. Maintenant, le bois tout entier, la vallée sont déchirés par des centaines de plaintes aiguës. On dirait des voix de femmes et d'enfants qu'on torture. L'enfer s'ouvre dans l'ombre de ce vallon et fait peser sur ce qui bouge une terrible menace. Olivier serre très fort la main de Cyprien.

– J'ai peur! Cyprien, on rentre!

– Attends un peu, tu entends comme c'est beau!

– Non, c'est pas beau! On dirait des morts qui parlent!

Ça n'en finit pas. Des milliers de trompettes lugubres se répondent dans la pénombre, se déplacent. Il y en a partout. Olivier claque des dents.

– On rentre, je te dis!

Au bout de quelques minutes, les cris sont moins nombreux. La lune retrouve sa place souveraine au-dessus du vallon. Les oiseaux se taisent presque tous en même temps et le silence reprend possession des arbres.

– C'est la fin ! dit Cyprien. Ils vont faire comme ça plusieurs fois cette nuit et encore pendant quelques jours, tant qu'il y aura de la lune. Allez, on rentre !

Cyprien a mal aux jambes et à la poitrine. Ses articulations craquent à chaque pas. Arrivé à la maison, Olivier escalade le mur et pousse sa fenêtre. Cyprien revient lentement chez lui :

– Ça lui a fait peur ! dit-il en poussant sa porte. J'aurais peut-être pas dû lui faire entendre ça ! Tu dirais des revenants !

Le lendemain, Olivier monte en début d'après-midi :

– Plus jamais j'irai écouter tes hiboux ! J'ai eu peur toute la nuit !

– T'es pas un homme, voilà la vérité !

La neige tient longtemps, mais Cyprien ne tend plus ses pièges. Lui qui se faisait une grande joie de braconner n'a plus la force de descendre au verger. Depuis quelques jours, il sent que la maladie progresse en lui. La simple corvée du bois lui pèse, il reste plus tard au lit, le matin.

Finalement, Huguette et Laurent ont fini par lui faire accepter la visite d'un médecin. Celui-ci lui prescrit des médicaments qui atténuent un peu la douleur, mais ne la font pas disparaître totalement.

– Tiens, tu laisses pousser ta moustache de nouveau ?

Laurent ne s'en aperçoit qu'aujourd'hui. C'est vrai

que Cyprien ne se rase pas tous les jours, mais ce matin, avec ses joues lisses, sa fine moustache grise lui donne un air guilleret, comme plus jeune.

– Ouais, répond Cyprien, j'avais froid sous le nez!

– Toi, tu seras toujours un original!

Fin février, le vent tourne au nord. La neige a fondu, laissant une terre grise, gorgée d'eau, qui se hérisse en dents de glace. Les champs sont durs. Une poussière gelée cingle les joues. Cyprien maudit cet hiver qui n'en finit pas. Sa chambre est glacée et, chaque matin, il recule de plus en plus le moment de poser ses pieds sur le plancher. Une fois habillé, il doit chausser ses galoches et aller jusqu'à la remise. Le vent s'infiltre sous ses habits. Les mains engourdies, il prend des copeaux et quelques bûches pour allumer la cuisinière.

Quand le feu brûle, le vieil homme fait chauffer son café sur la gazinière et le boit tranquillement, la tête tournée vers la pendule figée, puis fume sa première cigarette.

Malgré le froid persistant, les jours ont grandi. Le soir, la nuit tarde à tomber et, en portant sa dernière brassée de bois, Cyprien observe cette bande lumineuse qui reste à l'occident longtemps après que la Neuville a sombré dans la nuit. Le matin, les oiseaux chantent plus fort. Dès que ce maudit vent polaire cessera, de gros nuages vont arriver de l'ouest chargés d'une pluie douce. Les premières violettes fleuriront au creux des fossés. Toute sa vie, Cyprien a aimé cette saison. Aussi, en allant à son atelier, prenait-il le temps de faire un tour dans le chemin creux qui conduit à la rivière. Ou bien, il descendait à l'étang. Sur les bordures, les grappes gélatineuses d'œufs de grenouille montraient que la vie, encore une fois, triomphait du froid minéral.

– Ça devrait pas tarder à bouger de partout ! Va falloir que je montre au gamin comment on trouve les nids !

Depuis la visite de son père, Olivier a changé. Il parle moins et baisse les yeux quand on le regarde. La pension le terrorise et sa mère dont il espérait le secours n'est pas venue le voir. Il s'est mis en colère et a pleuré une fois de plus. De sa chaise, Adèle a dit :

– Une traînée, ça reste une traînée !

Olivier ne sait pas ce qu'est une traînée, mais il a serré les dents et a traité sa grand-mère de vieille bique. Jules opine sans rien dire ; Jules est toujours de l'avis des autres, surtout d'Adèle.

L'enfant monte voir Cyprien presque tous les jours. Ce matin, il s'est assis en face de lui et joue avec les tisons. Comme l'homme ne sort que pour aller chercher son bois et faire ses courses, Olivier lui demande :

– Pourquoi que tu regardes jamais la télévision, Cyprien ? Moi, j'aime bien la télé !

– Il y a que des conneries. Moi j'ai pas besoin de la télé pour m'occuper.

– Alors pourquoi que t'en as acheté une ?

– C'était ma pauvre Élise qui aimait ça. Pas moi.

C'est vrai que, depuis la mort d'Élise, le silence a envahi cette maison qui est devenue un caveau.

– Tu sais, reprend Olivier, ma maman a eu beaucoup trop de travail pour les vacances de février, mais cette fois, c'est sûr, elle va me prendre à Pâques, et c'est dans quinze jours.

Cyprien fait semblant de ne pas avoir entendu.

– Dès que ce mauvais vent froid va s'arrêter, les oiseaux vont commencer leurs nids. On ira les chercher tous les deux. Je t'apprendrai...

– Et on prendra les œufs.

– Non, faut pas prendre les œufs. Les petits oiseaux, tu les regardes et tu les laisses faire, c'est beau et ça chante le matin pour annoncer le printemps... On dénichera les tourterelles et les pigeons, si tu veux...

– Ah bon ? Et tu me feras voir ?

– Bien sûr, les nids sont sur les vieux arbres, assez bas. Tu surveilles sans rien toucher. Tu laisses faire les parents qui nourrissent les petits et tu attends qu'ils soient plumés. Là, tu les prends, tu les mets en cage pendant quelques jours, et après, dans la casserole !

– Moi, je vais dire à ma maman de me garder avec elle. Je veux pas aller en pension. D'ailleurs, ils pourront pas m'attraper !

Comme Cyprien l'avait prévu, le temps change les premiers jours de mars. Le vent tourne à l'ouest et l'air se réchauffe. Des gros nuages arrivent en troupeaux serrés et la pluie se met à tomber. Cyprien accueille ce redoux avec satisfaction. Enfin, il va pouvoir sortir. Le froid l'avait emprisonné dans sa maison et il s'ennuyait à couver le feu.

Un matin, il rencontre Jules dans le chemin, devant la maison des Parisiens. Jules est au désespoir. Il doit tout faire, s'occuper des bêtes, de la basse-cour, et surtout de la cuisine.

– Tu comprends, Cyprien, c'est pas à mon âge qu'on apprend ça! Moi, j'en peux plus... Cette Adèle qui est allée se casser une jambe comme ça! C'est bien la déveine!

– Écoute, Jules, tu n'as pas à te plaindre...

– Et ce petit vaurien qui n'en fait qu'à sa tête. Tu crois pas qu'il aurait l'idée de me donner un coup de main? Eh bien, non!

– C'est un bon petit, Jules, moi je te le dis!

La pluie dure plusieurs jours. Cyprien se dit :

– Faut que je commande ma carte de pêche à Laurent. Et un de ces jours je vais descendre au ruisseau avec le gamin.

Il marche de plus en plus difficilement et le chemin du ruisseau est abrupt, mais il se dit qu'une fois en bas il trouvera bien la force de remonter. Avec les gouttes que le docteur lui a prescrites, sa poitrine le fait un peu moins souffrir qu'avant, mais il redoute toujours une crise.

Le divorce de Marthe le tourmente encore autant, et vingt fois il a pris sa pièce de cinq francs pour aller téléphoner chez Jules, mais il a fait demi-tour avant d'arriver à son atelier :

– Qu'est-ce que je vais lui dire, moi, à Georges? Je vais quand même pas lui donner l'occasion de m'engueuler!

Un jour, Laurent passe en coup de vent. Il a rendez-vous avec un entrepreneur pour les travaux qu'il compte commencer avant l'été. Cyprien ose lui demander :

– Et ta sœur ? Tu as des nouvelles ?

– Elle va bien. Elle travaille.

Il n'insiste pas, malgré l'envie de savoir ce qu'elle fait.

Laurent apporte la carte de pêche quelques jours plus tard. Cyprien en est tout content. Le lendemain, il tombe par intermittence une pluie fine. C'est mercredi, Olivier monte vers neuf heures.

– On va bientôt enlever le plâtre de ma grand-mère. Tu sais qu'ils le font avec une scie à bois ?

– Peut-être ! dit Cyprien qui ne s'est jamais rien cassé. Tu as vu ma carte de pêche comme elle est belle ?

– L'autre jour, j'étais au ruisseau avec mon grand-père et j'ai vu une grosse truite au pont de Paucart !

– Eh bien, on va y aller tous les deux, cet après-midi ! Tu vas voir comme le vieux Cyprien sait les attraper, les truites !

Vers une heure de l'après-midi, la pluie s'est arrêtée. Le soleil sort par moments entre les nuages, illuminant une campagne détrempée. Dès qu'il a fini de manger, Olivier arrive chez le vieil homme.

– Tu sais que j'ai ramassé des vers, et des beaux, les mêmes que ceux que tu m'as montrés, l'autre fois !

– Il faut pas prendre des vers rouges qui se cassent quand tu les enfiles sur l'hameçon ! dit Cyprien. Les vers roses, que tu trouves toujours dans les racines des poireaux, sont meilleurs.

– Eh bien, c'est de ceux-là ! dit Olivier tout excité.

Cyprien va chercher son panier de pêche, sa grande canne à truite et enfile ses cuissardes. Ils descendent dans le chemin creux. Des coups de soleil allument le sous-bois où piaillent une multitude d'oiseaux. Ce matin, Cyprien est resté plus d'une heure assis sur le dos d'âne, près de l'étang :

– Tu comprends, explique-t-il à Olivier, c'est sur l'eau que tu vois la première hirondelle parce que c'est là qu'elle trouve le plus de moustiques !

Ils arrivent au ruisseau. C'est un torrent qui descend des Monédières, très rapide, avec une eau cristalline sur un lit de petits galets ocre. Cyprien ne pense qu'à la pêche : pour l'instant ses jambes ont retrouvé toute leur vigueur. En quelques minutes, la canne est montée, il enfile un ver bien vivant sur l'hameçon et avance, accroupi dans une trouée de la végétation. Olivier se tient derrière lui.

– Tu peux parler autant que tu veux, mais tu n'as pas le droit de taper des pieds !

Le vieux laisse descendre sa ligne dans l'eau et en contrôle la dérive. Il est heureux, sa maladie et sa vieillesse sont restées à la Neuville. Tout à coup, il sent dans son poignet, fidèlement transmis par la canne, le « toc » du poisson qui a pris le ver. Radieux, il se tourne vers l'enfant :

– J'en ai une !

Olivier s'approche, curieux, les yeux pleins de convoitise.

– Tu vas voir si je mens ! dit le vieux. Je la ferre, et tu la sors, d'accord ?

– D'accord.

Cyprien ferre d'un mouvement brusque. Un coup de poignard en plein cœur lui arrache un cri. Il lâche la canne, Olivier s'en empare. La truite piquée tente de prendre le courant. Le scion plie par secousses.

– Qu'est-ce qu'il t'arrive, Cyprien ?

– Rien ! dit le vieux qui voit bouger des flocons noirs devant ses yeux.

Olivier tire de toutes ses forces ; le poisson arrive en surface, frappe l'eau de sa queue. Il le soulève et le fait voler dans le pré. La truite se tortille entre les herbes.

– Comment tu fais pour la tuer, Cyprien, c'est bien comme ça ?

Olivier tient la truite d'une main et, de l'autre, lui rabat la tête vers le dos. Les vertèbres cèdent ; un léger frémissement suit les flancs du poisson parsemés de points noirs et rouges. Cyprien a vu les yeux froids de l'enfant.

– J'aime pas quand tu as cette tête.

– Quelle tête j'ai, Cyprien ?

Un gros nuage arrive au-dessus de la vallée. Le temps s'assombrit ; Cyprien regarde le ciel.

– Si ça voulait, on se mouillerait.

Il avance lentement le long de la rivière. Son cœur s'apaise, la crise est passée. Il a eu très peur de tomber devant Olivier. Une goutte lui pique la joue.

– On devrait remonter ! Tu as vu ce qui arrive ?

– Mais non, Cyprien, on va en attraper une autre !

– Il faut remonter, je te dis, sinon, on va être trempés comme de la soupe !

– C'est comme tu veux, Cyprien! dit Olivier qui regarde sa truite morte.

Ils reprennent le chemin boueux qui serpente au flanc de la colline. Les gouttes sont de plus en plus nombreuses. Cyprien soulève le col de sa veste; Olivier tire la capuche de son anorak sur la tête. Sa figure est ronde comme une pomme.

Au bout de quelques pas, Cyprien s'arrête, essoufflé, les jambes molles, sans force. Son cœur bat très fort. Olivier marche devant.

– Alors, Cyprien, il faut se dépêcher si on veut pas se mouiller. C'est toi qui l'as dit!

– Pars devant! Moi, j'ai plus vingt ans!

L'enfant s'en va au pas de course. Cyprien se retrouve seul dans le silence des arbres qui se donnent à la pluie. De grosses gouttes tombent des branches nues. Il s'arrête un moment, puis repart en s'aidant de sa canne à pêche. La douleur lui broie la poitrine.

– Mais qu'est-ce que j'ai fait pour mériter autant de mal!

Il s'assoit au bord du chemin. Les gouttes s'écrasent sur sa veste avec un bruit mat. L'eau ruisselle sur ses joues piquées d'une barbe de plusieurs jours. Sa chemise trempée colle à son dos et le gèle jusqu'au cœur. Il respire difficilement. Ses articulations craquent comme du bois qu'on casse.

– J'aurais dû dire au gamin qu'il m'envoie Jules avec le tracteur. Me voilà un beau gaillard!

Il se remet sur ses jambes, fait quelques pas en titubant, s'arrête de nouveau. Ses muscles sont de plomb. La côte est trop raide, il n'arrivera jamais au bout.

– Si j'osais, je me mettrais à quatre pattes.

La pluie redouble, une pluie glacée qui s'acharne. Il s'assoit de nouveau. Tant pis pour le printemps et la première hirondelle, Cyprien va mourir là. Son cœur bat à éclater. L'homme ouvre la bouche pour mieux respirer. Une eau fade coule sur sa langue.

– Cyprien! Cyprien!

C'est Olivier qui revient en courant. Cyprien le regarde arriver avec des yeux vides. Il n'a plus la force de mettre ses mains dans les poches.

– Eh bien, Cyprien, qu'est-ce que tu fais là, à te mouiller?

– Je peux plus marcher, petit gars. J'ai les jambes comme du bois. Attends, ça va bien passer dans un moment.

– Mais tu es tout mouillé! Je vais t'aider. Allez, mets-toi debout! Je vais te pousser!

Cyprien se dresse lentement en s'appuyant sur l'épaule d'Olivier. Il tremble de tous ses membres, et trébuche quand il veut faire un pas. Olivier passe derrière lui et le pousse.

– Je vais t'aider! Tu vas voir qu'on peut remonter, tous les deux!

La marche commence. Cyprien fait glisser les gros crampons des cuissardes sur les cailloux saillants. La pluie lui brouille la vue, serpente dans son cou.

– Tu vois, on est presque arrivé! Encore un effort, Cyprien!

De nouveau, les flocons de suie lui brouillent la

vue et se mélangent aux pattes de la pluie. Il pense à l'hôpital et à la maison de retraite. Tout est flou dans son esprit. La petite épaule contre son dos continue de le pousser vers le hameau.

Enfin, l'averse perd un peu de son intensité. Derrière le nuage qui court, une bande de ciel clair grandit. Ils arrivent chez Cyprien, Olivier est essoufflé, mais content :

– Tu vois que je suis costaud!

– Ça, tu l'es!

Cyprien rentre chez lui. Il n'a pas la force de changer ses vêtements; il s'assoit sur son banc et tend ses mains au feu presque éteint. Sa veste fume. Il pense un moment à des choses très anciennes, des pêches de truites d'avant-guerre quand la campagne regorgeait de gibier et de poissons. Il pense aussi à Rainette qu'il n'aura jamais la force de retourner voir. Pourquoi s'est-il laissé pousser la moustache?

Faudrait quand même que je change de pantalon!

Un sursaut d'énergie lui donne le courage d'ajouter des bûches dans le feu et, se tenant aux chaises et à la table, il se traîne dans sa chambre où règne un grand désordre. Des habits sont posés sur la commode; sur le lit, draps et couvertures s'entassent en boule. Une désagréable odeur de renfermé dessèche la gorge.

Cyprien trouve un gros pantalon de velours et une chemise. Les flocons ont disparu :

– Peut-être que je vais m'en tirer encore cette fois! constate-t-il. Sans cette putain d'averse, tout se serait bien passé.

30

Cyprien sait bien qu'il ne gagnera pas ce bras de fer contre le temps et la maladie...

Le printemps s'installe lentement. Les jonquilles fleurissent devant la maison. Les bourgeons du lilas sont prêts à éclater. Hier, alors qu'il était sorti chercher du bois, Cyprien a entendu le coucou dans le vallon. Le ciel a changé de couleur. Les bleus profonds de l'hiver se chargent de violet, s'épaississent le matin quand le soleil pourpre sort des collines.

Cyprien passe de plus en plus de temps assis près de son feu. Il ne se rase plus qu'une fois tous les dix jours et sa barbe blanche mange ses joues creuses, fait ressortir son nez tranchant et son menton pointu. Adèle à qui on a enlevé le plâtre monte le voir les après-midi en s'appuyant sur ses béquilles. Laurent qui passe à la Neuville tous les deux jours voit bien que son père ne va pas :

– Tu devrais faire revenir le médecin! propose-t-il.

– Pour qu'il me donne son poison qui m'endort!

– Il n'y a pas que ça! Il peut te donner des vitamines, enfin quelque chose pour te fortifier!

Olivier va voir sa mère à Paris pendant les vacances de Pâques. La veille du départ, il monte chez Cyprien :

– Alors, tu vois que je pars! Et toi qui le croyais pas, t'es bien attrapé!

– N'oublie pas ma photo de la tour Eiffel!

– T'en fais pas, je t'en porterai une grande comme ça!

Il revient six jours plus tard, sombre, le visage fermé. Jules va l'attendre à la gare de Brive et doit le chercher un long moment à la descente du train, tellement il y a de monde. Faut dire que Jules n'est pas dégourdi, mais le gamin baisse la tête, et il n'est pas bien grand.

– Ma maman aussi veut que j'aille en pension!

Il annonce ça à Cyprien alors que le vieux est en train de nettoyer un poireau pour sa soupe, seul luxe culinaire qu'il s'offre encore; celle que Laurent lui apporte dans des sachets n'est pas à son goût. Olivier a le regard froid. Ses cheveux en aile de corbeau se plaquent de chaque côté d'une raie stricte.

– Elle dit que c'est mieux pour tout le monde. Et puis, elle peut pas me prendre avec elle!

Cyprien lève la tête vers le gamin :

– Tu savais bien...

– Elle est avec un monsieur; il y a un autre enfant chez elle. Il s'appelle Jérôme et je l'aime pas. Un jour je l'ai frappé si fort qu'il avait le nez en sang!

– Et ce monsieur, qu'est-ce qu'il a dit ?

– Que j'étais un petit voyou et que la pension me ferait du bien ! Lui aussi, je le tuerai !

– Tu veux tuer beaucoup de monde, aujourd'hui ! Tiens, si on descendait à l'étang. Il y a peut-être une tanche à prendre !

– Non, je veux pas descendre à l'étang. Je veux aller sur la route et partir bien loin en courant si vite que personne ne pourra jamais me rattraper !

Sa poitrine se gonfle d'un sanglot qu'il retient ; une larme luit au coin de ses yeux noirs. Cyprien lui passe la main dans les cheveux en une lourde caresse. Le gosse fouille dans la poche de son blouson et sort une carte postale écornée :

– Tiens, c'est ta photo de la tour Eiffel !

Cyprien prend la carte et la regarde, ému. Olivier baisse la tête.

– T'en fais pas, dit le vieux, tout s'arrangera pour toi. Tu as encore beaucoup de temps ! Et puis, la pension, c'est peut-être pas aussi terrible ! Tu t'y feras des copains...

Olivier se dresse :

– C'est pas terrible ? Et toi, pourquoi que t'es pas resté à la maison de retraite ?

– Parce que je suis un vieil original ! Viens, on va faire un tour à l'étang.

– Non, je veux pas ! crie Olivier en courant vers la porte.

Cyprien met les légumes dans l'eau qui bout. Une bonne odeur de poireau remplit la pièce ; c'est tout le printemps qui entre chez lui. Il pense aux jumelles de Marthe :

– C'est vrai qu'elles sont insupportables, mais elles méritent pas ça !

Comme il a de plus en plus de mal à marcher, Cyprien monte au grenier chercher la canne de son père. La douleur le harcèle continuellement ; pour le bois de sa cheminée, il doit faire plusieurs tours à la remise et n'apporte que deux bûches à chaque voyage :

– Je suis pas plus fort que le gamin ! constate-t-il.

Souvent, la nuit, un coup de poignard en plein cœur le réveille en sursaut. Il halète un long moment dans l'ombre, le cœur battant très fort, la bouche ouverte. Alors, de sa main tremblante, il trouve le bouton de la lumière, et la douleur diminue, comme si c'était une bête de l'ombre.

Quand elle monte le voir, Adèle ne cesse de se lamenter. Tout va mal : Jules est fatigué ; sa jambe la fait souffrir et Olivier est de plus en plus difficile :

– Vous voyez qu'on peut pas le garder encore longtemps ? Nous, on n'est plus très jeunes et il est trop dur pour nous !

– Bah, suffit de savoir le prendre !

– Moi je vous dis que, dans quelques années, il n'a pas fini de nous en faire voir !

– Vous vous en faites pour un rien ! En grandissant, il prendra de la raison !

Adèle aussi a maigri, ses yeux sont soulignés de cernes noirs. Elle repart en s'appuyant sur ses béquilles. Olivier, qui la voit descendre dans le chemin, vient tourner autour d'elle.

– Arrête, petit polisson, tu vas me faire tomber!

Mais Olivier n'arrête pas. Sa grand-mère ne peut pas l'attraper et il en profite.

– Attends que je puisse marcher, et tu verras!

Ce matin, Cyprien se sent un peu mieux et décide de se raser. Sa moustache bien taillée le rajeunit. Il est satisfait de lui et pousse sa casquette en arrière.

Il sort. Le temps est clair; les collines ruissellent de soleil. Les oiseaux chantent dans le tilleul et l'air doux se remplit d'odeurs de terre chaude, de poussière vivante. Jules sort le fumier de son étable. C'est un temps à jardiner, à planter, à semer, pour ne pas être absent de la grande fête qui se prépare. Cyprien va à son potager. L'herbe nouvelle pousse ses langues vertes sur les friches sèches de l'année dernière. Il rassemble les fanes de haricots, les tiges dures et noires des tomates, fait un tas d'herbe où il met le feu. Une épaisse fumée blanche monte au-dessus des toits.

– Je vais dire à Jules qu'il me rapporte du plant de chou du marché, samedi! Je vais prendre mon temps pour bêcher!

Mais il a surestimé ses forces. Quand il plante la bêche dans la terre et veut retourner la motte, une douleur vive l'immobilise. Il se sent tomber sur les genoux et glisser dans une épaisse nuit.

La crise ne dure pas longtemps. Le vieil homme se retrouve allongé par terre :

– Nom de Dieu...

Il tente de se mettre sur ses jambes molles, puis, serrant les poings, bredouille :

– Puisque c'est comme ça, je vais dire à Jules qu'il me passe un coup de motoculteur.

Jules promet de monter dans l'après-midi. Cyprien va à son garage et soulève le capot de la camionnette. La batterie est à plat et il n'est pas assez robuste pour la déplacer. Laurent, qui arrive vers six heures, refuse de l'aider :

– Tu veux aller te tuer en voiture, non ?

Le voilà bloqué à la Neuville. Combien de temps cela va-t-il durer ? Un mois, deux ? Qu'importe, la fin approche, cette fin qu'il redoute le plus parce que c'est une défaite pour lui : le retour à Noyac. Il voit déjà le regard ironique de Mme Lebel. Même Léon ne manquera pas de le railler : « Tu voulais être le plus fort ! Tu vois que j'ai raison ! On ne joue pas avec l'âge et la maladie. La victoire est toujours du même côté. » Cyprien serre les dents et dit :

– Je suis un bel oiseau ! Qu'est-ce que je fais ici ?

Comme il l'a promis, Jules passe le motoculteur. Cyprien trouve une terre superbe, fine, prête à recevoir les semis. Le temps est chaud et orageux, l'odeur de l'humus remué monte par vagues puissantes. Tous les ans, à cette époque, l'ébéniste laissait son atelier et son bois pour deux ou trois jours, le temps de bêcher son potager. Une fois ce grand travail accompli, il ne lui restait plus qu'à sarcler régulièrement et désherber.

Cet après-midi, il se met en tête de planter ses échalotes. Adèle, qui le voit passer avec son panier, lui dit :

– Mais vous pouvez pas rester un peu tranquille ? Le soleil n'est pas bon pour un malade !

– Je suis pas malade!

Si, il l'est. Cette nuit encore, il a cru mourir. Les crises sont maintenant quotidiennes, mais il se force à ne pas y penser. A mesure que la maladie resserre son étau sur lui, il éprouve le besoin de bouger, de s'activer, comme pour lui échapper.

Au potager, il délimite son allée et tend le cordeau. Quand il se penche, sa tête éclate; son cœur se paralyse. Même planter des échalotes est trop pénible pour lui.

Des bergeronnettes se posent sur les mottes. Les pêchers roses commencent à perdre leurs pétales qui tombent sur la terre sombre. Dans le vallon, les aubépines font des taches blanches. L'air plein d'odeurs caresse agréablement la peau. Un pigeon, sur le toit de Jules, tourne autour de sa pigeonne en roucoulant. De gros nuages blancs voguent lentement vers l'est. La vie de la terre continue, mais Cyprien n'y participe plus. Mort, il ne saurait rien de tout cela; hélas, il reste assez vivant pour assister à sa déchéance qui ne fait que croître.

Le soir arrive, souverain, plein de cris d'oiseaux et de bruits que l'air tiède amplifie. Cyprien revient chez lui, sombre, la casquette basse sur les yeux Cette fois, il le sait, la fin est là.

– Je peux plus travailler, je peux plus aller à la pêche et faire mon jardin. Qu'est-ce qui me reste?

Son regard s'arrête alors sur boîte de pastilles posée sur l'étagère au-dessus de la cheminée. Il l'ouvre et voit le corps du grillon séché. Il hausse les épaules :

– Il me reste mes dents ! Les Mallorie meurent avec toutes leurs dents ! Et ça leur fait une belle jambe !

Ce serait une aubaine si une crise le terrassait définitivement, mais la maladie joue avec lui, c'est un gros chat qui l'affaiblit à chaque coup de griffe en épargnant sa vie pour faire durer le jeu. Non, Cyprien ne donnera pas à Mme Lebel la joie de le voir revenir, la tête basse.

Il se décide. Cela fait longtemps que le vieil homme y pense... Cette solution qu'il a choisie doit être exécutée tant qu'il en a la force, car bientôt il ne sera qu'un corps allongé sur un lit de l'aile Saint-Pierre à Noyac, incapable de se lever pour pisser, un grabataire qu'on fait manger à la petite cuiller. Mourir devant tout le monde est d'une intolérable indécence.

Il se traîne à la porte du grenier. L'escalier est abrupt ; en s'aidant des bras, il se hisse lentement sur les marches. Le moindre effort l'oblige à se reposer longtemps pour que se calme un peu le tumulte de son corps. Arrivé en haut, il regarde autour de lui. Le grenier, c'est le fouillis de la maison où s'entassent les restes de plusieurs générations de Mallorie. Des coffres, des vêtements, des livres jonchent le plancher ; il est impossible d'avancer sans heurter des tas d'objets insolites. Le silence de cette vaste pièce est un silence de vieilles choses poussiéreuses. Les saisons ne pénètrent pas sous les ardoises. Il y fait chaud ou froid, mais le ciel, le vent, la pluie, les feuilles sont absents. Cyprien ne parle pas ; sa tête est envahie d'ombre froide. Il ne pense pas, là au plus profond de son antre, honteux de lui, dernier vestige d'une race d'ébénistes. Bientôt, cette maison sera vide. Les années passeront; le vent d'automne arrachera une première ardoise, puis deux... Les Mallorie ont fait leur temps!

La corde dont on s'était servi autrefois pour monter une vieille armoire est toujours dans le coffre où son père l'avait rangée. Cyprien la prend, en éprouve la solidité. Une odeur acre de poussière lui sèche la gorge.

Son esprit glisse dans un trou sans fond, immense et gelé. Ses gestes sont lents, mais décidés. La pointe de ses doigts tremble en poussant une antique chaise blanche de poussière sous la poutre transversale de la charpente.

Il est calme, malgré son cœur qui bat très fort. La douleur se promène en lui à fleur de peau; le simple effort d'avoir déplacé la chaise lui brûle les poumons. Il lance la corde sur la poutre et y fait un nœud coulant pour l'amarrer, puis, s'aidant des bras, monte debout sur la chaise. Des images furtives traversent l'ombre de sa conscience. Au loin se profile une grande place pleine d'étoiles. Élise marche tranquillement, dans sa dernière robe noire qu'on lui a mise sur son lit de mort. Et Tino, qui est redevenu jeune, gambade autour d'elle. Il fait beau dans ces étoiles, même si le chemin est noir, et le soleil absent. Ce qu'Élise a subi, Cyprien peut le supporter sans peur.

– Cyprien!

Les pas rapides d'Olivier se rapprochent. La porte de la maison s'ouvre et tape contre le mur.

– Cyprien, où t'es ?

L'enfant se précipite dans l'escalier du grenier. Il arrive à la dernière marche, s'arrête net et ouvre de grands yeux, comme figé.

– Qu'est-ce...

– Tu vois bien que je veux décrocher le bouquet de fleurs séchées...

– Mais la corde, Cyprien ! Dis, tu voulais pas...

– La corde, c'est pour m'aider, couillon ! J'ai le vertige à me tenir sur cette chaise. Alors, j'ai mis la corde ! Qu'est-ce que tu allais croire ? Et puis, je t'ai dit de ne pas ouvrir la porte si fort : tu la casses, et après il faudra que j'en fasse une autre !

L'enfant finit de monter, furète entre les malles. Il semble plus petit ici, dans ce décor de vieilleries.

– Viens me donner un coup de main au lieu de raconter des conneries.

– Descends, Cyprien, je vais aller te le chercher, ton bouquet, moi !

L'homme descend lentement de la chaise en se tenant au dossier. Son regard n'est pas celui des autres jours. Olivier grimpe à la corde jusqu'à la poutre où il détache le bouquet qui tombe par terre avec un bruit de brindilles cassées.

– Qu'est-ce que tu veux faire de ça, Cyprien ?

– Ben... Je veux le garder parce ma pauvre Élise l'aimait et je voudrais pas qu'il s'abîme ici !

Ils redescendent lentement. Cyprien s'arrête à chaque marche. Olivier, qui n'a pas la patience d'attendre, s'en va en courant. Cyprien l'entend crier après sa grand-mère qui le menace de sa béquille.

– Qu'est-ce que j'allais faire, moi ? se dit-il en s'asseyant près du feu éteint. Et le gamin qui m'aurait trouvé ! Lui qui veut se jeter dans l'étang si on le met en pension ! Voilà que je lui donnais une fière leçon de couillonnerie !

Il s'en veut. Du bout des pincettes, il remue les tisons froids. La caisse à bois est vide.

– La maison de retraite pour un vieux, c'est pas pire que la pension pour un enfant !

Il sort lentement sur le pas de la porte. Les hirondelles réparent leurs nids sous l'auvent du garage. L'air est tiède ; des moustiques volent dans la lumière. Cyprien pense à la pêche à la mouche. Quelle joie c'était pour lui de voir les truites monter en surface gober sa mouche artificielle faite d'une plume de coq enroulée autour d'un hameçon !

– J'ai que les corvées ; tout le reste m'est défendu ! Et le gosse ? Je lui donne un sacré exemple !

Il descend jusqu'à l'étable où Jules apporte à sa génisse de l'herbe nouvelle qui sent fort la fraîcheur et la prairie. La casquette cache son regard sombre.

– Tiens, le Jules, voilà une pièce. Tu diras à Adèle de téléphoner au taxi. Je repars demain pour Noyac !

Jules ouvre de grands yeux étonnés.

– Tu repars ? Voilà que tu as changé d'avis ?

– Oui, j'ai changé d'avis. Dis à l'Adèle de commander le taxi pour deux heures de l'après-midi, demain.

– Tu peux pas demander à Laurent de t'emmener ?

– Non. Je veux que ce soit le taxi.

31

Le lendemain matin, Adèle arrive vers neuf heures. Cyprien est levé depuis longtemps, mais n'a pas allumé de feu. Elle remarque qu'il s'est rasé avec soin. Sa casquette sur les yeux, il est plus voûté que d'habitude et ne bouge pas du banc, les mains sur les genoux. Adèle lui demande s'il veut qu'elle monte de temps en temps aérer la maison pour que rien ne s'abîme.

– C'est ça, Adèle! dit Cyprien. Vous viendrez aérer de temps en temps.

– Diable d'homme, vous partez au meilleur moment de la saison!

– On choisit pas le moment de partir!

Le gamin est à l'école et c'est mieux comme ça. Le taxi arrive à deux heures, comme prévu. L'homme qui en descend est petit, maigre; une grosse moustache lui cache la bouche.

– Vous allez m'emmener à Noyac, dit Cyprien, mais avant on va faire un petit détour.

L'autre le regarde, perplexe :

– Oui, j'ai besoin de voir quelqu'un! Je vais vous montrer le chemin.

Le temps est superbe. Le ciel d'un bleu épais est plein d'hirondelles qui volent très haut. Les nuages ne sont pas encore sortis des collines. Absent de ce spectacle, Cyprien monte dans la voiture qui démarre aussitôt. Il se retourne pour voir une dernière fois sa maison et le grand tilleul qui commence à mettre ses feuilles. En bas du verger, il dit au chauffeur :

– Il faudrait que je prenne quelque chose dans mon atelier!

Le taxi s'arrête. Cyprien descend lentement du véhicule et marche jusqu'au lilas dont les feuilles s'ouvrent sur de minuscules grappes qui préparent déjà les fleurs. Le soleil pompe de la terre une puissante odeur d'herbe mouillée. Cyprien pousse la porte de son atelier. Les machines sont là, dans ce silence froid de l'abandon. La table de la raboteuse luit à la lumière blanche de la fenêtre aux carreaux sales. Ça sent la vieille sciure, une odeur aigre et désagréable. La bonne odeur, ici, c'est celle de la sciure fraîche, toute chaude au sortir de la machine.

Toute la vie de Cyprien s'est écoulée dans ces quelques mètres carrés et le temps a passé si vite! Il avance jusqu'au hangar. Là se trouvent les plus belles planches de merisier, de noyer, de chêne qu'il a collectionnées tout au long de sa vie, un inestimable trésor. Qui saura apprécier ce bois couvert de poussière? Personne, bien sûr! Marthe et Laurent le feront couper pour le feu! Cyprien s'essuie les yeux et se mouche. La tête pleine d'un désespoir de plomb, il revient vers le taxi. Adèle est au milieu du chemin.

– Et le gosse, qu'est-ce que je lui dis ?

– Dites-lui que... que la pension... Et puis non, ne lui dites rien.

Il monte dans le taxi, claque la porte et explique au chauffeur qu'une parente à lui habite du côté de Gimel et qu'il veut profiter de l'occasion pour aller lui faire une visite :

– Moi j'ai plus vingt ans et avec ma camionnette, dans ces tournants, j'ai toujours peur de me casser la figure...

– C'est vrai, reconnaît l'homme, c'est pas une belle route !

Ils arrivent à Gimel, passent le pont au-dessus de la cascade qui fume. Un peu plus loin, la voiture tourne à droite, croise un gros rocher qui sort des aubépines en fleurs, puis arrive à une maison avec un perron en pierre. Près du mur, des jonquilles se balancent mollement au vent. Un chien jaune descend les marches en aboyant.

– C'est là ! dit Cyprien.

Le taxi s'arrête. Cyprien a baissé la vitre et regarde la porte vernie qui s'ouvre. Une femme aux cheveux blancs et frisés sort et appelle le chien. Son regard s'attarde sur Cyprien. A cet instant, il en est sûr, Rainette l'a reconnu. Un coq chante dans le pré voisin. Quelqu'un parle à l'intérieur de la maison. Rainette lui sourit, se tourne et rentre. La porte se ferme.

– Qu'est-ce qu'on fait ? demande le chauffeur qu' s'impatiente.

– On va à Noyac, et vite !

Le taxi fait demi-tour au village. Lorsqu'il passe de nouveau, la porte est toujours fermée. Cyprien soupire.

– Vous vouliez pas voir votre parente ?

– On l'a vue et c'est suffisant !

– Ah bon ? Comme vous voulez !

Le soleil s'est voilé d'une fine couche de brume qui flotte très haut. La lumière est vive, sans la moindre ombre. Un orage de printemps se prépare, un de ces petits orages brefs où pluie et soleil se mêlent. Après l'averse, la terre fume et, comme par miracle, les feuilles ont grandi, l'herbe est plus verte.

Ils arrivent vers quatre heures à la maison de retraite. L'orage n'a pas encore éclaté, mais la brume se condense en gros nuages sombres. Cyprien prend sa valise et s'éloigne lentement dans l'allée goudronnée. Dans le hall, une femme le reconnaît et lui dit bonjour. Mme Lebel, qui est au réfectoire où plusieurs pensionnaires mettent le couvert, ajuste ses lunettes en l'apercevant. De la cuisine vient une odeur de pomme de terre épluchée et de graisse chaude.

– Tiens, monsieur Mallorie ! Enfin !

Il ne répond pas et monte directement dans sa chambre. Une forte odeur d'éther et de vêtements souillés lui soulève l'estomac.

Sa chambre n'a pas changé. Cyprien retrouve des vêtements dans son armoire. Le sapin a mis des pousses claires au bout de chaque branche. L'orage qui s'est formé tourne au-dessus de la vallée, remonte vers Vimbelle. Il ne pleuvra pas ici. S'il était à la

Neuville, Cyprien irait dans son verger pour recevoir les premières gouttes chaudes sur le visage. Cette eau, c'est de la vie qui tombe du ciel. Cyprien a toujours aimé les orages.

Léon entre et vient lui serrer la main. Il est toujours aussi maigre et aussi bavard :

– Eh bien, le Cyprien, tu as enfin compris que c'était pas si mal, ici ! Mais qu'est-ce que je me suis fait engueuler quand tu es parti !

– Je vais me reposer pendant quelques jours.

– Mais dis donc, c'est pas tout le monde qui peut faire comme toi ! C'est que la Lebel la fait payer, ta piaule ! Tu as de la chance d'avoir des enfants qui peuvent !

– Oui, j'ai de la chance !

– Parce que me fais pas croire que tu paies avec ta pension d'artisan qui est plus petite que celle des paysans !

Léon et ses copains partent se promener en ville. Cyprien se sent trop faible pour les accompagner. Il pense à Rainette. Pourquoi n'est-elle pas venue au-devant de lui ? Elle l'a reconnu, Cyprien l'a vu dans ses yeux. Un liquide noir se répand dans sa tête... Un pinson se pose sur une branche du sapin et chante. Sur la colline de Naves, le nuage noir est zébré d'un éclair vif qui se divise en une chevelure de racines lumineuses.

Cyprien ne voit rien de tout ça. Il a mal ; son cœur cogne, lourd, une bûche. L'orage traverse l'horizon et brise ses dernières forces contre les Monédières. Dans le ciel nettoyé, d'un beau bleu, se mire le vert très doux des arbres. Le soleil descend vers l'horizon qui s'embrase. Les hirondelles volent au ras de l'allée, signe qu'un nouvel orage se prépare.

Laurent arrive vers six heures, un Laurent légèrement amaigri, mais avec un visage plus ferme, plus décidé. Il ne dort que quelques heures par nuit, passe ses journées à surveiller le chantier, à discuter des devis avec les entrepreneurs. Huguette ne le voit pas beaucoup au cabinet, mais elle a convaincu Me Fromel de le laisser faire.

– Alors? demande Laurent en entrant dans la chambre. Qu'est-ce qui t'a pris de partir comme ça, sans avertir personne. Et puis, tu aurais pu me demander pour que je t'emmène!

– Non, il me fallait le taxi! J'ai envie de fumer une cigarette! Si on allait faire un tour dans le parc.

Laurent prend le bras de son père et l'aide à marcher. Lorsqu'ils traversent le hall, un groupe de pensionnaires dévisagent ce bel homme élégant qui ressemble étrangement à ce vieillard noueux, les mêmes petits yeux perçants et noirs, des yeux de merle, disait la mère de Cyprien. Le nez de Laurent est moins tranchant que celui de son père, mais il a la même forme.

De son bureau, Mme Lebel les aperçoit et vient au-devant de Laurent à qui elle serre la main avec un grand sourire :

– Ah, monsieur Mallorie, je suis heureuse que votre père nous soit enfin revenu!

Cyprien serre les dents. Laurent explique à la directrice qu'il faut le laisser faire à sa guise : s'il veut repartir un peu, elle ne doit surtout pas l'en empêcher. Pour la question de l'argent, ils s'arrangeront toujours.

– Vous vous rendez compte, monsieur Mallorie, quel fils vous avez ? dit Mme Lebel. Beaucoup de pensionnaires voudraient être à votre place !

Dans le parc, Cyprien respire très fort l'air humide, chargé de l'odeur sirupeuse des cerisiers en fleurs.

– Tu lui diras de me rendre mon couteau et mon briquet ! Je les mettrai dans le tiroir de la table de nuit, j'y toucherai pas !

– J'arrangerai ça, je te promets !

Ils s'assoient sur un banc. Des oiseaux se chamaillent dans les buissons.

– J'ai vu Marthe l'autre jour. Elle est venue au château de la Faurie... La pauvre n'a pas beaucoup de moyens. Enfin, elle travaille. Je la prendrai avec moi quand j'ouvrirai l'hôtel.

– Me parle plus d'elle ! siffle Cyprien entre ses dents.

– Sois pas têtu ! Son divorce, c'est son affaire !

– Ses filles, c'est aussi son affaire !

– Elles ne sont pas malheureuses, je te dis. D'ailleurs, elle les prend souvent, et je pense qu'il valait mieux faire comme ça !

Cyprien baisse la tête. La casquette sur les yeux, il demande :

– Elle... Elle a quelqu'un... Un homme ?

– Non. Mais il faudra bien qu'elle refasse sa vie !

– Des vies, on n'en a qu'une et on la refait pas ! Si tu la rates au début, c'est foutu !

La pelouse oubliée est parsemée d'une multitude de fleurs de pissenlit. Le coucou chante au loin.

– Tu es allé à la pêche ? demande Cyprien. Ça doit bien marcher à la mouche !

– Pas le temps, cette année. J'irai quand les travaux seront finis, pas avant le printemps prochain.

– Et Caro ?

– Caro a fini son école. Elle et son ami veulent s'installer à la campagne. Ils cherchent quelque chose de convenable !

Cyprien pense aux longues mains de Nicolas, à ses doigts légèrement plats, des doigts faits pour toucher le bois. Un merle part du buisson en poussant son cri strident. Cyprien a vu son bec d'un jaune brillant, cette couleur qu'il prend au moment de la couvaison. Il pense au gamin :

– Je te parie que celui-là niche dans le buisson qui est au bout de l'allée ! dit-il.

Laurent sourit :

– Toi, tu ne changeras pas ! Tu sais que ça me démange quelquefois ! J'ai pas oublié tes leçons de braconnage !

– Si j'étais à ta place, je m'en priverais pas !

– Oui, mais dans ma position... Si je me faisais attraper...

– Ta position ! Laisse-moi rigoler !

Ils sont heureux tous les deux sur ce banc, l'un près de l'autre, semblables et si différents. A cette heure, seules leurs similitudes ont de l'importance.

– Tu penseras à me faire envoyer le journal !

– Tu veux que je t'apporte une petite télévision ?

– Surtout pas! Je veux mon journal pour connaître les nouvelles du pays. Le reste, je m'en fous!

Laurent reconduit son père à sa chambre. Une légère brise incline à peine les herbes. Le nouvel orage n'éclatera pas sur la colline de Naves, Cyprien le comprend aux longs nuages rouges qui entourent le soleil couchant. Enfin, Laurent salue Cyprien et s'en va. Mme Branchon entre en se dandinant :

– Vos gouttes, monsieur Mallorie! dit-elle en lui tendant un verre et un minuscule comprimé.

– C'est pas un truc pour dormir, au moins?

– C'est pour que vous n'ayez plus mal!

Alors, il avale le comprimé et le liquide aigre du verre. C'est l'heure de descendre dîner. Le ciel ocre se remplit d'hirondelles et de martinets braillards.

– Si ça continue, dit-il à Léon, mon lilas devant l'atelier sera fleuri avant le premier mai!

32

Cette année encore, la lune rousse gèle les premières feuilles de la treille qui court au mur du potager. Léon, spécialiste des fruitiers et de la taille, explique à Mme Lebel que ce n'est pas grave. Il a pris la précaution de tailler long, en laissant cinq ou six bourgeons sur chaque tige, et le gel n'a brûlé que les deux derniers, souvent les plus sensibles. La récolte sera un peu moins abondante, c'est tout! Par contre, le pêcher exposé au nord ne donnera rien. Léon est formel : le cœur des fleurs est sec.

Autour de la maison de retraite, les paysans sarclent leurs pommes de terre et conduisent leurs vaches dans l'herbe tendre qui donne un goût aigre au lait du matin. Léon Blavet et quelques pensionnaires valides s'occupent du potager. Cyprien ne le voit presque plus. Léon porte un large chapeau de paille qu'il ne pose que pour manger. Mme Lebel a acheté un superbe motoculteur qu'il est le seul habilité à piloter et le vieux paysan se prend pour César à la tête de ses légions quand il avance dans l'allée au guidon de sa machine.

Cyprien ne participe pas à cette grande fête du printemps. Il reste des heures immobile sur le rebord de son lit à regarder dehors. Le voile s'est reformé devant ses yeux, mais il n'a plus mal. Laurent l'emmène parfois au restaurant ou se promène avec lui dans le parc. Ils s'assoient sous le marronnier dont les branches se chargent de lourdes grappes blanches. Cyprien se désintéresse de tout. Il n'a même plus la force de se mettre en colère quand on lui parle de Marthe. Laurent fait part de son inquiétude à Mme Lebel :

– C'est ce qu'on lui donne pour sa maladie. Forcément, les calmants pour la douleur l'endorment un peu aussi.

Laurent est perplexe. Les travaux de son hôtel l'occupent beaucoup, mais il se jure de faire examiner son père par un médecin du Centre hospitalier universitaire de Limoges qu'il connaît bien :

– Faudrait pas qu'elle me monte le coup! dit-il en s'asseyant au volant.

Voilà qu'il se met à parler seul, lui aussi! Il sourit en passant le portail blanc.

Sur le conseil de Laurent, Marthe et les jumelles viennent voir Cyprien un samedi matin. Marthe fait comme si rien ne s'était passé avec son père et l'embrasse. Les filles jouent un moment dans la chambre puis demandent la permission de sortir. Cyprien fronce les sourcils et baisse sa casquette sur ses yeux. Marthe, qui redoute sa colère, parle beaucoup. Tout va bien : elle travaille et vit seule dans son appartement de la Guierle. Le divorce sera prononcé au début de l'été; la garde des jumelles va être confiée à Georges compte tenu du voisinage de ses parents, et Marthe va recevoir de lui une somme d'argent équivalant à sa part de la maison. Elle espère pouvoir acheter un petit appartement.

Les filles crient sous la fenêtre ouverte. Marthe avait pensé qu'il suffisait de ces voix joyeuses pour que son père accepte son divorce, elle se trompait :

– Et tu oses me dire tout ça, la Marthe ?

La jeune femme sursaute. Cyprien lève sur elle ses yeux fatigués :

– Je t'ai dit que je voulais plus te voir. Tu l'as oublié ?

Le regard de Marthe s'assombrit. Elle pense à Jérôme. Combien de fois est-elle partie rôder autour de son magasin ? Jamais elle n'a osé lui téléphoner. Il lui semblait que de revoir son amant la rendait coupable d'une faute très grave qu'elle n'a pas voulu commettre à cause de l'attitude de son père. Cela n'a pas servi à grand-chose !

– Mais, papa...

– Je suis fatigué ! Va-t'en.

Les pas rapides des jumelles résonnent dans le couloir. Marthe s'essuie rapidement les yeux :

– Embrassez votre grand-père, les filles ! Nous partons !

Ce matin, le soleil brûle les dalles de pierre devant la maison de Noyac. Le facteur arrive, gare sa voiture jaune devant la porte d'entrée et s'en va d'un pas rapide au bureau de Mme Lebel. Des pensionnaires s'activent à tondre la pelouse. Au jardin, Léon laboure une parcelle pour planter des laitues. Le motoculteur est devenu son jouet à tel point qu'il s'en sert toute la journée. Sa connaissance des arbres et du jardinage en fait le chef incontesté de ceux qui travaillent au potager et il règne sur ce petit domaine en despote. Des nuages blancs s'en vont vers le nord sous un ciel saturé de lumière. L'air s'épaissit d'odeurs chaudes. Les pommiers du parc sont couverts de boutons blancs et roses ; les cerisiers se déplument. Des collines viennent des bruits de moteur, des appels. Des vaches meuglent dans le pré voisin...

Le facteur s'en va en faisant crisser ses pneus sur le goudron. Une autre voiture s'engage dans l'allée et s'arrête à son tour devant l'entrée principale. C'est une Renault rouge ; un jeune homme grand et maigre en sort. Il est très brun avec une superbe barbe noire. Une jeune fille en pantalon, avec des allures de garçon, lui prend la main.

Caro monte les marches en sautillant et se dirige vers le bureau de Mme Lebel. Dans les cuisines, Maurice s'en prend aux femmes qui ont mal nettoyé les casseroles. Mme Lebel vient serrer la main aux jeunes gens. Elle est vêtue d'un ensemble blanc très strict qui met en valeur ses superbes jambes :

– Votre grand-père est dans sa chambre qu'il ne quitte pas beaucoup. Il est très fatigué en ce moment !

Caro et Nicolas se dirigent vers l'escalier qui conduit à l'étage. Les frères Minguet les regardent passer avec un air triste. Caro entre la première dans la chambre :

– Eh bien, Cyprien, qu'est-ce qui t'arrive ?

Quand il voit sa petite-fille, le regard du vieil homme s'éclaire :

– Ah, c'est toi ! dit-il d'une voix faible qui n'est pas la sienne.

– Eh oui, c'est moi ! Mais dis donc, qu'est-ce que t'as fait de ton foutu caractère ? Je venais t'apporter une nouvelle qui allait te mettre en colère !

– Me mettre en colère ? Mais pourquoi ? Tu vas pas me dire que la Marthe est revenue ici avec ses deux filles qui sont mal élevées ?

Sa voix est montée d'un ton. Caro sourit :

– C'est justement d'elle que je veux te parler !

Cyprien baisse les yeux et regarde dehors. Un groupe de martinets passe devant la fenêtre ouverte en poussant des cris stridents.

– Voilà, ajoute Caro, on a loué ta maison à tante Marthe et on va travailler dans ton atelier.

Le regard de Cyprien s'éclaire ; ses yeux retrouvent un instant cette étincelle vivante qu'ils avaient autrefois. Il sourit :

– Qu'est-ce que tu dis là ?

– Je dis qu'on va habiter chez toi avec Nicolas. Et qu'on va travailler dans ton atelier !

– Travailler ?

– Fabriquer des violons...

– C'est pas du travail, ça !

– Non, Cyprien, c'est pas du travail, c'est de l'art ! dit Nicolas.

– De l'art ? Qu'est-ce que tu me chantes ? Enfin, il faut bien que les jeunes s'amusent. Quand tu auras vu mon bois, des madriers de merisier et de noyer qui ont vingt ans de séchage, tu penseras à autre chose qu'à faire des violons !

Il pousse sa casquette à l'arrière, découvrant son front clair qui rehausse l'éclat de ses yeux noirs :

– Eh bien, la Caro, tu m'en apprends une belle !

Sa poitrine est secouée d'un rire intérieur qui allume son visage :

– Et tu voudrais pas que je me mette en colère ? La Marthe, c'est une oie, pas méchante, mais une oie quand même !

Comme d'habitude, Caro ne tient pas en place. Elle prend la main de Nicolas et l'entraîne dans le couloir.

– Il a l'air content ! dit Nicolas.

– Tu le connais pas ! Cyprien fait autant de bruit quand il est heureux que quand il se met en colère. Moi, j'ai mon idée !

Ils reviennent au bureau de Mme Lebel. Caro est de mauvaise humeur ; elle a hérité du caractère de son grand-père, tout le monde sait dans la famille que c'est la raison pour laquelle ce vieil ours, qui n'a jamais supporté personne, la préfère aux autres. Mme Lebel regarde son courrier, un coupe-papier à la main. Caro fait irruption dans le bureau :

– On emmène mon grand-père avec nous ! dit-elle froidement.

– Vous voulez dire que vous le prenez pour quelque temps ?

– C'est ça ! Je veux qu'il revoie sa maison au moins une fois et son atelier avec des gens qui aiment le bois dedans !

Mme Lebel ne comprend pas ce que cherche Caro, mais elle ne s'oppose pas à ce qu'elle emmène Cyprien à la Neuville. D'ailleurs, comment le pourrait-elle ?

Les deux jeunes gens retournent dans la chambre. Caro prend les vêtements de Cyprien dans l'armoire et boucle la valise. Nicolas aide le vieillard à se dresser.

– Nom de Dieu, j'oubliais mon briquet et mon couteau !

Dans le couloir, Nicolas et Caro lui donnent le bras. Mme Lebel les attend dans le hall :

– Bonnes vacances, monsieur Mallorie. A bientôt !

Quand ils sont dans la voiture, Caro dit :

– Tu ne reviendras jamais dans cette foutue maison !

Dès le lendemain et grâce à son père, Caro conduit Cyprien au Centre hospitalier universitaire de Limoges où on le garde trois jours pour établir un bilan complet de son état. Ses douleurs ne peuvent être, en effet, vaincues que par des médicaments qui ont tendance à l'endormir. On lui trouve, cependant, un tout nouveau traitement qui, s'il n'exclut pas complètement le risque d'avoir mal, lui laisse toutes ses facultés.

Au bout d'une quinzaine de jours, Cyprien est redevenu lui-même. Même s'il porte quelquefois la main à sa poitrine, son regard brillant dans l'ombre de sa casquette a retrouvé son éclat malicieux.

Jamais il n'a été aussi heureux. Le matin, il prend le temps de déjeuner dans cette maison où la pendule sonne de nouveau les heures. Il écoute les informations, la météo à la radio, comme au temps d'Élise, et descend dans l'atelier où Nicolas travaille déjà. Il découvre qu'on peut aimer le bois autrement qu'en faisant des meubles. Nicolas s'étonne toujours de son sens du toucher. Aussi, le jeune luthier lui présente-t-il ses tables de violon en épicéa, dont la qualité sonore est liée à une dureté naturelle variable.

– Là, quand tu touches, dit le vieil homme, tu sens bien que le bois est plus tendre que là ! C'est même ici qu'il est le plus dur...

Et Nicolas suit à la lettre les indications de Cyprien qui s'occupe toute la journée dans cet atelier où, à la place des chaises et des coffres, on fabrique des instruments de musique dont la beauté le fascine :

– C'est pour les riches, tes violons ! dit-il, frondeur. Faut bien les amuser avec quelque chose !

Cyprien ne veut surtout pas recevoir de leçon de Nicolas. Il lui montre qu'il peut le battre sur son terrain et se décide à tailler une volute :

– J'en ai jamais fait parce que ça sert à rien, tes tortillons dans le bois, mais tu vas pas me prendre pour un mal dégourdi ?

Nicolas, étonné, voit ces vieilles mains s'animer autour d'un morceau d'érable ondé, choisir le meilleur sens pour le mettre en valeur et tailler là-dedans avec une précision diabolique... Cyprien renaît; et cela se voit sur son visage qui semble rajeuni, à sa démarche moins hésitante et, s'il prend encore la canne, ce n'est que par habitude.

– Ça durera ce que ça durera, mais c'est toujours ça de pris! dit-il, satisfait.

– Cyprien! Cyprien!

C'est la voix flûtée d'Olivier. La porte s'ouvre brutalement et l'enfant entre, essoufflé. Il vient souvent, émerveillé par les instruments que fabrique Nicolas et surtout attiré par Caro qui lui donne des bonbons et lui caresse la joue comme personne ne l'avait jamais fait jusque-là :

– Qu'est-ce que tu veux, petit sauvage? demande Cyprien en le regardant.

– Cyprien, j'ai entendu des hiboux cette nuit! Tu te rappelles quand on est descendu les écouter?

Nicolas dresse la tête. Il aime les oiseaux et passe tous ses loisirs à les observer. Souvent la nuit, il descend dans le vallon pour écouter les rapaces nocturnes.

– Couillon, dit Cyprien, tu fais l'homme maintenant, mais tu as eu une belle trouille!

– Ce que tu as entendu cette nuit, dit Nicolas, c'était pas des hiboux, mais des chouettes hulottes. Il y en a, en effet, beaucoup dans le coin!

Cyprien fronce les sourcils. Même dans la

connaissance des oiseaux, il veut en savoir plus que les autres :

– Qu'est-ce que tu racontes, là, Nicolas ? Une chouette hulotte ? Je connais pas ce bestiau ! C'était un chat-huant !

Nicolas se met à rire :

– Mais, Cyprien, un chat-huant, ce n'est pas un hibou, c'est une chouette hulotte !

– Tu vas pas me faire croire tes histoires ! Comme si je savais pas que...

Cyprien découvre qu'il s'est trompé toute sa vie et que ses hiboux ne sont que des chouettes. Cela suffit pour le mettre de mauvaise humeur :

– Me monte pas le coup, hein ?

Nicolas rit. Cyprien pousse sa casquette sur la pointe de son crâne et se tourne vers Olivier :

– Et cet harmonica que je t'ai acheté, qu'est-ce que tu en as fait ?

– C'est ma grand-mère qui me l'a confisqué. Je lui cassais les oreilles ! Dis-moi, Cyprien, le grillon sec que tu avais sur ton meuble, tu me le donneras ?

Les sourcils de Cyprien s'abaissent sur ses yeux :

– Je te l'ai gardé. Il est dans une boîte de pastilles sur l'étagère de la cheminée. Je te le donnerai ce soir !

Cyprien pense encore à sa méprise. Il ne peut pas rester sur cette défaite aux yeux du gamin et fanfaronne :

– Il fait beau et c'est dimanche. Cet après-midi on va tous à l'étang pêcher le gardon. On va voir si je sais pas les attraper mieux que tout le monde !

Caro sourit : ce besoin qu'a son grand-père d'être toujours plus fort que les autres montre qu'il va bien. Le soleil illumine les collines. Il n'y a pas un seul nuage dans le ciel. Les hirondelles volent si haut qu'elles ne sont que des points noirs à peine visibles. Midi sonne au clocher d'Orliac-de-Bar.

Étampes,
octobre 1990 – février 1991.

Cette année, ce besoin qu'a son grand-père d'être toujours plus fort que les autres montre qu'il va bien. Le soleil illumine les collines. Il n'y a pas un seul nuage dans le ciel. Les hirondelles volent si haut qu'elles ne sont que des points noirs à peine visibles. Midi sonne au clocher d'Orliac-de-Bar.

Aumières
octobre 1991 – juin 1992.

DANS LA MÊME COLLECTION

FRANCESCO ALBERONI
Le choc amoureux

BERNARD ALLIOT
L'adieu à Kouriline

JEAN ANGLADE
La bonne rosée
Le parrain de cendre
Les permissions de mai
Une pomme oubliée
Le tilleul du soir
Le tour de doigt
Qui t'a fait prince ?
Les ventres jaunes
Le voleur de coloquintes

MARIE-PAULE ARMAND
La courée
La courée 2

GEORGES ARNAUD
Le salaire de la peur

GEORGE J. ARNAUD
Les moulins à nuages

EMMANUELLE ARSAN
Emmanuelle

ARTHUR
Mon école buissonnière

SUSAN AZADI
Fugitive

PHILIPPE DE BALEINE
Les éléphants roses de Bangkok
Le petit train de la brousse
Le nouveau voyage sur le petit train de la brousse
Voyage espiègle et romanesque sur le petit train du Congo

BETTE BAO LORD
Une mosaïque chinoise

MICHEL BAR-ZOHAR
L'espionne du diable

RENÉ BARJAVEL
Les chemins de Katmandou
Les dames à la licorne
Le grand secret
La nuit des temps
Une rose au paradis

MICHEL BATAILLE
L'arbre de Noël

LAURENT BECCARIA
Hélie de Saint Marc

PIERRE BELLEMARE
Les crimes passionnels (2 tomes)
Nuits d'angoisse (2 tomes)
La peur derrière la porte (2 tomes)

Isi Beller
Le feu sacré

Aïcha Benaïssa/ Sophie Ponchelet
Née en France

Erwan Bergot
Les 170 jours de Diên Biên Phû

Patrick Besson/ Danièle Thompson
La boum

Janine Boissard
Les trois amours de Napoléon

Geneviève Bon
La poupée du loup
La saison des bals

Gilbert Bordes
Le roi en son moulin

Roger Borniche
Borniche story
La cible
La filière
Kidnapping

Nancy Bosson
Maîtresse détresse

Huguette Bouchardeau
George Sand
Rose Noël

Pierre Boulle
La baleine des Malouines
Contes de l'absurde
L'épreuve des hommes blancs
Un métier de seigneur
La planète des singes
Le pont de la rivière Kwaï
Le sacrilège malais

Olivier Bourgois
La chambre d'Icare

Philippe Bouvard
Contribuables, mes frères

Jean-Denis Bredin
L'affaire

J.-D. Brierre/ M. Fantoni
Johnny Hallyday

André Castelot
Talleyrand

Ève de Castro
Les bâtards du soleil
La Galigaï

Antoine de Caunes
C'est bon mais c'est chaud

Cavanna
Maman au secours !

Jacques Cellard
Les petites marchandes de plaisir

François Cérésa
La Vénus aux fleurs

Gilbert Cesbron
Il est minuit, Docteur Schweitzer

Jean Chalon
Chère Marie-Antoinette
Le lumineux destin d'Alexandra David-Néel
Les paradis provisoires

Simone Chalon
L'enfance brisée
L'enfance retrouvée

Françoise Chandernagor
L'allée du roi

Jung Chang
Les cygnes sauvages

Charlie Chaplin
Ma vie

Lowell Charters
Cœur de tonnerre

Jean-François Coatmeur
Des croix sur la mer

Jean-Pierre Coffe
Le bon vivre
Le vrai vivre
Au secours le goût

Comtesse de Paris
Blanche de Castille

James F. Cooper
Le dernier des Mohicans

Claude Couderc
Les enfants de la violence
Mourir à dix ans

Claude Chourchay
Jean des Lointains

Georges Coulonges
La liberté sur la montagne

Jacques-Yves Cousteau/ Frédéric Dumas
Le monde du silence

CharlElie Couture
Les dragons en sucre

Henri Crouzat
Azizah de Niamkoko

Marie-Thérèse Cuny
La petite fille de Dar El Beida

Marie-Christine D'Welles
Folle... moi ?

Pierre Dac
Les pensées

Dalaï Lama
Océan de sagesse

MICHEL DAMIEN
Raymond Pin, vingt ans dans la forêt

ALEXANDRA DAVID-NÉEL
Au pays des brigands gentilshommes
L'Inde où j'ai vécu
Journal (2 tomes)
Le Lama aux cinq sagesses
Magie d'amour et magie noire
Mystiques et magiciens du Tibet
La puissance du néant
Le sortilège du mystère
Voyage d'une parisienne à Lhassa

MILES DAVIS
Autobiographie

DIDIER DECOIN
Béatrice en enfer
Il fait Dieu

JEAN FRANÇOIS DENIAU
La Désirade
L'empire nocturne
Un héros très discret

JEAN-PAUL DESPRATS
Le marquis des éperviers
Le camp des enfants de Dieu
Le secret des Bourbons

LILAS DESQUIRON
Les chemins de Loco-Miroir

RAYMOND DEVOS
À plus d'un titre

FRANÇOISE DOLTO
L'échec scolaire

FRANÇOISE DORIN
Va voir maman, papa travaille !

KIRK DOUGLAS
La danse avec le diable

LOUP DURAND
Daddy
Le jaguar

ADRIENNE DURAND TULLOU
Le pays des asphodèles

BORIS ELTSINE
Jusqu'au bout !

PHILIPPE ERLANGER
La reine Margot

GUILLAUME FABERT
Autoportrait en érection

ALBERT FALCO/ YVES PACCALET
Capitaine de la Calypso

FATY
Mémoires d'une fouetteuse

JEAN-LOUIS FESTJENS/ PIERRE ANTILOGUS
Le guide du jeune couple
Le guide du jeune père

David Fisher
Ultime otage

Leonore Fleisher
Fisher King
Rain Man

Jean-Charles de Fontbrune
Nostradamus historien prophète

Dian Fossey
Gorilles dans la brume

Jean-Pierre Foucault
Est-ce que la mer est belle ?

Dan Franck/ Jean Vautrin
La dame de Berlin
Le temps des cerises

Peter Freeborn
Un homme sous influence

Ava Gardner
Ava

Charles de Gaulle
Mémoires de guerre (3 tomes)
Mémoires d'espoir

Virgil Gheorghiu
La 25e heure
La vie de Mahomet

Mep Gies
Elle s'appelait Anne Frank

Françoise Giroud
Alma Mahler
Jenny Marx

Françoise Giroud/ Günter Grass
Écoutez-moi

Almudena Grandes
Les vies de Loulou

Michel de Grèce
Le dernier sultan
L'envers du soleil
La femme sacrée
Le palais des larmes

Luanshya Greer
Bonne Espérance

Jean Grémion
La planète des sourds

Joëlle Guillais
La Berthe

Jan Guillou
La fabrique de violence

Sacha Guitry
Les femmes et l'amour

Caroline Guttman
Le secret de Robert le Diable

Marek Halter
Argentina, Argentina
Le fou et les rois
La mémoire d'Abraham
Les fils d'Abraham
Un homme, un cri

Joséphine Hart
Dangereuse

Bill Hayes
Midnight Express

Jeanine Henry-Suchet
La fontaine couverte

Katharine Hepburn
Moi, histoire de ma vie

Catherine Hermary-Vieille
Un amour fou

David Heyman
Jackie

Alice Hoffman
La ville qui avait peur d'une enfant

Stephane Hoffmann
Château Bougon

Jerry Hopkins/ Daniel Sugerman
Personne ne sortira d'ici vivant

Thomas Hoving
L'affaire Vélasquez

Claire Hoy/ Victor Ostrovsky
Mossad

Christopher Hudson
La déchirure

Nicolas Hulot
Les chemins de traverse

Denis Humbert
La malvialle

Jill Ireland
La brisure

Susan Isaacs
Une lueur dans la nuit

Christian Jacq
Champollion l'Égyptien
Maître Hiram et le roi Salomon
Pour l'amour de Philae
La reine Soleil

John Jakes
Nord et Sud (5 tomes)
California Saga (2 tomes)

Annette Kahn
Robert et Jeanne

Brigitte Kernel/ Éliane Girard
Les mecs

Olivier de Kersauson
Fortune de mer
Mémoires salées
Vieil océan

Michael Korda
Les monstres sacrés

Roselyne Laele
Marie du Fretma

Jean-Yves Lafesse
Les grandes impostures téléphoniques

Françoise Lalande
Madame Rimbaud

Alexandra Lapierre
L'absent

Éric Laurent
Tempête du désert

Éric Laurent/ Pierre Salinger
La guerre du Golfe

Marie Lebey
Un ange en exil

André Legal
L'or des sables

Capitaine Legorjus
La morale et l'action

Christian Lehman
La tribu

Marty Leimbach
Le choix d'aimer

Serge Lentz
La stratégie du bouffon

Marie-Laure de Léotard
Nous les bourgeoises

Ira Levin
Sliver

Michel Lévine
La comtesse de Monte-Cristo

Agnès L'Herbier
La vie aux trousses

Betty Jean Lifton
Janusz Korczak : le roi des enfants

Jean-Marie Lustiger
Dieu merci, les droits de l'homme

Jennifer Lynch
Le journal secret de Laura Palmer

Savador de Madariaga
Christophe Colomb
Hernán Cortés

Betty Mahmoody
Jamais sans ma fille

Michèle Manceaux
Le fils de mon fils

Raymond Martin
Souvenirs d'un médecin légiste

Ronald Mary
Tout ce que vous pouvez faire pour sauvegarder l'environnement

Bruno Masure
À pleins tubes
Le dictionnaire analphabétique

SYLVIE MATHURIN
Le temps passe... le cœur reste

ROBERT MATTHIEU
Échec à la dictature fiscale
Le racket fiscal

JACQUES MAZEAU
De l'autre côé de la rivière

RAYMONDE MÉNUGE-WACRENIER
Zabelle

ROBERT MERLE
Fortune de France
En nos vertes années
Paris, ma bonne ville
Le prince que voilà
La violente amour
La pique du jour
Le jour ne se lève pas pour nous
L'idole

MAX MEYNIER
Quoi de neuf mon cœur ?

CLAUDE MICHELET
Cette terre est la vôtre
Edmond Michelet, mon père
J'ai choisi la terre
La grande muraille
Rocheflame
Une fois sept
Des grives aux loups
Les palombes ne passeront plus
L'appel des engoulevents

JAMES A. MICHENER
Alaska (2 tomes)
Caraïbes (2 tomes)

RACHID MIMOUNI
De la barbarie en général et de l'intégrisme en particulier

HUGUES DE MONTALEMBERT
À perte de vue

HUBERT MONTEILHET
Néropolis

MARCEL MORIN/ FRANÇOISE WISSEN
La planète blanche

ELVIRE MURAIL
Bingo !

ANNIE MURAT
Le servan

ZANA MUSHEN
Vendues

JEAN-FRANÇOIS NAHMIAS
L'homme à la licorne

GEORGES N'GUYEN VAN LOC
Le Chinois

HAING N'GOR
Une odyssée cambodgienne

Bess Nielsen/
Marco Koskas
L'étrangère

Bruno Ouachee
L'asticot

Michel Peissel
La Tibétaine

François Périer
Profession menteur

Nathalie Perreau
L'amour en soi

Michel Peyramaure
La passion Béatrice

Colette Piat
Adieu Moïse

Bernard Pierre
Ils ont conquis l'Himalaya

Le roman du Danube
Le roman du Mississipi
Le roman du Nil

Bernard Pouchèle
L'étoile et le vagabond

Mario Puzo
Le parrain

Yann Queffélec
La femme sous l'horizon
Le maître des chimères
Prends garde au loup

Nancy Reagan
À mon tour

Françoise Renaudot/
Marcelle Routier
L'enfant né à la fin d'un monde

Georges Renault
La mort de Marie

Griselidis Real
Le passé imaginaire

Françoise Rey
La femme de papier

Jean-Michel Ribes
J'ai encore oublié Saint Louis

Pierre Richard
Le petit blond dans un grand parc

Valérie Rodrigue
La peau à l'envers

Nadine de Rothschild
Le bonheur de séduire, l'art de réussir

Marie Rouannet/
Henri Jurquet
Apollonie

Francis Ryck/
Marina Edo
Les genoux cagneux

Joseph Saade/ Frédéric Brunnquell/ Frédéric Couderc
Victime et bourreau

Camille Saferis
La manuel des premières fois

Thérèse de Saint-Phalle
L'odeur de la poudre

San-Antonio
Béru Béru
Béru et ces dames
Les clés du pouvoir sont dans la boîte à gants
Les cons (2 tomes)
Faut-il tuer les petits garçons qui...
Histoire de France vue par San-Antonio
Le mari de Léon
La sexualité
Le standinge selon Bérurier
Un tueur kaput
Les vacances de Bérurier
La vieille qui marchait dans la mer
Y a-t-il un Français dans la salle ?

Béatrice Saubin
L'épreuve

Nathalie Schweighoffer
J'avais douze ans...

Édouard Schuré
Les grands initiés

Fanny Seguin
L'arme à gauche

Claude Seignolle
Le diable en sabots
La malvenue
Marie la Louve
La nuit des Halles

Jacques Serguine
Cruelle Zélande

Alex Shoumatoff
Qui a tué Chico Mendes ?

Christian Signol
Les amandiers fleurissaient rouge
Antonin, paysan des Causses
Les cailloux bleus
Les chemins d'étoiles
Marie des brebis
Les menthes sauvages
La rivière Espérance
Le royaume du fleuve

Mitchell Smith
La cité des pierres

Wilbur Smith
Au péril de la mer
Le léopard chasse la nuit
L'œil du tigre
L'oiseau de soleil

André Soussan
Octobre II

Cathy Cash Spellman
L'Irlandaise

Bram Stocker
Dracula

Paul-Loup Sulitzer
Les riches (I)

Haroun Tazieff
La terre va-t-elle cesser de tourner ?

Jean-Pierre Thierry
Bon appétit, messieurs !

Jean-Michel Thibaux
L'or du diable

André Tilieu
Brassens auprès de son arbre

Denis Tillinac
L'hôtel Kaolack
Maisons de famille
Un léger malentendu

Caroline Tiné
L'immeuble

Alfred Tomatis
Les troubles scolaires

Henri Troyat
La clef de voûte
Faux jour
La fosse commune
Grandeur nature
Le jugement de Dieu
Le mort saisit le vif
Les semailles et les moissons (5 tomes)
La tête sur les épaules

Léon Uris
Exodus

Anne Vallaeys
Coup de bambou

Valérie Valère
Laisse pleurer la pluie sur tes yeux

Jean-Marc Varaut
L'abominable docteur Petiot

D. Varrod/C. Page
Goldman, portrait non conformiste

June Clark Vendall
La vie sauvage

Françoise Verny
Le plus beau métier du monde

Charles Villeneuve/ Patrice de Meritens
Les masques du terrorisme

Rudolph Vrba/ Alan Bestic
Je me suis évadé d'Auschwitz

Mika Waltari
Les amants de Byzance

Jean le Pérégrin

KIM WOZENCRAFT
Rush

WRIGHT
Christina Onassis

XXX
Constance
Souvenirs d'une gamine effrontée

JACQUES ZELDE
Gribiche